TALES OF SPACE AND TIME

時空傳說

・現代科幻小說之父・

H.G. WELLS

赫柏特・喬治・威爾斯 著

江健新、蔡明穎 譯

好評推薦

＊依姓氏筆畫排列

H. G. 威爾斯短篇小說那充滿想像力的風格在這本選集裡嶄露無遺，從維多利亞時代想像發生一對年輕情侶在二一〇〇年的反烏托邦裡不受祝福的苦戀，對比到另一則設定在史前時期的想像，同時也諷刺了他身處的維多利亞時代那光鮮輝煌背後的灰暗現實。

——Boy，迷弟聊科幻粉絲團站長

許多科幻作品出自作者對未來的想像，而不論它們猜測正確與否（以及是否有意「預測」與否），我們都能藉由這些作品一窺作者身處的時代的思想。而這本《時空傳說》（*Tales of Space and Time*）是H. G. 威爾斯出版於一八九九年的短篇集，收錄一八九七－九八年的兩個中篇和三個短篇。超過百年前的人是如何看待未來？

〈石器時代的故事〉和〈未來的故事〉某方面來說算是一組的；前者是一對原始人男女試圖生存的故事，學會使用火和石器工具，後者則是一對未來男女（西元二一〇〇年）試圖生存的故事。這對未來男女對生活感到不滿，決定到鄉間過著原始人般的純樸生活，但最後不得不重返文明和淪為低賤的勞動階級。所以，科技使得原始人有了更好的生存機會，但卻在遙遠的未來產生龐大的生活壓力——〈未來的故事〉對工業化、資本主義、消費主義與更忙碌的社會表達了強烈悲觀，故事中有許多元素令人想到稍晚的《大都會》（一九二七）和《美麗新世界》（一九三二），甚至是他一八九五年的《時間機器》。

隨著時光流逝，或許人類會變得比較明智……

未來的人有一天會了解嗎？

剩下的三則故事〈水晶蛋〉、〈新星〉和〈製造奇蹟的人〉也蠻有趣。〈水晶蛋〉有著濃郁的維多利亞時代風情，〈新星〉是個以現在來看也不算太落伍（但或許有點誇張）的天文學奇想，至於〈製造奇蹟的人〉是個喜劇故事。這些就留給有興趣的讀者自己去看了。

——王寶翔，《曼谷的發條女孩》、《美麗新世界》譯者

本書是科幻小說之父威爾斯的五部中短篇集結，囊括了奇幻、硬科幻、歷史、反烏托邦以及幽默等類型。從中可以看出威爾斯是許多科幻概念的先行者。

——林斯諺，名作家、科幻推理《馬雅任務》作者

從石器時代到未來世界的中篇小說，和魔法與科學交織的短篇故事，一窺威爾斯在《時間機器》、《莫洛博士島》之外，來自維多利亞時代的奇思妙想。

——楊勝博，科幻研究專書《幻想蔓延》作者

H. G.威爾斯是誰？他發明了時光機器、構思了人工進化、研製了隱形藥水、目擊了火星入侵，甚至預言了第一個登上月球的人，而你竟然不曉得H. G.威爾斯是誰！喏，這些短篇先拿去認識一下，有空我們再來聊聊H. G.威爾斯到底是誰。

——難攻博士，【中華科幻學會】理事長兼會長

編者序：威爾斯與他的時代

「所有的過去只是開始中的開始，曾經發生過的一切也只不過是黎明前的曙光。」

——赫伯特・喬治・威爾斯[1]

《時空傳說》（*Tales of Space and Time*）是一部誕生於世紀之交的作品，那是距今將近一百二十個年頭的一八九七年。一八九七年是個甚麼樣的年代？東方的大清帝國剛遭逢甲午戰敗，意圖改革的戊戌變法仍有如襁褓中的嬰兒，隨時都會夭折；在西方，美國企業家才剛製造了第一輛福特汽車，而義大利工程師才正要探索無線電這項深奧的科技。那是個沒有手機、飛機與電視機的年代，人們對「高速公路」與「網路」也沒有任何概念。被譽為科幻之父的英國文學家威爾斯（Herbert George Wells），正是在那樣的年代裡寫下了本書中充滿想像力的情節。他是如何辦到的？想必不會是如同〈製造奇蹟的人〉的主角般獲得天啟。沒有人可以脫離自身的時代，

1 "It is possible to believe that all the past is but the beginning of a beginning, and that all that is and has been is but the twilight of the dawn." 引自H.G. Wells, *The Discovery of the Future* (Illinois: Project Gutenberg, 1902). Retrieved March 29, 2017, from www.gutenberg.org/ebooks/44867.

文學家自然也不例外。在進入本書之前，我們必須先稍微回顧威爾斯撰寫本書的背景脈絡，因為理解威爾斯所身處的時代，有助於我們更理解威爾斯與他的《時空傳說》。

威爾斯所處的時代，正是十九世紀末維多利亞時代晚期的不列顛治世（Pax Britannica）。英國在經過工業革命後，靠著殖民擴張與貿易而成為了全世界最先進、最工業化的國家之一。在那個年代，日新月異的科學技術彷彿成了新的自然鐵律，應許一個美好的未來；在那個年代，日不落帝國也還尚未經過波爾戰爭（Boer War, 1899-1902）與世界大戰的殘酷洗禮，前途看似一片美好。然而也是在那個年代，觀察入微的威爾斯就已透過小說的文字，「寓言」般地提出了自己對未來的隱憂。相較於同時期對科學進步較為樂觀的作家來說——例如同樣被譽為科幻文學之父、比威爾斯稍早一些的十九世紀法國文學家凡爾納（Jules Gabriel Verne），威爾斯的文字總顯得有些悲觀。威爾斯筆下的未來反映了更多的社會現實，包括看似永無止境的都市化、日益擴大的階級矛盾、來自外界的入侵或戰爭，以及大規模災難出現的可能。

本書所收錄的〈新星〉短篇，幾乎可說是最早具體描寫「慧星撞地球」這樣災難式場景的科幻小說之一。二十一世紀的今天，在好萊塢與電子媒體推波助瀾下，慧星撞地球這類末世災難題材早已是十分常見的創作套路，但在影像技術尚不普及的當年，威爾斯的作品是當時讀者想像這類災難情景的重要依據。威爾斯日後還會繼續描繪這種從天而降的災難，包括描寫火星人入侵的《世界大戰》與預測德國空襲倫敦、造成無數生靈塗炭的《空中戰爭》等經典災難作品。一個經典的案例是，一九三八年十月的某個上午，美國哥倫比亞廣播公司播出了由威爾斯小說《世界大戰》所改編的廣播劇，卻意外導致上千名只聽到部分片段的群眾陷入恐慌。今天的讀者或許很難想像，廣播電臺會需要不厭其煩地重申廣播劇內容「純屬虛構」。這樣的「事實」，恰恰說明了在那個虛構與現實不易區分的年代裡，威爾斯所捕捉到的災難隱憂是確實存在於許多人心中的。

隱憂不只來自外部，還存在於社會本身。在〈未來的故事〉中，威爾斯用帶有（反）烏托邦色彩的筆觸（反烏托邦作為一個文類亦是十九世紀開始的現象），描繪了二十二世紀的倫敦：機器逐漸取代人力、人們捨棄農業與人口爆炸則導致了無止境的都市化，並最終使都市人無法離開都市過活。這一切對威爾斯來說都不是毫無根據的空想，因為在威爾斯從出生到寫作本書的這段時間裡，英國的人口幾乎整整翻了一倍，工業機械取代傳統人力與都市化等問題更是如影隨行。在生產方式改變的衝擊下，「階級問題」很快就成為社會的另一大隱憂。狄更斯的小說離威爾斯的年代並不會很遙遠，威爾斯也早在他的成名作《時間機器》中就碰觸到了階級問題——生活在地面上與的底下的兩個世界幾乎就是兩個不同階級的投射。而在〈未來的故事〉中，生活在都市下層的中下階級就連職業都必須接受分配，只能靠著微薄的工錢在資本主義社會中苟延殘喘——與上層社會的富裕形成巨大的反差。今日的讀者或許不禁要懷疑，在這種近乎絕望的貧富差距下，怎麼還沒有人發動革命。而這，或許也是另一個威爾斯無法自外於他所處時代之處。

在威爾斯一生的絕大多數時間裡，他都是一個溫和的社會主義者。他和同時期的大文豪蕭伯納一樣，是費邊社（Fabian Society）的成員，他們主張溫和的社會主義改革，反對激進的革命與階級鬥爭。也因此，儘管威爾斯在作品中屢屢碰提及了階級矛盾的隱憂，但他的筆法仍舊是相對溫和與保守的。在〈未來的故事〉中，威爾斯並未給讀者一個不寒而慄的悲劇故事，階級分野並未導致血腥鬥爭，故事最後更靠著一位上層階級的「善念」而得以有相對圓滿的結局。

或許是同樣出身於中下中產階級的緣故，威爾斯最擅長描寫的，既不是上層階級也不是社會底層的苦勞階級，而是那在維多利亞時代急速膨脹的中產階級。他在〈水晶蛋〉這篇小說中對古董店主人卡夫先生的細緻描寫是其中的一個例子。威爾斯幾乎是用一種鉅細靡遺的方式在描寫卡夫先生店中的擺設，以及他那不怎麼幸福的家庭。要不是靠著一顆在古董雜物中偶然發現的水晶蛋，卡夫先生恐怕這輩子都沒辦法擺脫他那沉悶的生活，去一窺來自新世界的異星樣貌。這樣從日常細節中作展開的寫法或許有助於拉近作品與當時讀者之間的距離。這種加強與現實間連結的寫法，就連在〈石器時代的故事〉這篇奇幻空想風格較重的作品中也可一窺一二。即使表面上是寫石器時代，篇中仍可四處看到威爾斯對當時英格蘭的地貌與人群的連結。

誠然，《時空傳說》中所收錄的五篇故事，對於常閱讀類型小說的現代讀者來說或許並不新鮮。而這自然是因為從威爾斯以降，科幻小說業已經歷了上百年的發展，諸如末世災難、反烏托邦與未來世界等各種子類型更是名作輩出。然而如果我們回望一百二十年前，理解威爾斯與他的時代，那麼我們就能稍稍體會到威爾斯當年在科幻小說這個文類的貢獻。與一百二十年前的威爾斯不同，今天的我們已有了電視機、飛機與手機，但不變的是我們依舊想望著未來，站在威爾斯與他的後繼者們的肩膀上，用穿越時空的傳說，想望著未來。

洪仕翰

導讀

曾經有一位英國作家，他的名字叫威爾斯。

八歲時，他因骨折與書結緣——在養傷期間，他只能看書消遣，想不到從此愛上了文字。十四歲時，因為家境貧困，他退學去綢布店做學徒，度過了一生中最不快樂的三年；此後又去給一個藥劑師當助手，結果也好不到哪去。

幾經波折之後，他終於考進倫敦的一所師範院校，跟隨進化論學者赫胥黎學習生物學。但他終究沒有成為一個生物學家，而是把才能施展到了社會活動和寫做事業上。

他的寫作涉獵面很廣，有通俗歷史讀物、社會分析小說、時政評議、社會改良相關文論、新聞報道等等。它們當中的很多地方閃動著人道主義的光芒，比如對於種族歧視，他曾說：「如果一個人能正視我、與我同悲同樂、且真誠正派，那他就是我的兄弟，我不管他的膚色是墨黑還是淡黃如一朵夜來香。」

但人們記住他，不光是因為這些，更多是因為他的科幻小說。有人稱他為「科幻小說之父」，把他和法國的凡爾納相提並論。他的成名作《世界大戰》（又譯《火星人入侵》），在問世一百多年之後，沒有被導演史蒂芬•史匹柏放過，被拍成了堪稱「最黑暗」的科幻恐怖片。他的其他長篇名著有《摩洛博士島》、《隱身人》、《時間機器》等等。

我們現在要看到的《時空傳說》是他的一部中短篇科幻作品集，裡面一共有五個故事。它們也許不是那麼廣為人知，但一樣可以帶我們領略威爾斯的魅力；故事中還提出很多問題，值得今天的人們思考。

在很久很久以前

不知道你每天的生活是不是很忙碌，有沒有時間偶爾記起，世界上還有過「很久以前」？比如，時光倒流五萬年，就屬考古學家所說的石器時代了，那時的世界是什麼樣子的呢？可能沒辦法說得特別清楚，因為我們所有人當時都不在場。

不過，像威爾斯那樣的作家，還是願意想一想這個問題的。總有一些相關學科（比如地質學和古生物學等等）的研究成果可供他借鑑，然後他就能把想像力的觸角往回延伸很遠很遠，探到一些東西，最後寫成書中這篇〈石器時代的故事〉給我們看。

有個詞叫「恍如隔世」，威爾斯在這個故事中描繪的當年光景，對我們而言真的是隔世了。所以我們總是恍恍惚惚有一種奇怪的感覺：他寫的是我們這個世界嗎？好像是，可是又好像不──今天的大海，那個時候是平原；今天車水馬龍的繁華都市，那時候是河馬、鬣狗，還有巨型灰熊出沒的莽林……

看來這個世界不僅僅是三維空間，還要算上「時間」這第四個維度才行。今天的時空和昨天的時空不是同一個概念，「地點＋時間」，才能確定一個存在。

這好像變得有點像講物理課了。還好，威爾斯畢竟不是愛因斯坦，他的主要意圖還是講述那個時空裡一小群原始人的生活故事。

那真是一種很不容易的生活，他們只有一些石頭和木頭做的工具，還不懂得騎馬，也不會說很多話，思考一個稍複雜一點的問題都要花好長時間……

但不能說他們生活得不精彩。因為愛與恨、希望和恐懼、驚心動魄的搏擊和角逐，以及其他令人動容的種種，都在由他們上演。

他們的故事沒有結局，只有生命中周而復始的輪迴。而且我們眼前的一切都是威爾斯講的，我們可以只把它當成小說看。接下來，他又要為我們講講未來的事了……

明日之城

威爾斯有一種洞察全域的素質。

當他很宏觀地放眼世界時，不禁令人產生了這樣一種感覺：我們所能感知道的宇宙，會不會是一個巨大的生命體呢？各個星系是它的器官、組織，一顆像地球這樣的行星，只是它的一個細胞。

這個大大的生命體在成長、發展，然後又終將衰老、凋零。地球上也就跟著有了滄海桑田的變化，我們人類也是這變化的一部分——從迷霧般的洪荒歲月走來，一路留下殘損的骨針、石斧，鏽跡斑斑的鐵劍、銅器，荒蕪的田園、工廠，零落的電子元件，終於走到垂垂老矣的二十二世紀，然後就有了書中那個〈未來的故事〉。

根據威爾斯的想像，那個時候的人類已經澈底拋棄了鄉村，全部居住在超級大城市裡。一對年輕的戀人卻渴望逃離過度文明的藩籬，回歸自然。他們勇敢地攜手出走，來到荒廢的鄉間，夢想在這裡建立新的家園。

但是，他們當然失敗了，在城市中生長的他們，已經不適應自然的生活方式，也無法孤立地在野外生存。他們只能回到城市裡，任生命一點一點被龐大的社會機器消磨……

這是不是有點悲傷？

是的，在十九世紀末的式微之風中，威爾斯藉著他的科幻小說，發佈了好多有關未來的悲傷預言。

它們當中，有一些目前還沒有應驗，只在電影裡得到體現，比如本書〈新星〉那篇故事描述的彗星撞地球式災難。還有些則不幸被他言中了，比如原子彈，比如二戰爆發的時間……所以要小心，現在距離二十二世紀還有一段時間，不過威爾斯描繪的圖景已經部分地進入我們的生活了：城市在快速擴張，在我們所知道的很多鄉村，都已蓋起樓房供村民居住；因為土地要為城鎮化建設而被徵用，人們再想擁有一座自己的農家小院，也不容易做到了。

可是說來說去，威爾斯的寫作目的其實不是讓讀者悲傷。恰恰相反，他是想勸人們堅強一些：那些我們所懼怕的變故、動盪、災難，其實有可能都是這個世界必經的衰老和病痛。

那麼，他關於時間和空間所講的這一切，可信度到底有多少呢？

我不知道。也許時空本身就是一個傳說。

也許就在我們思索這個問題的時候，在我們體內某個被叫作粒線體的世界裡，有個小小的蛋白質，也正在認真地讀著一本令它費解的《時空傳說》。

張雪萌（英國格洛斯特大學文學碩士）

目次

水晶蛋

一年前，在倫敦日晷之柱附近有一間看起來髒兮兮的小店，上頭用飽經風霜的黃色字體刻著「席卡夫——博物學家和古董經銷商」的店名。窗口的陳列奇異且五花八門，包括一些象牙、有瑕疵的西洋棋、珠子和兵器、一盒眼珠、兩隻老虎和一個人類的頭蓋骨，幾隻遭蟲蛀的絨毛猴子（其中一隻拿著一盞燈）、老式櫃子、沾滿蠅卵的鴕鳥蛋、捕魚用具，以及一個髒得不得了的空玻璃魚罐。在故事開始之時，還有一塊雕琢成蛋狀的水晶，外表打磨得十分光亮。站在窗子外頭的兩個人正往內觀看，其中一人是一名高高瘦瘦的教士，另外一人則是留著黑鬍子的年輕男子，膚色黝黑、服裝平凡。膚色黝黑的年輕男子正比著熱切的手勢在說話，看起來很希望他的同伴買下這樣東西。

當他們在窗外佇足的時候，卡夫先生走進了他的小店，鬍子上沾著剛才喝茶時配的麵包和奶油。當他看見這兩人，與他們所關注的物品時，不禁面色一沉。他向背後內疚地瞄了一眼，並輕輕地關上門。卡夫先生是個矮小的老人，臉色蒼白、有著奇特而水汪汪的藍眼睛。他的頭髮是看起來有點髒的灰色，身著破舊的藍色斗蓬、年代久遠的絲帽，以及一雙氈製室內拖鞋。他一直注視著兩人交談。這時，教士把手伸進長褲口袋，檢查了一下裡面的錢，接著露出牙齒，臉上出現愜意的笑容。當他們走進店裡時，卡夫先生看起來更沮喪了。

教士省略了客套話，直接詢問起水晶蛋的價格。卡夫先生緊張地瞄了一下通往起居室的門，

---

† 圖片來源：Steven Depolo, "Crystal Egg Coral May 11, 20101." https://goo.gl/GDTLlh

*圖片為CC-BY授權並經變色處理。

回答價錢是五英鎊。教士向他的同伴和卡夫先生抗議賣得太貴了——的確，這個金額比卡夫先生原先進貨時希望賣出的價錢要高出許多；因此，教士開始討價還價。卡夫先生走向門口，把門打開。他說：「五鎊，不二價。」好像希望能從這場無利可圖的爭論中趕緊抽身。就在他說話時，通往起居室的門上方的玻璃板出現了一個女子上半部的臉，好奇地盯著這兩位顧客。「五鎊，不二價。」卡夫先生以顫抖的聲音說著。

膚色黝黑的年輕男子一直袖手旁觀，只是仔細地看著卡夫先生。現在他開口了。「給他五鎊。」他說。教士看了男子一眼，確定他是否是認真的，而當他再看向卡夫先生時，他發現後者的臉色一片慘白。教士說：「這可是一大筆錢。」然後把手伸進口袋，開始數自己帶了多少。他身上只帶了約三十先令，於是他向同伴求援；兩人看起來似乎相當親密。這讓卡夫先生有機會整理思緒，開始用激動的表情解釋，這顆水晶蛋實際上並不能隨意轉賣。他的兩位顧客當然十分訝異，詢問為何他沒在出價前就想到這點。卡夫先生煩惱了起來，但還是堅持自己說的是實話，換言之，因為之前已有一個可能的買主，所以水晶蛋在當天下午並未對外出售。教士與年輕男子認為這是卡夫先生想要抬高價錢的手段，並作勢要離開古董店。但就在這時，起居室的門打開，有著深色瀏海和一雙小眼睛的主人出現了。

她是個五官粗糙且肥胖的女人，比卡夫先生年輕得多，體格也高大得多。她邁著沉重的腳步走過來，臉色漲紅。「那顆水晶蛋有對外出售，」她說。「而且五鎊已經是個很好的價錢了。卡夫，我不知道你在想什麼，竟然不想賣給這位先生！」

卡夫先生被她突兀的闖入搞得心煩意亂，眼光越過鏡框憤怒地瞪著她，並在沒有再三把握的情況下，主張他有權以自己的方式經營來古董店。夫婦倆於是爭吵了起來。兩位顧客興致盎然地看著熱鬧，偶爾建議卡夫太太該說些什麼。卡夫先生費力地堅稱剛才錯亂而令人難以置信的故事是真的，說的確有位顧客早上來問過水晶蛋的價錢。他激動的神情開始變得痛苦，但他以非凡的毅力堅持著自己的論點。是那個年輕的東方人結束了這場奇怪的爭論。他提議他們兩天後再來，給卡夫先生宣稱的那位可能買主公平競爭的機會。教士說：「但我們絕不會多付，五鎊就是五鎊。」卡夫太太代先生道歉，解釋他有時候「有點古怪」。當這兩位顧客離開時，夫婦倆已準備好談談整個事件的來龍去脈。

卡夫太太開門見山，直接詢問丈夫。可憐的小個子老人激動地顫抖著，亂無章法地編著故事，一面堅稱他有另一位顧客，一面主張水晶蛋其實值十基尼[1]。他太太質問：「那你為什麼要價五鎊？」。卡夫先生則回說：「讓我用我的方式經營自己的生意好嗎！」

卡夫先生與繼子和繼女一起住。晚餐時，這起交易又被重新提起。沒人贊同卡夫先生的經營模式，而今天的舉動更像是集愚蠢之大成。

「我認為之前他就拒絕把水晶蛋賣掉。」十八歲、四肢發達卻頭腦簡單的繼子說。

「可是能賣五鎊耶！」二十六歲、愛爭辯的繼女說。

卡夫先生回答得痛苦不堪；他只能咕噥著自己站不住腳的主張，說他最清楚自己的生意。晚餐才吃到一半，全家人就急急把他趕進店裡打烊。他的耳朵漲得通紅，鏡片後閃爍著惱怒的淚

[1]【譯注】英國舊時的金幣，值二十一先令，現值約一點零五英鎊。

水。「為什麼他把水晶蛋留在窗口這麼久？真笨哪！」這是他腦海中預見即將來臨的麻煩。一時間，他找不到可以留下水晶蛋的方法。

晚餐後，他的繼女和繼子打扮完畢出門，他的太太則回到樓上，佐著一杯加了一點糖和檸檬的熱水，回想著水晶蛋的利潤。卡夫先生走進店裡並待到很晚，表面上是為了製作金魚箱裡裝飾性的庭園造景，實際上卻是為了私人目的，接下來會詳細解釋。隔天，卡夫太太發現水晶蛋從窗口被移走了，改放在一些釣魚二手書的後面。她把它重新安置在顯眼的地方。但她沒有再為此爭論，因為神經性頭痛讓她懶得說話。卡夫先生則是一直懶洋洋。一天就這樣不愉快地過去了。若一定要說有什麼不尋常，就是卡夫先生比平常更心不在焉，此外也罕見地煩躁。那天下午，當他太太正一如往常的在睡午覺時，他再次將水晶蛋從窗口移走。

翌日，卡夫先生受託，必須將一條角鯊送去醫學院供解剖之用。他一離開，卡夫太太的腦子裡馬上想起了水晶蛋，以及可以揮霍五鎊這筆意外之財的種種方法。她早已想好一些快速花掉這筆錢的方式，比如買一件綠絲綢的洋裝、去里奇蒙旅行一趟等等，都十分令人愉快。這時，前門刺耳的門鈴聲召喚她走進店裡。顧客是一位家庭教師，來抱怨前一天有一些青蛙沒有送到。卡夫太太並不贊成卡夫先生做這方面的生意，而那位男士雖然有心挑釁，卻在講完幾句話後就離開了——對他來說，這可是相當彬彬有禮。卡夫太太的眼睛接著很自然地轉向窗口；因為水晶蛋的存在，保證著五鎊橫財即將落袋，她的夢想也觸手可及。但她卻吃驚地發現它不見了！

她走向櫃台寄物櫃的後方，昨天她發現水晶蛋被改放在那裡。但它卻毫無蹤影。她馬上開始在店裡急切地尋找。

當卡夫先生在下午一點四十五分左右送完角鯊回來時，他發現店裡一片狼藉，他的太太極為惱火地跪在櫃台後方，翻著他的動物標本。在刺耳的門鈴宣告卡夫先生返回時，她立刻從櫃台後方站起來，臉上露出氣憤的神色，指控他「把東西藏起來了」。

卡夫先生問：「把什麼藏起來了？」

「水晶蛋啊！」

卡夫先生顯然非常驚訝，急忙跑到窗口旁。「它不是在這裡嗎？」

「天哪！你把它怎麼了？」

就在這時，卡夫先生的繼子重新自屋裡的起居室走進店裡——他比卡夫先生早到家一分鐘，口中正在喃喃咒罵。他平日在街上的一間二手傢俱商當學徒，但三餐是在家裡吃。回到家卻發現午餐還沒準備好，自然讓他惱怒不已。

不過，當他聽到水晶蛋失蹤時，便將午餐忘得一乾二淨，怒氣也從母親轉向繼父。他們的第一個念頭當然是卡夫先生把它藏起來了，但卡夫先生堅稱自己不知道水晶蛋的下落。他口沫橫飛地發誓，最後甚至轉而指控是太太和繼子偷偷把它拿走，想要私下轉賣。因此，一場非常激烈且情緒化的爭執隨之展開。好不容易結束時，卡夫太太處於歇斯底里和張牙舞爪之間的緊繃狀態，繼子也遲了半小時才回到傢俱商處幹活。卡夫先生在店裡躲避太太的怒火。

晚上在繼女的主持下重新討論了此事，這次火藥味稍減，評判的意味濃厚。晚餐吃得十分不快，並以痛苦的一幕畫上句點。卡夫先生最終在極度的惱火中讓步，並在走出去的時候用力地把門摔上。其餘的家人趁他不在盡情地討論，並從閣樓一路搜索至地下室，希望能尋到水晶蛋的蛛絲馬跡。

翌日，之前詢價的兩位顧客再度來訪。卡夫太太幾乎是熱淚盈眶地接待他們。她透露沒人可以想像在婚姻的艱苦旅程中，她對卡夫先生的諸多忍耐……此外，她也就水晶蛋的失蹤作了一番含糊的描述。教士與那個東方人向彼此無聲地笑了出來，說這真是出人意料。在卡夫太太似乎打算將她的人生全盤托出時，兩人作勢要離開。仍抱著希望的卡夫太太詢問了教士的地址，以便她若真從丈夫手中拿回東西，可以通知對方。卡夫太太順利地拿到了地址，但之後顯然放錯了地方，以致她完全記不起來。

那天晚上，卡夫一家人似乎再也無力抒發情緒，而下午曾外出的卡夫太太則陰鬱地獨自用餐，與前些天充滿火藥味的爭執形成有趣的對比。家裡的緊張氣氛持續了一段時間，但不論是水晶蛋或是顧客，都沒再出現了。

現在，別拐彎抹角，我們必須承認卡夫先生的確說了謊。他完全知道水晶蛋的下落。它就放在雅各比·韋斯先生的房間裡，他在位於韋斯特本街的聖凱瑟琳醫院擔任助教。事實上，這個故事的詳細背景，就是由韋斯先生所提供。卡夫先生在去醫學院送貨的當天，把水晶蛋藏在裝角鯊的袋子裡一起帶去，並在那裡強迫這位年輕的研究員替他保管。韋斯先生最初有些疑惑。他與卡夫先生的關係十分特別。他對奇特的人很感興趣，不只一次邀請這位老先生來研究室抽菸或小酌一杯，娓娓道來關於人生，特別是關於他太太的有趣論點。韋斯先生也曾在卡夫先生不在家時，與卡夫太太碰過幾次面。他知道卡夫先生不停地被干涉；在以評判的態度衡量過故事的真偽後，他決定收留水晶蛋。卡夫先生答應會在之後詳盡解釋自己熱愛這顆水晶蛋的原因，但他很明確地提到曾在裡面看到特殊的景象。接著，他在同一天晚上拜訪了韋斯先生。

他講了一個頗為複雜的故事。他口中的水晶蛋是在另一個珍品經銷商的清倉拍賣中與其他零碎物件一同購得，因為不知道它值多少，他起初將價錢定為十先令。水晶蛋以十先令的價錢在他店裡待了幾個月，而當他正想「降價求售」時，卻有了奇異的發現。

那時他的健康情形十分糟糕。在此事件期間，他的身體狀況恰巧正處於低潮，更別說妻子和繼子女對他的漠視，甚至是虐待所導致的痛苦了。他的太太虛榮、奢侈、冷酷，且漸有染上酒癮的傾向；繼女吝嗇又不自量力；繼子則對他極為厭惡，從不錯失任何奚落或辱罵他的機會。古董店的日常經營沉重地壓在他的肩上，而韋斯先生認為他有時候在花錢上也不太節制。卡夫先生出身於良好家庭，受過正統教育，但已有好幾個星期為憂鬱與失眠所苦。當他躺在床上胡思亂想到難以忍受時，就會悄悄地自妻子身旁起來在屋裡徘徊，以免打擾家人。在八月底某一天的凌晨三點，了無睡意的他一時興起，走進了店裡。

這個骯髒的小店漆黑一片，但他注意到有一處閃爍著不尋常的光芒。走過去，他才發現是那顆水晶蛋，立在面向窗口的櫃台角落。一絲細微的光線穿過百葉窗的縫隙落在水晶蛋上，彷彿把整顆蛋都點亮了。

卡夫先生想到，這與他以前學過的光學定律不符。他可以理解光線經過水晶的折射集中到蛋的中央，但光線的擴散方式與他的物理概念相衝突。他走到水晶蛋前，凝視著蛋的裡面與周圍。他年輕時對科學充滿好奇心，而這也使他選擇了目前的職業；而現在那種好奇心再次短暫甦醒。他很驚訝地發現光線並非穩定地流洩，而是在蛋的內部扭動，就彷彿整顆蛋是由會發光的水蒸氣形成的空心球。在房裡來回踱步思考不同的可能性時，他突然發覺自己不慎站在了水晶蛋和光線的中間，而蛋卻在持續發光。目瞪口呆的同時，他把蛋從光源挪開，移到店裡最漆黑的角落。水晶蛋繼續發亮了四或五分鐘，才逐漸變暗並熄滅。當他再把它放在那道稀薄的晨光下時，水晶蛋幾乎又立即恢復了光亮。

故事到這個地方為止，韋斯先生都還有辦法證實這是真的。他曾反覆將這顆水晶蛋放在直徑小於一公釐的光線下仔細端詳。在宛如被天鵝絨包覆、伸手不見五指的漆黑當中，水晶蛋的確散發出非常微弱的磷光。然而，那種亮光看起來十分特別，似乎不是每個人都能看到。至少對哈賓格先生來說是如此。他因與巴斯德研究院的關係而為科學刊物之讀者所熟知，但他卻看不到任何光線。而韋斯先生的鑑賞能力與卡夫先生相比，相差更是懸殊。即使是卡夫先生自己，這種能力也有極大的變化：他在極度虛弱與疲勞的狀態下，所見之景象最為鮮明生動。

從一開始，出現在水晶蛋裡的光線就讓卡夫先生異常著迷。而他沒向任何人吐露自己的奇特發現，比一大串可憐兮兮的文字都更能說明這是一個多麼孤寂的靈魂。他似乎不時被惡意刁難，以致於只要承認某件事讓他快樂，都可能須冒著就此失去的風險。隨著黎明的到來，他發覺擴散的光線增加了，而水晶蛋顯然也不再發光。有好一段時間，除了夜晚店鋪的漆黑角落之外，他看不見蛋裡有任何東西。

但他突然想到，可以用自己拿來襯托不同礦石的舊天鵝絨布料試試，並發現將天鵝絨交疊蓋在頭上和手上後，就能順利在白天看到水晶蛋裡的光影移動。他小心翼翼以免被妻子發現，只有在下午妻子午睡時，才躲在櫃台下的一個洞裡謹慎地反覆觀察。接著有一天，在手裡轉著水晶蛋細瞧時，他看見了某樣東西。它一眨眼就不見了，但似乎在一瞬間讓他窺見了一個寬廣遼闊卻奇異的國度。而當他再把蛋轉了另一個角度時，隨著光線漸漸消失，他又看見了同樣的畫面。

韋斯先生向我保證，卡夫先生的陳述極為詳盡，且不帶任何會引發幻覺的情緒字眼。但韋斯先生無論怎麼努力，卻從未在水晶蛋微弱的乳白色光芒中看到如卡夫先生一般的清楚景象——這件事可不能忘記。對水晶蛋裡出現的畫面，兩人的印象深淺可說是天壤之別。可以想像，卡夫先生所謂的風景，在韋斯先生眼中不過是一團朦朧罷了。據卡夫先生所描述，他眼前一直都是一片廣闊的平原，而他似乎總是站在像是塔頂或是桅杆之類的高處往下俯瞰。平原的東西兩邊被巨大的紅色懸崖圍繞住，看起來距離很遠，讓他想起在某些圖片中看過的景色。但那是什麼樣的景色，韋斯先生卻無法確定。這些懸崖往南北延伸（他可以藉由夜晚的星辰辨別羅盤的方位），連綿至幾乎無垠的遠方，並在相會之前，就消失在遠處的薄霧中。在卡夫先生第一次看見這幅畫面時，他離東邊的懸崖較近，那時太陽正高高地掛在懸崖上方，在陽光照不到的陰暗之處則出現了一大群往上飛舞、某種他覺得是鳥的生物。他的下方有大片的建築物；他似乎是從高處往下俯瞰。而當這片建築物接近這個畫面模糊不清且會折射光線的邊緣時，又開始變得朦朦朧朧。另外，也有奇形怪狀、顏色特異的樹，滿布在一條廣闊且閃閃發亮的運河旁，形成一片苔蘚般的深綠色與優雅的深灰色；空中則有體形龐大、色彩鮮艷的東西飛過。不過，第一次卡夫先生只看見斷斷續續的畫面；當他的手一抖、頭一移動，眼前所見又時隱時現，變得模糊且朦朧。一開始他費了九牛二虎之力，才在不小心弄錯方向後再度看到同樣的景象。

一週後，他才再一次看到清楚的畫面。期間毫無成果，只有驚鴻一瞥與一些實用的經驗，可以順利看到山谷底部。這次的景象截然不同，但他卻堅信自己是在同一個地點的不同方向，在注視水晶蛋中的奇異世界。這也在他後續的觀察中充分得到證實。

他曾往下俯瞰過一棟巍峨的建築物，而這棟房子的狹長正面，現在正在自己的視線裡後退。他認得這個屋頂。房子正面的前方是宏偉且長度驚人的陽台，陽台中央每隔著一段間距，豎立著巨大但十分優雅的柱子，上面鑲嵌著亮晶晶的小型物體，反射著夕照的光芒。直到卡夫先生之後向韋斯先生描述此場景以前，他都並未想起上述的小型物體。陽台上垂掛著他平生所見最華麗優雅的植被，外頭則是廣闊的草坪，上面棲息著體積龐大的生物，看起來像甲蟲，卻比甲蟲大得多。再往外看，是一條由粉色石頭裝飾的華麗堤道。堤道外襯著紅色茂密的雜草，而穿過山谷、正巧與遠方的懸崖平行的，則是一塊寬廣如鏡的水域。

空中似乎飛滿了成群的巨大鳥類，像進行演習般來回劃出莊嚴的曲線；穿過河則是一大片壯麗的建築，色彩繽紛，閃爍著金屬花紋與刻面的質感，隱身在遠看像苔蘚般、長著地衣的樹木組成的森林中。接著，某樣東西突然從畫面中連續飄動而過，就像綴滿寶石的風扇在擺動，或是翅膀、臉，抑或是一張有著巨大雙眼的上半部的臉在不停撲動，彷彿從水晶蛋的另一側向他的雙眼直奔而來。卡夫先生驚訝不已，也對這對眼睛留下了極其深刻的印象，於是他把頭稍微後退了一些，從水晶蛋的後面觀察它。他全神貫注、不可自拔，以致當發現自己身處漆黑一片的小店裡，空氣中瀰漫著熟悉的甲基、發霉與腐爛味時十分詫異。而當他眨了眨眼時，發光的水晶蛋黯淡下來，然後熄滅。

上述是卡夫先生大致的第一印象。奇怪的是，這個故事聽起來直截了當，卻又因情況而異。最初，當山谷第一次閃現在眼前時，他的想像力受到了奇妙的影響。而當他接著開始仔細欣賞所見情景時，他的驚奇上升為熱情。他無精打采、心煩意亂地打理著生意，只關心何時可以回去繼續水晶蛋的觀察。而在他第一次看到山谷的幾週後，來了兩位顧客。他們的出價所帶來的壓力與刺激，以及水晶蛋差點就被賣掉的事，我之前已經說過了。

雖然此事是卡夫先生的祕密，它仍是一個必須偷偷摸摸走過去偷窺的奇景，就像孩子可能會偷窺一個被視為禁地的花園一樣。然而，身為一名年輕科學研究員的韋斯先生，在思考事情上一向是特別清晰且聯貫。既然卡夫先生直接把水晶蛋交給他，也詳細說了來龍去脈，那麼親眼見到水晶蛋發出的磷光之後，韋斯先生就有相當程度的確信，認為卡夫先生的陳述的確有事實根據，而能繼續有系統地研究此事。卡夫先生非常渴望前來欣賞這個他發現的仙境，且每晚都在八點半至十點半之間造訪，偶爾則在白天韋斯先生不在時過來。星期天下午他也會來。一開始，韋斯先生作了大量的筆記，這是因為他用科學方法證明了讓光線進入水晶蛋的方向與畫面定位之間的關係。藉由把水晶蛋放在盒子裡，只留一道小縫隙讓光線透進來，並將原來的暗黃色百葉窗換成黑亞麻布之後，他大大改進了觀測的外在條件。因此，沒過多久他們就可以從任何想觀測的方向，俯瞰這個山谷。

清除了障礙之後，我們或許能簡單描述一下水晶蛋裡的夢幻世界。卡夫先生是唯一看到所有畫面的人，所以工作的方式就變成由他來觀察水晶蛋並報告眼前所見，而韋斯先生則寫下簡短的筆記（他在還是理科生的時期就學會了在黑暗中書寫的技巧）。當水晶蛋變暗時，再把它放進盒子裡適當的位置上，並打開電燈。韋斯先生會問問題，建議不同的觀測方法來釐清疑難之處。沒有什麼能比這種工作方式更實事求是，不帶夢幻成分了。

卡夫先生很快地便將注意力放在之前看到的畫面裡，那些數量驚人、類似鳥類的生物上。他很快修正了自己的第一印象，一度認為牠們可能是一種晝行性品種的蝙蝠。接著他又想這些生物可能是小天使，儘管這個想法頗為荒唐。牠們的頭是圓的，卻很像人類，其中一隻的眼睛更讓他在第二次觀察時目瞪口呆。牠們有寬闊的銀色翅膀，身上沒有羽毛，但閃爍著像剛殺好的魚一般的隱約色澤。卡夫先生也發現牠們的翅膀並不是鳥翼或蝙蝠的構造，而是由身體中央呈放射狀的肋骨所支撐（有點類似有著彎曲肋骨的蝴蝶翅膀或許是最好的形容）。牠們的身體嬌小，但在嘴巴下面有兩條像是長觸角的抓握器官。雖然對韋斯先生來說有些難以置信，但他最後終於確信，擁有這些壯觀建築與宏偉花園的，正是這些生物。此外，卡夫先生還發覺這些建築有一些特殊之處。因為沒有門，所以大大的圓窗向外敞開，以便這些生物進出。牠們會飛下來以觸角著地，將翅膀折疊成小小的棒狀，並跳進房子裡面。但牠們中間還有一大群翅膀較小的生物，就像是巨型的蜻蜓、蛾與會飛的甲蟲，而在草地上，也有色彩鮮艷、體積龐大的地面甲蟲在懶洋洋地爬來爬去。另外，在堤道與陽台上還可看見頭部很大的生物，類似尺寸較大、有翅膀的蒼蠅，只是沒有翅膀，用牠們像手一樣的觸角在忙碌地跳躍著。

關於房子陽台的柱子上所鑲嵌的發光物，之前已間接提及。在視野特別清楚的某一天，卡夫先生在動也不動地盯著其中一根柱子時突然想到，發光的物體實際上就跟他現在所凝視著的這顆水晶蛋一模一樣。更加謹慎地細看後，他確信大約每二十根柱子就有一個類似的發光體。

偶爾，其中一種大型的飛行生物會振翅飛到其中一根柱子上，摺疊起翅膀，並將一些觸角纏繞在柱子上，並動也不動地凝視著一個地方，有時甚至長達十五分鐘。在一連串的觀察後，韋斯先生的假設讓兩人確信——就這個夢幻世界而言，他們所窺見的水晶蛋內部，實際上正位於陽台最末的那根柱子頂端。而且至少有那麼一次，這個異世界的居民在卡夫先生從旁觀察時，曾仔細研究著他的臉。

上述就是這個奇特故事的一些重要發現。除非我們將其全斥為韋斯先生的巧妙捏造，不然我們還是得相信下列的兩者之一：可能是卡夫先生的水晶蛋同時出現在兩個世界裡——但這表示水晶蛋在這個世界裡是被隨身攜帶的，但在另一個世界裡卻保持靜止不動；這聽起來實在頗為荒謬。另一個可能性是水晶蛋與在另一個世界裡一模一樣的水晶蛋有某種奇異的共鳴，因此在這個世界裡看到的水晶蛋內部，在合適的條件下，另一個世界的觀察者也可在另一顆與其相呼應的水晶蛋裡看到，反之亦然。目前，我們還不知道有任何可以讓兩個水晶蛋保持如此一致的方法，但我們至少了解這並非完全不可能之事。兩個水晶蛋保持一致是韋斯先生想出的假設，而對我來說，此假設可信度極高……

那麼另一個世界在哪裡呢？思緒靈敏的韋斯先生也很快地提供了答案。日落之後，天色迅速地暗了下來（但其間有非常短暫的暮色），接著星星開始閃耀。它們跟我們所看見的星星並無不同，散布在同樣的星座裡。卡夫先生認出了大熊座、金牛座的昴宿星團、畢宿五和天狼星：因此這個異世界一定在太陽系的某個地方，還可能離地球僅有數億英里之遙。緊跟著這條線索，韋斯先生發現此處午夜的天空是比地球的隆冬更為黝暗的深藍色，太陽看起來也比較小。而且還有兩個小小的月亮！「很像我們的月亮，只是比較小，而且表面的瘢疤差異頗大」；其中一個月亮移動地相當迅速，可以清楚看到它在天空中運行的軌跡。這兩個月亮從未升上高空，而是一上升就消失了：換言之，因為離主要行星太近，它們每次公轉時都會被遮蔽。雖然卡夫先生並不知道火星上的情況，但這樣的假設幾乎回答了所有的疑問。

的確，卡夫先生從水晶蛋裡看到了火星與火星人是一個非常合理的結論。若真是如此，這顆在遙遠的畫面裡閃爍地如此燦爛的夜星，就是我們的地球。

有一段時間火星人（若真有火星人的話），似乎並不知道卡夫先生正在觀察牠們。有一或兩次有某個火星人過來瞄一眼，然後就很快回到其他的柱子上，像是眼前的景象不太吸引人。這段期間卡夫先生可以在不受牠們干擾的情況下，觀察這些長著翅膀的人的行為與動作。雖然他的報告想當然爾十分模糊且片面，但還是具有相當的啟發性。想像一下火星人觀察員對我們人類會有什麼印象好了。在經歷一段艱難的籌備工作，讓眼睛疲勞不堪後，牠可以從聖馬丁教堂的尖頂往外延伸看到倫敦的風貌，一次最長四分鐘。卡夫先生無法確定有翅膀的火星人，是否跟在堤道與陽台跳躍的火星人是同一個種族，還有後者是否也能隨意伸出翅膀。有好幾次，他看到有點像大猩猩的兩足動物在一些長滿地衣的樹上進食，牠們動作笨拙，體色白皙中帶著部分透明。還有一次，有好幾隻跑到正在跳躍的圓頭火星人面前。後者用觸角抓住了其中一隻，接著畫面就瞬間黯淡下來，讓卡夫先生陷入一片難熬的黑暗裡。在另一次觀測時，出現一隻卡夫先生原以為是某種巨大昆蟲的生物，看似正以驚人的速度在沿著運河旁的堤道前進。隨著畫面拉近，卡夫先生才發現它是某種由閃亮的金屬組成的機械裝置，構造複雜無比。接著，當他想再看清楚一點時，它已淡出視線範圍。

一段時間之後，韋斯先生開始渴望能吸引這些火星人的注意力。下一次，當其中一個火星人的奇特眼睛離水晶蛋表面距離極近時，卡夫先生大叫並往後跳了一步。他們馬上把燈打開，以像是打信號的方式作著手勢。可是當卡夫先生最後再度檢視水晶球時，火星人已渺無蹤影。

迄今為止，這些觀測都是在十一月上旬進行，而卡夫先生，感覺家人對水晶蛋的疑心已逐漸緩和之後，開始帶著水晶蛋來來回回，這樣一旦白天或夜晚有觀察的機會出現，他或許就能從這個已迅速變成他人生中最真實的存在裡得到安慰。

十二月時，韋斯先生負責的測驗工作變得十分繁重，但測驗卻被迫往後延了一週，還是十或十一天——他不是很確定。這段時間，他都沒看到卡夫先生。他焦慮起來，想繼續未完成的調查，而既然週期性工作帶來的壓力已有所減輕，他就撥冗去了一趟日晷之柱。在角落裡他注意到一間鳥商的窗戶前垂著一扇百葉窗，另一間補鞋店前也有。卡夫先生的店沒開。

他敲門，一片漆黑中卡夫先生的繼子打開了門。繼子立刻叫卡夫太太過來，韋斯先生不禁注意到她身著一襲廉價且寬大的黑色寡婦喪服，上面是非常有氣勢的圖案。因此在得知卡夫先生過世且已下葬的消息時，韋斯先生並不十分驚訝。卡夫太太熱淚盈眶，聲音有些混濁。她才剛從海格特回來，心緒似乎一直盤桓在自己的未來景況以及葬禮的體面細節上。但韋斯先生最後還是問出了關於卡夫先生死亡的詳情。卡夫先生在最後一次去拜訪韋斯先生後，一大清早被發現被發現死在店裡，水晶蛋緊握在他冰冷如石的雙手裡。卡夫太太說，當時他的臉上帶著笑容，用來襯托礦石的舊天鵝絨布料則飄落在腳邊。他恐怕嚥氣了五或六個小時才被發現。

這對韋斯先生來說無疑是晴天霹靂，他開始毫不留情地責備自己，為何沒有注意到這位老先生健康欠佳的明顯症狀。但他腦海裡主要在想的還是那顆水晶蛋。他小心翼翼地提起了這個話題，因為他知道卡夫太太的怪癖。當他得知水晶蛋已被人買走時，簡直是楞住了。

卡夫太太在丈夫的屍體被抬上樓後，第一個冒出的想法就是寫信給那個出價五鎊的瘋狂教士，通知他水晶蛋找回來了；但與女兒在一陣翻天覆地的搜尋後，她們確定之前不小心弄丟了他的地址。日晷之柱的居民過世，在哀悼與下葬事宜上一向十分講究，以維持昔日的尊嚴。既然他們沒錢以同樣的方式處理卡夫先生的後事，只好向一位店面位於大波特蘭街的友善同行求助。他在估價完後爽快地接手了一部分的庫存。估價是他自己做的，而水晶蛋正包含在這批貨物當中。韋斯先生在說了一些安慰性的話語之後，就頗為突兀地在第一時間匆匆趕往大波特蘭街。但到了那裡，他才知道水晶蛋早已轉賣給一個身穿灰色衣服、高大黝黑的男子。這個奇特故事中所有的具體發現（至少對我非常具有啟發性），至此就突然地畫下了句點。大波特蘭街的經銷商既不知買主身分，也沒有特別留意，以致無法詳述他的外貌。有一段時間韋斯先生就杵在店裡，不厭其煩地詢問毫無希望的問題，以發洩自己的憤怒情緒。最後，在忽然了解到水晶蛋早已在他掌控範圍之外，像夜晚的幻影一樣消失無蹤之後，他回到了自己的研究室，並有些驚訝地發現先前所做的筆記依然留在凌亂的桌面上，字跡也可清楚辨認。

他自然十分惱怒和失望。他第二次造訪大波特蘭街的古董經銷商（此行一樣毫無成效），並在古董收藏家可能閱讀的期刊上刊登廣告。他也寫信給《每日記事》與《大自然的奧秘》期刊，但這兩份期刊都懷疑這是場騙局，並請他在刊出文章之前三思而後行，說這樣一個古怪卻缺乏佐證的故事，或許會危及他身為科學研究員的聲譽。再來，他必須處理的工作也刻不容緩。因此在一個多月後，除了偶爾提醒幾個古董經銷商之外，他心不甘情不願地放棄了尋找水晶蛋的行動。從那天開始，水晶蛋就一直渺無音訊。然而，有時候他說自己會有突如奇來的熱情，想把更緊迫的手邊工作置之一旁，好繼續尋找水晶蛋。我倒是蠻相信他的決心。

水晶蛋是否就此消失，以及它的材質與產地，至今同樣難以確認。若買主是位收藏家，我們或許可以期待他已透過經銷商處得知韋斯先生正在四處打聽的消息。韋斯先生已發現造訪卡夫先生古董店的教士與那位神祕「東方人」的身分，其實是詹姆斯．帕克教士與爪哇國的波索庫尼王子殿下。我有義務解釋一下關於當時的詳情。王子殿下的目的只是出於好奇心與想推霍一番的欲望。他那麼急於買下水晶蛋，不過是因為卡夫先生如此不情願出售在他看來十分古怪罷了。第二個買主也可能只是普通的顧客，而非收藏家。至於水晶蛋的下落，就我所知，目前可能就在離我一哩之內的某戶人家，用來裝飾客廳或當作紙鎮，它的驚人作用則完全無人知曉。事實上，正因想到有此可能性，才促使我將這個故事付諸文字，讓一般的小說讀者有機會一窺其中奧妙。

我對此事的想法與韋斯先生並無二致。我相信火星上嵌在陽台柱子上的水晶體，與卡夫先生的水晶蛋物理構造上是一致的，但原因目前令人費解。我們倆也都相信這顆水晶蛋，大概早在久遠以前，就從火星被送往地球，好讓火星人可以近距離地觀察我們。或許，嵌在其他柱子上的水晶體也存在於地球上。到現在為止，還沒有足夠證據，說明以上所述是出於幻覺。

新星

元旦當天，三座天文台幾乎同時發佈了同樣的消息：環繞太陽的行星中，距離最遠的海王星突然變得非常不穩定。[1]當初奧格威在十二月發現海王星行進速度減緩時，就已經發出警告了。不過許多人連海王星的存在都不知道，所以世人對此消息也沒有太大的反應。之後他又發現海王星周遭發出了微弱的光芒，但除了天文界，其他人也無太大的興趣。但科學界一開始就相當重視這則情報，甚至早在他們發現這顆星星正在越變越大、越亮之前。該星的運行軌跡也與其他星球規律的運行不同，而海王星跟周遭的衛星的偏轉則是前所未見。

若沒有受過科學訓練，很少人會了解太陽系是多麼地孤立。在超乎人類想像的廣大太空中，太陽旁邊圍繞著行星、小行星以及無形的彗星。在海王星的運行軌道之外，還有無窮無盡的太空，就目前人類所能觀察到的地方，距離大約是兩千萬個一百萬英里。這一片太空都是一片虛無，沒有溫暖，沒有陽光，完全一片寂靜。

這是海王星與下一個最接近的星星之間預估的最短距離。除了幾個比文火還要微弱的彗星以外，據人類知識所及，沒有任何物質曾穿越這片寬廣的空間，直到二十世紀初期，這顆在四處漫遊的奇特星星出現。這塊又大又重的物質，突然間就從這片未知的太空浮現，直接飛向太陽的照射範圍內。到了第二天，只要用不錯的器材就可以在獅子座，在鏡頭上的軒轅十四旁看到這個小點，小到看不出半徑到底多小。再過不久，用觀賞歌劇用的望遠鏡就可以看到。

[1] 編註：本篇著作寫成於一八九七年，當時人類尚未發現冥王星。一直到一九三〇年發現冥王星為止，海王星都是人類所知離太遠最遠的繞日行星。

到了新年第三天，南北半球的民眾都從報紙的報導當中，了解到這個天文異象真正的重要性。倫敦一份報紙下的頭條是：「星球撞擊」，並且引述迪謝納的意見。迪謝納認為，這顆奇怪的新行星很可能會撞上海王星。各地知名的作家都在此主題大做文章。所以就在新年第三天，各地首都很多人都看著天空，多少期待會發生什麼事情。當天全球各地的人都在天黑之後，抬頭來仰望看著天空，看著跟過去沒有兩樣的星星。

倫敦天已經亮了，北河三星已經落下，天上的星星也暗了。這就是冬天的黎明，所有的日光就好像蒙上了一層紗。從窗戶看進去，已經起床的人家，家裡煤氣燈跟蠟燭散發出黃色的光芒。但就在此時，在路邊打哈欠的警察看到了，市場中忙碌的民眾也看得目瞪口呆。一早出門去上班的人、送牛奶的人、送報車司機、整夜狂歡，到了早上才一臉疲倦與蒼白地回家的人、流浪漢、巡邏的衛兵、準備去田裡上工的工人，還有闖空門的小偷，在這天色有點暗但逐漸甦醒的城市當中，每個人都看到了！就連在海上的船員也都看得到，一顆巨大的白色星星，突然飛向西方的天空！

這顆星星比天空當中任何一顆星星都還要明亮，就連晚上星星最亮時也比不過。就算天亮一小時後，星星依舊又亮又大，不只是一個小光亮點，而是一個閃亮的圓盤。在科學尚未普及的地方，大家看著都怕了起來，到處跟別人講當天空出現這種異象時，往往代表戰爭與瘟疫即將爆發。強壯的波爾人、皮膚黝黑的何騰托人、黃金海岸的非洲黑人、法國人、西班牙人還有葡萄牙人，都一邊享受著日出的溫暖，一邊看著這顆奇怪的新星落下。

在上百座天文台中，研究人員看著兩個遙遠的星體一起急速飛行，他們喜不自勝，一邊忍住大喊的衝動，一邊準備好攝影器材、分光鏡以及各種設備，要記錄星球毀滅這個新奇的驚人景象。這顆地球的姐妹星球，體積比地球還要大，但突然就這樣發出火光地毀滅了。海王星就這樣被一顆突然從外太空出現的星星筆直地撞上去。衝撞所產生的高溫讓這兩個球體自然成為一大片白熱光。

那天在天亮兩個小時前，全世界都可以看到，在太陽之下，那顆暗淡的白色星星往西方落下。每個看到的人都讚嘆眼前這個景象，但當中最驚訝的莫過於水手。水手都有觀星的習慣，他們遠在海上，沒有聽過這顆星星出現的消息，但現在看到這顆星星就好像一顆小型的月亮一樣，慢慢地往天空上升到我們的頭上，整晚慢慢地往西方落下。

隔天歐洲也可以看到這顆星星，不論是在山坡、屋頂跟空地上，都有民眾聚集望向東方，看著這顆新星升起。這顆星星從天邊升起時，發出如同白色火焰般的白色亮光。前一晚看著這顆星星出現的人，此時看著同一顆星星並驚呼著：「變大了！」還有「變亮了。」往西落下的月亮，現在只看得到四分之一，體積的確比這顆新星小，但就連滿月的光芒也比不上這顆星星。

街上的人喊著「變亮了。」但在昏暗的天文台中，觀察員都屏息以待，面面相覷地說：「越來越近了！」

「星星越來越近了」這句話此起彼落。緊接著是電報的聲音，隨著電話線將消息傳到上千個城市，身上滿是污漬的排字工人排出了「星星越來越近了」這句話。在公司上班的人，突然了解這句話的意思，紛紛放下手中的筆。許多地方的民眾，在了解到「越來越近了」這句話的可怕含義後，都議論紛紛。不論是破曉的街頭，或是寧靜小鎮中滿地冰霜的小路上，從陣陣傳來的電報上看到這則消息的人，都在街燈的亮光下大聲宣傳，對經過的路人大喊「星星越來越近了。」全身打扮地光鮮亮麗的女性，在跳舞的時候聽到別人把這則消息當成笑話一樣來談論，還裝得自己好像很懂、很關心一樣。「真的越來越近了！真是神奇！人類一定很聰明，不然怎麼有辦法知道這種事情？」

寒冬的夜晚中，孤獨走在路上的流浪漢則是一邊看著天空，一邊安慰著自己說：「當然需要近一點。今天晚上這麼冷，不過雖然近了點，好像也沒有比較溫暖。」

一名婦人跪在死去的家人旁邊，一邊哭著說：「一顆星星跟我有什麼關係嗎？」

為了準備學校考試而早起的男孩，透過結霜的窗戶看著閃亮的新星，幫自己想出了合理的解釋。他的手托著下巴，一邊說著：「離心力、向心力……讓一顆星球停止移動，讓其離心力消失，然後會發生什麼事情？接下來向心力會發揮作用，然後這顆星球就會往太陽飛過去，然後……」

「我們是不是在這顆星球飛往太陽的軌道上？我不知道……」

那天太陽跟平日一樣落下，寒冷的夜晚再次降臨，這顆奇怪的星星也再次出現，而且現在這顆星星發出的亮光，讓日落後升起接近滿月的月亮看起來黯淡無光。在南非一座城市裡，一個男人剛舉辦完婚禮，街坊鄰居都在等他帶著新婚的美嬌娘回來。還有人在一旁諂媚著說：「你們兩人一結婚，就照亮了夜晚的天空。」在摩羯座底下，一對黑人情侶，不顧野生動物跟邪靈的危險，一起躲在有許多螢火蟲的藤叢當中。他們看著那顆星，然後悄聲說著「這是屬於我們的星星。」說來奇怪，這顆星星發出的光芒，也溫暖了他們的心。

數學專家坐在他私人的辦公室，將眼前的報告推開。他已經完成所有的計算工作。桌上的一個藥瓶裡面還有一點藥，他就是靠著這些藥來提神，讓他這四個漫長的夜晚，挑燈夜戰完成計算。每天他都非常平靜、耐心地向學生們講課，講課內容依舊清楚明確，然後他會馬上回來繼續這份重要的計算工作。現在他的臉色有點慘白，因為吃藥提神來徹夜工作，所以臉上還有點疲倦，卻又感到興奮。他沈思了一陣子，然後走到窗戶旁邊，拉起百葉窗，在半空中看到那顆星星，高高掛在屋頂、煙囪與尖塔的上方。

他就好像瞪著勇猛的敵人般看著這顆星星，在沉默一陣子後他說：「你可能會奪走我的性命。但是我這顆小腦袋，可是把你跟整個宇宙都摸透了。我絕對不會改變，就算是這種時候也是一樣。」

他看著那個小藥瓶，然後說：「看來不用睡了。」隔天中午他準時走進講堂，照往常習慣把帽子放在桌子最旁邊，然後小心挑出一根長長的粉筆。他的學生都會開玩笑說，他如果手上沒有把玩著粉筆，就沒辦法講課。有次學生把粉筆藏起來，他還嚇到沒辦法講課。他眉毛都已經白了，看著課堂上年輕的學生，一邊用他慣用的平淡語氣對學生說：「現在發生了我能力無法掌控的狀況。」他停了一下又繼續說：「看來我無法完成我所設計的教材。各位同學，簡單來說，人類來這世上一趟，似乎都白來了。」

學生們面面相覷，懷疑自己是不是聽錯了？還是教授瘋了？有的學生不以為然地提起眉毛，有的學生咧嘴偷笑，但也有一兩位學生專注地看著教授冷靜、慘白的臉龐。教授接著說：「所以我認為，利用今天早上的時間，向各位仔細說明讓我做出這個結論的計算工作。讓我們假定……」

他轉身面向黑板，照往常事先思考即將要畫的圖。一位學生悄悄地對另外一位說：「他說白來了是什麼意思？」另一位只是對著教授的方向點個頭，回答說：「專心聽。」

不需要多久，他們就都明白了教授的意思。

❖ ❖ ❖ ❖ ❖ ❖

那天晚上，那顆星星比較晚才升上天空，從獅子座往東飛向處女座。這顆星星的亮度，讓整個夜空發出明亮的藍色光芒，每顆星星都看不到了，只剩下天頂的木星、五車二星、金牛座的雙星、天狼星以及大熊座的指極星。這顆星星發出美麗的白色光芒，全世界許多地方在當晚都能看到這顆星星周圍微弱的光暈。從肉眼來看，這顆星星明顯變大了。在熱帶的天空的折射下，這顆星星看起來有月亮的四分之一大。英國路上還結著霜，但整個世界看起來就像被仲夏的月光照亮般地明亮。在這顆星星的照亮之下，就連在夜晚看東西就跟白天一樣清楚，油燈看起來反而失去了光芒。

那天晚上，全世界都醒著。基督教國家中，鄉間居民低沉而敏銳的耳語此起彼落，如同灌木中的蜂鳴聲。城市裡則是發出鏗鏘的吵雜聲，原來是各城市中成千上萬個鐘樓與尖塔，一起敲響了鐘聲，要民眾趕快醒來，不要繼續犯罪，而是要來到教堂中一起禱告。隨著地球繼續轉動，夜晚過去，這顆閃亮的星星再次上升到大家的頭上。

城市中街道跟家家戶戶燈火通明，造船廠燈光都開著，所有通往郊外高地的路，不僅燈火通明，也擠滿了人。文明國家的海上，船隻引擎傳來有節奏的震動，有些則是張開了帆，船上擠滿了人跟動物，都在海上注視著北方。數學家的警告，已經透過電報傳達到世界各地，而且已經翻譯成上百種語言。新星與海王星相連在一起，而且都著火了，就這樣一起向前旋轉，往太陽的方向前進，速度越來越快。這一大塊燃燒的物質每秒可以飛行一百英里，更可怕的是每秒鐘飛行速度都越來越快。飛行時距離地球至少一億英里，所以對地球沒有太大影響。但在飛行的軌道上，會經過木星還有木星的衛星。現在這顆燃燒的新星跟最大的行星——木星之間的引力越來越強，會帶來什麼後果？最後木星會脫離其既有軌道，進入一個橢圓形的軌道，而燃燒的那顆新星，受到引力的影響，雖然正在迅速往太陽方向飛行，飛行路徑也會因此彎曲，甚至有可能撞上地球，但能確定的是會近距離飛過地球。數學家預測，屆時將發生地震、火山爆發、龍捲風、海水高漲、洪水，溫度可能無限上升。

在我們頭上的這顆寂寞、寒冷的青灰色星星，熊熊地燃燒著，即將帶來數學家所預言的毀滅。

當天晚上很多人睜大著眼睛盯著這顆星星，看到眼睛都累了。他們清楚看到這顆星星越來越近。同一天晚上，氣候也改變了。原本中歐、法國與英國地上所結的霜，現在已經快要融化了。

你可不要因為故事提到有人禱告、有人跑到船上或逃到山區去逃難就以為全世界都因為這顆星星而陷入恐慌。事實上，人依舊是習慣的動物，除了休息時聊一下，還有注意到夜晚特別明亮以外，十個人有九個還是照樣過著往常的日子。除了少數幾家商店以外，城市裡的商店，多數還是如常一樣開門跟打烊。醫生跟殯葬業者依舊忙於自己的工作；工人還是到工廠上班；軍人照常操練；學者依舊研究；愛人尋找彼此；小偷闖空門後照樣逃跑；政治家繼續打著自己的如意算盤。印刷廠列印報紙的聲音整晚此起彼落。很多神父認為這只是民眾無端的恐慌，因此不願意開放教會，只怕民眾會因此更害怕。新聞報紙堅持不要忘記千禧年的教訓，因為西元一千年時，也有人預言過那世界的末日。他們認為現在出現的這顆星星不是星星，而只是氣體、一顆彗星。如果真的是星星，絕對不可能撞上地球，因為從來沒有發生過這樣的事情。到處都有那種篤信常識的人，而他們瞧不起、嘲笑，甚至有點想要迫害那些固執而恐懼預言的人。當天晚上，在格林威治時間七點十五分時，星星距離木星的距離最近。到時候世界都會看到事情最後的發展。很多人認為，數學家做出如此的警告，只不過是在幫自己打廣告罷了。有常識的人在熱烈討論後，依舊沒有改變心意，照往常一般上床睡覺。沒有常識的野蠻人也一樣，在受夠了這新奇的事物後，照樣過著他們的夜晚。除了幾隻狗還嚎叫以外，動物世界也沒有在注意這顆星星。

歐洲各國關注星星的民眾在一小時之後看到星星昇起並發現它並沒有變大時，還有很多人醒著，想嘲笑這位數學家，彷彿整個危機已經過去了！

笑聲不久後就停止了，星星變大了——它每個小時都以可怕的穩定性成長。每個小時就變大一點，越來越接近午夜的天頂，也越來越亮，直到把黑夜照亮成白晝。如果當初軌道沒有彎曲、沒有因為木星而減慢速度，這顆星星會直接飛往地球，一天之內就能從太空抵達地球，用不著五天。隔天晚上，這顆星星已經變成月球的三分之一大，當晚所有英國人都看到了，地上的霜也融化了。等到美洲的人看到時，這顆星星的大小已經接近月球，發出的亮光讓人眼睛睜不開來，而且散發出極高的熱度。也因為這顆星星的關係，現在吹起了一股強勁的熱風，且越來越熱、越來越強。維吉尼亞州、巴西以及聖勞倫斯河谷，雖然出現厚厚的雷雲、紫色的閃電以及前所未見的冰雹，還是可以看到這顆新星閃爍。在加拿大的曼尼托巴，冰雪融化造成洪水。全球各地的高山上，冰雪也開始融化。從高地流出的河流，河水變得相當混濁，而且在上游，水中盡是旋轉不停的浮木以及野獸與人的屍體。由於冰雪融化，這些河流的水位就在星星的亮光下不停上漲；河水慢慢地流經河岸，最後終於淹沒沿岸，追上村子裡正在逃命的村民。

沿著阿根廷的海岸到南太平洋，潮汐高度高到前所未見。暴風也讓海水倒灌到內陸好幾英里處，把幾座城市整個淹沒了。那天晚上氣溫相當炎熱，熱到隔天太陽出來就好像一個陰影一樣。從北極圈到美洲，直到南美洲最南端的合恩角，陸續發生越來越強的地震，強到山腰移位、路上出現裂縫，房子與牆壁也都相偕倒塌。科多伯西火山有一整片因地震而滑動，火山因此爆發，岩漿噴得又高、又廣、又快，不到一天就已經流入海中。

在這顆星星旁邊，月亮看起來黯淡無光。這顆星星飛過太平洋，就像拉著袍子的邊緣一樣拖著暴風雨前行，所到之處無不潮汐高漲。這些潮水波濤洶湧，淹沒了一座又一座的島嶼，沖走了島上所有的居民。但最後的這波浪潮，在明亮的星光與炙熱的溫度之下，來得又急又快，就好像一面牆一樣，高達五十英尺，直接衝上亞洲各國的海岸，淹沒中國各大平原。這顆星星現在比太陽極盛時期還要更熱、更大與更亮，一下子發出無情的光芒，照亮整個人口稠密的國家。城鎮上的涼亭、樹木、道路與田地，都可以看到數千萬失眠的人，無助地看著熾熱的天空。之後低沉的聲音越來越大，原來是洪水所發出的。那天晚上上千萬的人無處可逃，拖著沉重的身軀，在炙熱的溫度下呼吸又急又喘，還有高若一道城牆的洪水急速打了過來。等待著他們的只有死亡。

中國被星星照得一片亮白，但在日本、爪哇島以及東亞的各個島嶼，在星星到來之前火山爆發，蒸汽、煙與灰燼噴發得到處都是，讓這顆星星看起來像是一顆暗紅色的火球。天空充滿岩漿、熱氣與火山灰，地上則是大洪水，加上地震讓整個地球搖動個不停。西藏與西馬拉雅山自遠古時代便累積至今的冰雪，很快就融化了。融化的雪水也透過緬甸與印度斯坦上千萬條聚合的渠道流下。印度的叢林頂端，有上千個地方在燃燒。洪水也淹沒了叢林，樹幹旁的流水湍急，水中可以看到深色物體無力地掙扎，他們濕透的身體照映出血紅色的火舌。民眾就好像無頭蒼蠅一樣驚慌，男男女女都沿著寬廣的河道，前往人類最後的一線希望——寬廣的大海。

這顆星星越來越大，也越來越熱、越亮，而且變化的速度快得嚇人。熱帶海洋原有的磷光消失了，黑色的浪潮也不斷地拍打著，當中有許多艘被暴風弄沈的船，冒出一圈圈詭異的白煙。

然後奇蹟發生了。對看著這顆星星升上天空的歐洲人而言，世界似乎已經停止了轉動。為了逃離洪水、崩塌的房子以及移位的山丘，成千上萬的人逃到海上或山頂，眼睜睜地看著這顆星星上升，卻束手無策。一個又一個小時過去了，大家心裡都七上八下，但這顆星星沒有升上天空。在他們眼前出現的，是他們以為已經永遠消失的星座。英國天空一片晴朗，天氣相當炎熱，地面不斷震動。但是在熱帶的天空，在一片蒸汽籠罩之下大家看到的是天狼星、五車二星與金牛座的雙星。最後這顆新星升上天空時，已經遲了十小時，太陽也已經升到這顆新星的上方。而這顆星星的中間，出現了一圈黑色。

在亞洲，可以看到新星移動速度比天空還要慢。就在新星飛到印度上方時，突然間光芒減弱了。從印度河河口到恆河河口之間的平原，當晚地上還淹著淺淺的一片水，反射出新星的光芒。廟宇、宮殿、山崗與山丘，當晚都人滿為患，看起來一片黑漆漆的。每座清真寺的尖塔上都擠滿了人，但炙熱的天氣加上恐懼，使他們一個接著一個掉到汙濁的水中。整個國家似乎都在哀嚎，而就在大家因為如此的高溫而感到絕望時，事情似乎出現了轉機。天空開始吹起涼爽的風、雲越來越多，而且氣溫好像也下降了。

當時，大家都抬起頭來注視著那顆星星。儘管亮度依舊炫目，但是他們看到中間那團黑色越來越大，逐漸遮掩住新星的光芒。原來那是月亮。月亮移動到星星與地球中間。就在大家鬆了一口氣，開始感謝上天時，此時太陽突然以難以解釋的速度上升。新星、太陽與月亮就這樣一起在天空中快速飛行著。

對於現在正在看著天空的歐洲民眾，星星跟太陽緊鄰著一起升上天空，迅速往上飛一段距離之後，速度逐漸放慢，最後完全停在天頂。星星與太陽一起高掛在天頂，乍看之下兩者好像成為了一顆火球。現在月亮已經沒有遮住那顆星星，反而在這明亮的空中，不見月亮的蹤影。在倖存者當中，很多人因為飢餓、酷熱的天氣與絕望，愚蠢地認為這一切毫無意義，但還是有人試著了解背後真正的含義。這是這顆星星與地球最接近的時刻。兩者擦身而過，然後星星就飛走了，越飛越遠，越飛越快，朝著太陽的方向飛過去。

後來天空的雲越來越多，讓人看不清楚，全世界到處都在打雷跟閃電，天空也突然降下大雨，雨勢之強前所未見。原本將岩漿噴發至雲層頂端的火山，現在則是流下泥漿。世界各地都可以看到陸地上流著水，廢墟都被淤泥所覆蓋著。整個地球一片雜亂，就好像暴風雨剛經過的海灘一樣，到處都漂浮著垃圾，還有地球的子民——人類與動物的屍體。接下來好幾天的時間，水慢慢退去，沖走土壤、樹木與房屋，塞滿了河溝，並且在鄉間沖刷出一個小峽谷。這是在星星與炙熱天氣出現之後的黑暗時期，之後長達好幾個禮拜、好幾個月的時間，地震都沒有停過。

但是這顆星星已經過去了，飽受飢餓所苦的人們，鼓起勇氣，慢慢地回到那已經成為廢墟的故鄉、埋在地底的穀倉，以及被洪水淹沒過、還未乾的田地。少數幾艘在暴風雨中倖存下來的船隻，在一陣驚嚇之後滿身斑駁地出現在過去熟悉的港口，只是現在必須小心翼翼地駛過新的地標與暗礁。隨著暴風雨逐漸轉弱，大家都發現目前的氣候比過去還要炎熱，太陽也變得更大，而月亮則縮小到原本大小的三分之一，兩個新月之間的間隔延長到八十天。

但是現在人們之間出現了如兄弟般的嶄新情誼，一起攜手重建法律、打撈被水沖走的書籍與機器。冰島、格陵蘭島以及巴芬灣沿岸，也出現奇妙的改變。到那邊去的水手，發現被冰覆蓋的區域變小了，氣候也更加宜人，讓這些水手無法相信自己的眼睛。但這個故事並不打算提及這些，也不打算提到由於現在地球氣溫上升，人類因此而往南北極的方向遷徙。畢竟這顆星星的出現與消失，才是故事的主角。

火星天文學家，也就是在火星上的天文學家，雖然跟人類是相當不同的生物，但是對這起事件也相當有興趣。當然他們是從自己的角度來看待地球上所發生的一切。有一位火星人寫下：「考慮到飛越我們的太陽系、直衝太陽的這顆飛彈（星星）的質量跟溫度，對地球只造成這種程度的損害，實在令人吃驚，況且這顆飛彈當時還跟地球擦身而過。過去各大陸的標記，還有海洋的大小，都還是沒有改變。唯一的不同似乎只有南北極的白色大地（推測應該是結冰地區）變小了。」這一切都讓我們明白，即使這對人類來說是一場前所未見的嚴重災害，但從幾百萬英里之外來看，似乎又顯得微不足道。」

石器時代的故事

一、烏羅米與烏雅

這個故事發生時，人類尚未有任何記憶、歷史尚未開始，如果要從現在的法國走到英國，連腳都不用弄溼。布滿沼澤的泰晤士河，慢慢流到萊茵河匯合。萊茵河流經一大片寬廣平原，現在都已經淹沒在北海底下。在那古老時代，道恩斯山腳下的山谷並不存在，薩里南方座落許多小山，山坡上長滿了杉樹，山頂通常蓋滿了雪。這些山頂最高處也就是目前的萊斯山、皮區山以及欣得黑德[1]。在地勢較為平緩的山坡上，野馬都在此吃草。山坡後面的森林，長滿了紫杉、甜栗、榆樹與灌林叢。灰熊與土狼，藏匿在森林昏暗之處。灰猩猩則在樹之間移動。接下來我要說的故事，就發生在威河邊的森林、沼澤與草地上。如果地質學家的計算正確，這故事發生時間是在五萬年前，整整五萬年前！

當時的春天跟現在一樣，是充滿喜樂的季節，也同樣讓人為春天到來感到熱血沸騰。下午藍天白雲，西南風就像溫柔的擁抱般，輕柔地吹拂。新來的燕子在空中來回。河邊長滿白色陸蓮花，沼澤地區則布滿酢漿草跟藥蜀葵，只要莎草葉子垂下，整片看起來一片雪白。黑色皮膚閃閃發亮的怪獸，是慢慢地往北遷徙的河馬。他們跑來這些植物當中亂踩一通，雖然只能帶給他們一

1 編註：皆位於今英格蘭東南部之薩爾郡（Surrey）。

點喜悅，但他們心中只想著要把河水弄的一片混濁。

在河的上游，河馬可以看到河中，有一群赤身露體的小孩在戲水。他們跟河馬之間彼此並不畏懼，也不是敵人。身型較大的跑去踩河邊的蘆葦，讓原本靜止如鏡的水面泛起波波漣漪。嬌小的則是興奮地又叫又跳。這正是春天已經到來最佳的證明。「哺嚕！」他們喊著：「唄呀啵嚕！」人類在河川彎曲之處紮營，營火的煙在此緩緩升起。這些小孩有著瘋狂的眼神、一頭蓬亂的頭髮，淘氣的臉龐有寬寬的鼻子。他們身材纖細，但是有著長長的手臂，身上還有一些毛（現在小孩有些也是一樣。）他們的耳朵沒有耳垂，反而形狀小小尖尖的。現在有少數人也有一樣的特徵。這些沒穿衣服的小吉普賽人跟猴子一樣好動，有時雖然發出很多聲音，但鮮少說出真正的字。

老一輩的人都躲在圓丘上，離在泥中打滾的犀牛遠遠的。在一片乾枯的王紫萁草中，人類整出了一片空地來居住。今年由於日照與溫暖的氣候，王紫萁生長狀況不甚理想。淺灰色與黑色相間的炭，就在那邊悶燒，坐在一旁的老婆婆有時會加點枯葉，讓火不會熄滅。大部分的男人都在睡覺，而且是把頭趴在膝蓋上面來睡。那天早上，他們抓到了一隻被獵犬咬傷的鹿，那隻鹿的肉也夠所有人吃，也因此沒人為了食物來吵架，有些女人還在啃剩下來的骨頭。

其他人則是堆著一疊又一疊的樹枝跟葉子，天黑之後可以用來餵給「火兄」。火燒得又高又烈，野獸就不敢襲擊。還有兩個人從今天孩子們戲水的河流彎曲處，一次抱一堆打火石回來，並且把打火石疊成一堆又一堆。

這群野人都是赤身露體，不過有些腰間繫上用　蛇皮做成的腰帶，或者是野生的獸皮，並且在上面掛上小袋子。這些小袋子不是他們做的，而是把野獸的爪子撕下來當成袋子，裏面裝著稍微磨過的打火石，作為男人主要的武器跟工具。「騙子烏雅」的伴侶，脖子上掛著一條前人所傳下來、用化石串成的美麗項鍊。在熟睡的男人旁邊的地上放著碩大的麋鹿角，邊緣被削的銳利；還有用打火石磨尖的長木棍。除了這些東西跟悶燒的火以外，人類跟全國到處漫遊的動物之間，沒有清楚的界線。但是此時騙子烏雅並沒有在睡覺，他拿著打火石在研磨一根骨頭，這種事情動物就做不來了。騙子烏雅是部落當中最年長的男人，有著一對粗眉毛，下巴明顯突出，還有瘦長的手臂。他留著一臉鬍子，臉頰上也長滿毛髮，胸部跟手臂也長滿濃密的黑色毛髮。他靠著力量跟狡詐，成為部落首領，什麼東西他都能分到最多、最好的那一份。

尤迪娜很怕烏雅，所以她藏匿在赤揚樹林中。尤迪娜還是個女孩，有著一雙明亮的大眼跟迷人的笑容。先前烏雅給了尤迪娜一大片鹿的肝臟，當時這是只有男人才可以吃的份量，很少會給女生。但是尤迪娜伸手去接那片肝臟時，烏雅那位帶著項鍊的伴侶狠狠地瞪著她，表情相當兇狠。烏羅米見狀喉嚨就發出聲音，烏雅因此眼睛一動也不動，一直這樣看著烏羅米，烏羅米的臉就沉了下來。然後烏雅又看著尤迪娜，這讓尤迪娜感到相當害怕，也不管大家還在吃飯就逃走了。那時烏雅忙著吸手上的骨髓，吃完之後他便到處走來走去，看起來似乎是在找尤迪娜。現在她屈縮在赤揚樹林中，心裡在想烏雅會怎麼使用打火石跟骨頭。烏羅米則是不見蹤影。

這時有隻松鼠跳著跳，跑進來這片赤揚樹林，尤迪娜躺在地上一動也不動，所以松鼠在離尤迪娜六呎時才看到尤迪娜。他因此嚇了一大跳，開始對著尤迪娜大喊「你在這邊幹什麼？是要離那些雄獸遠一點嗎？」尤迪娜只說了一句：「安靜。」不過這讓松鼠更是講個不停，尤迪娜只好摘些小小的黑色松果，用來丟松鼠。松鼠躲開了松果，還嘲笑尤迪娜。尤迪娜整個人也激動起來，為了能好好瞄準，她站了起來，不過卻看到烏雅從圓丘上走下來。烏雅眼力非常銳利，看到尤迪娜白皙的手臂在灌木叢中移動。

尤迪娜看到烏雅之後，就把松鼠忘得一乾二淨，拔腿就跑。她也不管自己正在往哪個方向跑，只是盡全速穿越赤楊樹林跟蘆草，要離烏雅遠遠的。她穿越水深及膝的沼澤，看到前方有一個長滿蕨類的斜坡。斜坡上的蕨類，可以看出受到栗樹遮蔽、陽光照射越少的，長得就細嫩、青翠。尤迪娜很快就跑到樹林中。她的腳程非常快，一直跑到森林深處可以看到高聳的山谷為止，這邊有許多老樹，樹上的藤蔓跟幼樹一樣粗，陽光就從這些樹枝間照進來；常春藤也長得又粗又緊實。她繼續跑，終於在空地的灌林叢旁停下來，躺在一片蕨草中休息，聽著自己急促的心跳聲。

她聽到遠方傳來踩過地上落葉的腳步聲，但是聲音很快就消失，回歸寧靜。時間已經快到傍晚，現在唯一能聽到的只有侏儒的咒罵聲，還有葉子不斷發出的細微聲音。尤迪娜小聲地竊笑，想說就算騙子烏雅跑過去，也不會注意到她。獨自在森林中，她一點都不怕。有時她跟其他孩子一起玩的時候，也會躲到森林裡，只是沒有像這次跑到這麼遠的地方。她很高興能獨自一人躲在森林中。

她躺在地上很久，高興自己自己逃了出來，然後她坐起來聽周遭的聲音。

她聽到一陣急促的聲音，越來越大聲，也越來越近。過不久她又聽到呼嚕聲還有細枝折斷的聲音。原來是一群精壯、可怕又兇猛的野豬。她轉身離開，因為不能離野豬太近，如果被野豬的獠牙割傷，後果可是不堪設想。所以她斜著穿過樹林，但是聲音越來越近。這群野豬並不是悠閒地漫步覓食，而是盡全力狂奔，否則不會這麼快就趕上她。她跳起來抓住一根粗的樹枝，吊在上面，然後像隻猴子般靈活地爬上樹幹。

尤迪娜再往下看時，只能看到野豬長滿尖銳鬃毛的背跑過去。她知道野豬發出急促、尖銳的呼嚕聲時，代表牠們害怕。不過牠們到底在怕什麼？是怕一個人嗎？如果只是怕一個人，牠們也跑太快了。

這讓尤迪娜不由自主地抓樹枝抓得更緊，灌林叢中突然跑出來一隻幼鹿，也跟在野豬群後面跑。還有另外一隻動物也跑過去，身體是灰色的，而且不高，身長也蠻長的。尤迪娜無法分辨那是什麼動物，從嫩葉空隙中，她短暫地看到那隻動物，然後一切突然停了下來。

她就好像樹幹的一部分一樣，身體直直地站在樹上，一動也不動，眼睛也注視著下方的動靜。然後遠遠地從樹林當中，有人跑了過來。尤迪娜原本可以清楚看到他，但他躲到樹林中，然後尤迪娜又可以清楚看到那個人站在蕨草中，然後又消失了。這個人一頭金髮，臉上還有紅色的血漬，尤迪娜看出那就是烏羅米。不知道什麼原因，狂奔的烏羅米，臉上還有血，讓尤迪娜感到很不舒服。然後又有一個人狂奔過來，越跑越近，氣喘吁吁的。剛開始尤迪娜看不清楚，後來她突然看清楚，那個人是烏雅。烏雅大步大步地往前跑，眼睛盯著前面看。他不是在追烏羅米，而且臉色很蒼白。害怕的人，是烏雅！他跑過去之後尤迪娜還是聽到他的喘氣聲。有一隻有灰色毛皮的龐然大物，帶著輕盈的腳步飛奔追著烏雅。

尤迪娜突然一動也不動，連呼吸都暫停了。她把樹幹抓得更緊，嚇到眼睛睜得老大。

她從來沒看過這個動物，就連現在也沒看清楚，但她也知道那是人人害怕、名為「恐怖」的森林怪獸。這隻怪獸的名字是個傳說，很多小孩子會拿牠的名字來嚇人，有時候講出來還會嚇到自己，然後尖叫跑回營地。沒人獵殺過這種怪獸，就連強壯的長毛象害怕這種怪獸。這種怪獸就是灰熊，當時世界的主宰。

這隻灰熊一邊跑，一邊咆哮著說：「人類跑來我的地盤！打獵流血！跑到我地盤中間撒野！人類、人類、人類。打獵流血」畢竟灰熊可是森林以及洞穴的老大。

在灰熊跑過去之後，尤迪娜還是待在樹上，一動也不動，只從樹枝的空隙往下看。她現在毫無反應能力，她的手、膝蓋跟腳現在都是憑著本能緊緊地抓著樹。過了一段時間她才有辦法思考，她唯一能夠確定的，就是現在回去部落一定會遇到「恐怖」，所以現在她根本不可能從樹上爬下來。

尤迪娜心情稍微平復下來後，爬到另一根粗樹枝上，在樹枝交叉的地方找到一個比較舒服的位子。現在她被樹圍繞著，所以她現在看不到「火兄」，火兄白天是黑色的。小鳥又開始啼叫，原本因為尤迪娜而嚇到躲起來的動物，現在也慢慢地出來了。

過了一段時間太陽下山了，樹上比較高的樹枝也被太陽照亮。比人類更有智慧的白喙烏鴉，在高處一邊啞啞地叫，一邊飛回去榆樹上的巢穴。牠一邊飛一邊往下看，發現地上越來越暗，但視線也越來越清楚。尤迪娜想要回到營地去，所以她想辦法自己從樹上下來，但突然間她想起對「恐怖」的恐懼。就在她猶豫時，一隻兔子發出沮喪的尖叫聲，害她不敢繼續往樹下爬。

夜晚來臨，森林的深處也開始出現動靜。尤迪娜往樹上更高處爬，爬到月光照得到的地方。白天躲起來的陰影，現在也在森林到處走。森林的天空越來越暗，現在寂靜的令人害怕，然後葉子開始竊竊私語。

尤迪娜嚇到發抖，想到了火兄。

現在陰影也爬到樹上，坐在樹枝上看著尤迪娜。樹枝跟葉子都變成不祥的黑色，只要尤迪娜有任何輕舉妄動，就會跳到她身上。然後白色貓頭鷹安安靜靜地，像幽靈般在黑暗中飛翔。現在世界變得越來越暗，就連樹頂上的樹葉與樹枝也變成黑色，地面也藏在陰影中。

尤迪娜整晚就在那邊看著，仔細聆聽下面是否有任何動靜，為了不讓任何神出鬼沒的野獸發現，她保持不動。當時的人不會獨自在黑暗中活動，不過這種特殊情況是例外。人類一代代都學到了黑暗的可怕，但是我們卻必須教導現在的孩子不要懼怕黑暗，但怕黑的孩子當然會覺得痛苦。尤迪娜雖然從年齡來講是女人，但心裡還像個小女孩一樣。可憐的她努力保持著不動，就好像還沒受驚的野兔。

星星都聚在一起看著尤迪娜，這是她這時唯一的安慰。她想像在一顆明亮的星星上，烏羅米就在上面。然後她想像那顆星星就是烏羅米！而在烏羅米旁邊的，是一顆紅色、比較暗的星星，就是烏雅。整個夜晚，在天空的烏羅米都飛在烏雅前面。

尤迪娜試著尋找火兄的蹤跡，但是現在卻看不到它，平常營地都是靠著火兄把野獸趕走。她聽到遠方傳來長毛象的聲音，牠們一邊發出吼叫一邊走去喝水。有一次有大隻的野獸急奔而來，發出像是小牛的聲音，不過尤迪娜看不出來到底是什麼。從聲音她判斷那應該是犀牛雅。雅都用自己的鼻子攻擊，是當地的獨行俠，而且常常莫名其妙地發脾氣。

最後小顆星星開始躲起來，然後是大顆的星星。這些星星就好像森林野獸面對「恐怖」時一樣，全部失去蹤影。太陽，天空之主，即將出現在天空中。而在這森林中，則是由灰熊來主宰。尤迪娜心想，如果此時有顆星星還留在天空中，不知道會發生什麼事情。然後天亮了。

天亮之後，尤迪娜就不用擔心有動物潛伏在暗處，所以她可以從樹上下來了。她身體有點僵硬，不過因為成長背景跟各位讀者不同，所以可能不會像各位讀者那麼僵硬。（她也不像各位讀者一樣，被養成三個小時就要進食一次的習慣）尤迪娜沒有每三小時進食一次的習慣，有時候可能連續三天沒吃東西，所以現在她不會餓到不舒服。她慢慢地、小心地從樹上爬下來，然後小心翼翼地穿過森林。她沒有嚇到任何一隻松鼠或鹿，但是可怕的灰熊還是讓她嚇到冷汗直流。

尤迪娜現在只想要找到她的族人，雖然她很怕騙子烏雅，但她更怕孤單一人。但她現在完全迷了路。她整晚只顧著跑，沒空注意方向，所以現在也無法分辨營地是在東方，或是在其他的方向。她一邊走，有時會停下來聆聽。最後在很遠的地方，她聽到了有節奏的敲擊聲。這聲音非常微弱，就算在安靜的早晨也聽不太到，所以她知道這是從很遠的地方傳來的。不過她確定這是磨打火石的聲音。

她繼續往前走，樹木越來越少，前面的路上是一片蕁麻。尤迪娜轉個彎，走到一棵倒在路邊、她熟悉的一棵樹旁，樹邊還有一些蜜蜂在飛。現在她已經可以遠遠地看得到圓丘，圓丘下面的小溪，還有小孩跟河馬在溪中嬉戲，就如同昨天一樣。地上柴火發出的白煙，也隨著早晨的微風飄逸。昨天藏身的赤揚樹林，離那條小溪有段距離。尤迪娜看到這個景象，心裡又開始害怕烏雅起來了。她又躲到一片蕨草中，不過突然有隻兔子從裡面跳了出來，尤迪娜就趴在裡面看著營地。

大部分的男人都不在營地，只剩下剛剛在磨打火石的哇烏，這讓尤迪娜放心不少。男人當然都出去打獵了，女人有些則在小溪中彎著腰找淡菜、螯蝦以及水蝸牛。尤迪娜看著她們這麼認真，自己肚子也餓了起來。她起身，開始跑過這片蕨類植物，打算加入這群女人的行列。但跑不到幾步，她聽到旁邊的蕨叢有細微的聲音，就停了下來。突然間她聽到背後有沙沙的聲音，她轉身過來看到烏羅米從蕨叢中冒出來。他臉上混著乾掉的血跟泥巴，眼神銳利，手上拿著烏雅的白色打火石。這顆打火石，除了烏雅以外沒有人敢碰。烏羅米一下子就跑到尤迪娜旁邊，抓住她的手臂，然後把她往森林的方向甩過去，甩到他的前面。他揮著手臂，一邊說著：「烏雅。」她聽到有人喊叫，轉頭一看，看到所有女人都站了起來，有兩個從小溪中走上岸。然後她聽到有人嚎啕大哭，而且距離更近，這時看到原本在圓丘上看著螢火、留著鬍子的女人，也在揮舞她的手臂。一直在磨打火石的哇烏，也站了起來。小孩子也一邊跑著，一邊喊叫。

「跟我來。」烏羅米一邊說一邊拖著她的手臂往前跑。

她還是一頭霧水。

烏羅米說：「烏雅下令殺死我們。」尤迪娜轉頭看到後面尖叫的人影，頓時間明白了。哇烏以及所有的女人小孩都往他們的方向跑過來，可以看到他們暗黃色的膚色上頂著一頭長髮，邊跑邊跳，一邊咆哮。圓丘上有兩個小孩在快跑，這時從一片蕨草的右邊突然有人衝出來，兩人只好改變方向。烏羅米這時放開尤迪娜的手臂，兩人並肩跑在森林中，跳過蕨叢，大步大步跑。尤迪娜知道自己跟烏羅米的腳程有多快，雙方懸殊差距讓尤迪娜笑了出來。在那個時代，四肢又直又長的尤迪娜跟烏羅米可以說是異類。

他們很快穿越過森林的空地，現在又回到栗樹林。這次兩個人都不害怕，因為這次他們並非孤單一人。他們稍微放慢腳步，停止疾速狂奔。突然間尤迪娜大喊，然後突然轉向，一邊往上看著樹幹。追著烏羅米的人越追越近，烏羅米已經可以看到他們的手腳了。尤迪娜則是改變方向。烏羅米也轉彎，跑在尤迪娜後面，這時候他們聽到烏雅的聲音，他對他們兩人的憤怒響徹整個森林。

兩個人此時又開始害怕了起來，這不是讓你動彈不得的恐懼，而是讓你閉上嘴巴、全力奔跑的恐懼。現在兩個人各跑一邊，看起來就好像困獸之鬥一樣。一群人從右邊追上來，跑的又快又急，帶頭的是滿臉鬍子、手上拿著鹿角的烏雅。左邊追趕的人，則是相當分散，這群黃皮膚的人跑過蕨草跟草地，包括哇烏與女人，甚至原本在溪水淺處的小孩子也一起加入追趕的行列。兩群人會合之後，一起追趕跑在前面的那兩個人，現在跑在最前面的是尤迪娜。

他們知道這些人不會對他們手下留情，對這些遠古時代的人，最吸引他們的就是獵殺其他人類。一旦興起獵殺人的念頭，剛出現不久的人性在他們心中就消失了。烏雅在前一晚已經下令殺死的烏羅米就是那天的獵物，這是眾人等待已久的宴席。

他們兩個人直直地往前跑，這是他們成功逃跑的唯一機會，不論是讓人皮膚刺痛的蕁麻、空地或是矮樹叢，他們都只能跑過去。他們穿過矮樹叢時，還有鬣狗咆哮著從裡面跑出來。然後他們跑進一片樹林，在樹幹底下是一大片不見天日的腐葉土跟苔蘚。接著是一陣長急上坡，在跑過這片樹林之後，接下來是經過一片空地、一片長滿草的泥地。然後又是一片空地，接著是一片能割傷人的有刺灌木，上面還有野獸留下來的痕跡。後面追趕的人分散開來，現在烏雅已經快迎頭趕上。尤迪娜依舊跑在最前面，踏著輕快的腳步，呼吸也相當平順，因為現在拿著打火石的是烏羅米。

一開始沒事，但後來烏羅米的步調明顯放慢了。突然之間，烏羅米離尤迪娜越來越遠。他們在穿過另一片空地時，尤迪娜回頭一看，看到烏羅米離她好幾碼，而且烏雅離烏羅米越來越近。烏雅已經高舉著鹿角，準備打死烏羅米。這時候哇烏跟其他人才剛從樹林深處出現而已。

尤迪娜看到烏羅米身陷危險，開始側著身子跑，一邊回頭看，一邊大喊、揮舞著手臂，就在此時鹿角飛了過來。年輕的烏羅米預料到這會發生，他知道尤迪娜大喊的目的，所以他低下頭。鹿角稍微擦過烏羅米的頭皮，留下一個淺淺的傷口，然後飛過去。他立刻轉身，兩手拿著石英岩做成的打火石，並且把打火石往烏雅的身體丟過去，然後繼續往前跑。烏雅大喊了一聲，但是來不及躲開。打火石不偏不倚打中烏雅肋骨的下方。他身體捲曲起來，一聲不響地蹲了下來。烏羅米把鹿角拿了起來，上面還沾了點他的血，然後繼續往前跑，血還從頭髮中滲了出來。

烏雅在地上滾了兩圈，然後在地上躺了一下，之後爬了起來，只是現在跑沒那麼快。他的表情也變了，哇烏也追過他，然後其他人也超過了他。之後烏雅咳了幾下，呼吸非常吃力，不過還是繼續跑。

最後那兩個人跑到了河岸，這條河雖然不寬，但還挺深的。後面的追兵，離他們最近的哇烏，也就是磨石頭來攻擊人的哇烏。他距離他們還有五十碼，手中拿著一大塊打火石，形狀跟牡蠣一樣，不過大上一倍，一端削的像鑿子一樣尖銳。

他們沿著陡峭的河岸跑到河水中，急忙地游過深深的河水，兩三下就到了對岸，起身繼續涉水而行。雖然全身都濕透了，但是感覺精神又回來了。現在他們手腳併用，爬上河岸。這個河岸的底部被河水沖蝕得很嚴重，而且長滿了柳樹，所以他們得用上四肢才能爬上來。尤迪娜剛爬上那些發出銀色光澤的樹枝，烏羅米因為手裡拿著鹿角，速度較慢，所以還在水裡。這時哇烏已經到了河岸，他巧妙地把打擊石丟出去，打到尤迪娜膝蓋側面。尤迪娜被打中後，吃力地爬上河岸，然後倒在地上。

他們聽到背後的追兵在大喊，烏羅米爬到尤迪娜旁邊，忽跑忽停，讓哇烏無法瞄準他，此時他感覺到第二顆打擊石擦過他的耳朵，然後聽到下面的水濺出來的聲音。

此時年紀輕輕的烏羅米證明了自己成了男子漢。他跑到一半發現尤迪娜一拐一拐地跑在他後面，他就回頭，像野人般喊叫，流著血的臉上突然充滿怒氣，他很快就跑過尤迪娜，一邊在頭上揮舞著鹿角跑回到河岸。這時尤迪娜依舊堅持著往前，但每一步都一拐一拐，膝蓋的傷已經讓她痛苦萬分。

哇烏此時已經過河，在攀爬烏羅米這邊的河岸，就在他抓著柳樹直直的樹枝時，他看到烏羅米出現在上方，身形看起來如此巨大。他看著烏羅米轉著身體，手上緊抓著鹿角，鹿角一劃哇烏眼前就一片漆黑。柳樹下的河水湍急，當中甚至還有漩渦，但現在血染紅了河水。原本走在河中，水深及膝的烏雅停了下來；在游泳的人也回頭。

其他的追兵身體都不是非常強壯。像是烏雅就是以狡猾著稱，遇上身體健壯的敵人就比不上了。這些男人看到烏羅米站在柳樹上方，全身是血的他看起來甚是可怕。烏羅米擋在他們跟尤迪娜之間，手上還揮舞著鹿角，這些人頓時都放慢了腳步。感覺烏羅米進入河水裡時還是個男孩，但出來時卻成為真正的男人。

烏羅米相當清楚自己背後的地形，有大片草地，再來是尤迪娜可以藏身的灌木叢。這一切烏羅米都知道，只是他現在沒有能力思考之後該怎麼辦。烏雅現在站在水深及膝的地方，手中毫無寸鐵，也沒頭緒接下來該怎麼做。他的嘴巴張開開的，犬齒都露了出來，一邊大聲地喘氣。他身體側面一片通紅，還有淤青。他身旁的人拿著尖銳的木棍，其他的追捕者一個接著一個走到河岸頂端，每個人身上長滿了毛，長長的手臂拿著打火石跟棍子。當中兩個人沿著河岸往下跑，然後進到河水中，到哇烏所在的地方，哇烏這時爬出水面，虛弱地掙扎著。在他們可以抓住他之前，他又沉到水裡面。另外還有兩個人，站在河岸上，威脅著對面的烏羅米。

烏羅米也回應他們，大聲地喊叫著，一邊做出威脅的手勢。先前一直在猶豫的烏雅，此時生氣地吼叫，一邊揮拳打水，跟在烏雅後面的人也照做。

烏羅米回頭一看，看到尤迪娜已經躲到灌木叢裡面。他原本想等烏雅爬上來，但是烏雅寧願在水中作勢要攻擊他，等到其他人都到齊了，再來跟烏羅米對決。在那個時代，跟人對決時最重要的策略，就是以人數取勝。先將獵物包圍起來，再予以襲擊。烏羅米可以感受這些人也準備要襲擊他，所以他對著烏雅揮舞一下鹿角，然後轉身就跑。

烏羅米在灌木叢陰影下停下來，並且回頭看，發現只有三個人過河來追他，而且他們又掉頭離開。烏雅嘴巴流著血，現在又回到河的對岸，但是現在身體微彎，手按著他身體一側。其他兩個則是在河裡，拖著東西往岸上走。這場追逐，目前看來是暫停了。

烏羅米站在那裡看了一陣子，對著烏雅的方向吼叫了一下。然後他轉身，跑到灌木叢中。

沒多久，尤迪娜就跟他會合，兩人手牽手繼續往前跑。尤迪娜的膝蓋被割傷，而且還有淤青，烏羅米大約可以察覺到她的痛苦，所以選擇比較好跑的路徑。但他們跑了一整天，跑了一里又一里，穿過森林與灌木叢，最後到了一片白堊地區。這一片草地上面長著稀有的山毛櫸樹，水邊長著樺樹。他們越跑越接近韋爾德山，看到好幾群馬在外頭吃草。他們小心翼翼地把沿著灌木叢跑，把自己藏得好好的，因為他們不熟悉這個地方，就連路也完全陌生。他們越跑越高，到最後往下看，可以看到一大片深藍色的栗樹林，泰晤士河的沼澤發出銀色的亮光，遠遠就看得到。他們在那邊沒看到其他人，因為那時候人類才剛開拓到這個地區，只是緩慢地沿著河道開墾。快到傍晚的時候，他們又來到河邊，只是現在河水已經進入峽谷中，峽谷中有幾個地方，白堊岩懸崖就在河流正上方。在懸崖下方長著一叢白樺樹，許多鳥停在這些樹上。在懸崖上，一棵樹上旁邊有一塊凸出來的地方，他們爬上去過夜。

他們在那之前都沒吃什麼東西，當時不是莓果的收成季節，也沒時間去設陷阱來抓動物，或是去狩獵。兩個人又累又餓，靜靜地拖著沈重的腳步前進，只能拿嫩枝跟葉子來充饑。但是之後他們發現懸崖上有許多的蝸牛，在樹叢上還有新鮮的小鳥蛋，然後烏羅米又殺死一隻山毛櫸樹上的松鼠，所以那天兩人最後終於可以飽餐一頓。晚上烏羅米負責看守，他坐著把下巴靠在膝蓋上。他聽到附近有狐狸大聲地嚎叫，峽谷裡傳來長毛象的聲音，遠遠地還傳來鬣狗大聲哭嚎的聲音。那天晚上很冷，但他們不敢生火來取暖。烏羅米不小心睡著時，他的靈魂出竅，直接跑去跟烏雅的靈魂對決。靈魂出竅時，烏羅米全身癱軟，當然也就無法攻擊人或逃跑，然後他會突然醒來。尤迪娜也做了有關烏雅的噩夢，所以他們兩個人醒來的時候，心裡都在害怕烏雅。太陽升起時，他們看到一隻毛茸茸的犀牛跌跌撞撞地跑在溪谷中。

白天時他們彼此安撫，也高興太陽帶來了溫暖。尤迪娜的腿還有點僵硬，所以她整天都坐在岩棚上。烏羅米發現懸崖側面有些打火石，比他看過的都還要大。他拿了幾塊到岩棚上，開始敲敲打打，這樣烏雅再次追來時手上才有武器。烏羅米看到一塊打火石，開始笑了起來，尤迪娜也跟著笑了出來。兩個人輪流丟那塊打火時，一邊丟一邊笑，因為上面有個洞。他們把手指穿過那個洞，看起來的確相當滑稽。然後兩個人又透過那個洞彼此對看。之後烏羅米找到一根棍子，他把樹枝丟向那塊好笑的打火石，結果不偏不倚剛好緊緊地卡在那個洞上。烏羅米丟的太用力，現在也沒辦法把棍子拔出來。這個東西看起來還是很奇怪，只是現在看起來一點都不滑稽了，但烏羅米一開始不太想去碰。感覺好像打火石自己有牙齒，緊緊咬住了木棍。但後來他習慣了這個奇怪的組合，拿起來揮舞了幾下，察覺到棍子一端綁著重重的石頭，殺傷力勝過他見識過的所有武器。他開始到處走來走去，揮舞著那個武器，用來砍東西，後來他感到膩了就把它丟到一邊。下午的時候，他爬上白色懸崖，躺在兔子洞穴旁邊看著，等兔子跑出來玩。在那附近沒有其他人，所以兔子毫無警覺。烏羅米拿起他削好的石頭，打死一隻兔子。

那天晚上他們用蕨葉跟打火石生火。兩人就在火旁邊聊天、愛撫。兩人睡著時，烏雅的靈魂又跑過來。突然之間，就在烏羅米快要輸掉時，上面卡著一塊打火石的木棍突然出現在他手中，他就拿來攻擊烏雅。看哪！這個武器殺死了烏雅！但是之後烏雅又多次跑來烏羅米的夢中，這是因為人的靈魂要殺好幾次才殺的死，他必須再次殺死烏雅。但是之後那塊打火石就沒有卡在木棍上了。烏羅米醒來，感到非常疲倦、憂鬱，雖然尤迪娜很溫柔和善，他都繃著一張臉。烏羅米沒有去打獵，而是坐在地上磨著那塊打火石，同時用奇怪的眼神看著尤迪娜。之後他將有洞的打火石，用兔皮牢牢地綁在棍子上。然後他又在岩棚走上走下，揮舞著那個武器，口中喃喃自語，一邊想著烏雅的事情。這個武器拿在手上，感覺沈沈的，很合手。

大概過了幾天之後，可能是五天，也有可能是六天，誰知道呢？當時沒有算數的概念。烏羅米跟尤迪娜就一直待在河谷旁懸崖的岩棚上，此時已經不再怕任何人，放心讓晚上的柴火燒的火紅。兩個人在一起過得非常開心，每天都有食物可吃，鮮甜的溪水可以喝，而且沒有敵人。過了一兩天之後，尤迪娜的膝蓋就復原的差不多了，因為這些遠古時期的野人，身體復原能力非常好。兩個人當時真的很快樂。

有一天，烏羅米把一塊打火石從懸崖上丟下去。他看著這塊石頭往下掉，在河岸上彈了幾下，掉到河裡。他笑了一會兒，想了一下，然後又丟了一塊下去。這一塊砸到了榛木叢，看起來很滑稽。所以兩個人整個早上坐在岩棚邊，把打火石往下丟。下午的時候，他們發現可以爬到懸崖上，用這方式來消磨時間。到了隔天，他們已經忘記這有趣的嗜好。至少看起來他們已經忘了。

但這歡樂的時光，卻因為烏雅進到他們的夢中而結束。烏雅連續三天晚上，都進到夢中跟烏羅米對決。在夢中對決後，烏羅米隔天早晨會走上走下，口中一邊威脅烏雅，手中一邊揮舞著斧頭。最後那個晚上，烏羅米打破一隻水獺的頭，好好享受了一頓晚餐。在那天晚上的夢中，烏雅做的太過分了。隔天早上烏羅米醒來之後，粗粗的眉毛下是一張沉下來的臉。他一手去拿武器，另外一隻手放在尤迪娜身上，吩咐她在岩棚上等他。然後他從這白色的斜坡爬了下來，從懸崖下往上看，揮舞他的武器，然後頭也不回地沿著河岸走，直到那個懸崖消失在視線當中。

整整兩天兩夜，尤迪娜在岩棚邊緣上，獨自一人坐在營火旁邊等著。到了晚上，懸崖上跟河谷中，會有野獸嚎叫。在她上方的懸崖，也有鬣狗拱著身子，在黑夜中來回覓食。但是除了恐懼以外，這裡沒有東西會害她。有一次她遠遠地聽到獅子一邊吼叫，一邊跟著向北跑的馬群，跑到有泉水的草地去。這段時間她一直在等，而等待才是最令人煎熬的。

第三天，烏羅米從河的下游回來，頭髮裡還插著烏鴉的羽毛。他手中的武器上面有紅色的污漬，還沾著長長的黑色頭髮，手裡還拿著烏雅的伴侶的項鍊。烏羅米走在柔軟的泥土地上，絲毫不在意是否會留下足跡。除了下巴下面有割傷，他身上沒有其他傷口。烏羅米開心勝利地地喊：「烏雅！」尤迪娜看到一切都很順利。他把項鍊掛在尤迪娜的脖子上，然後他們一起吃喝。吃飽後，烏羅米將整個故事從頭開始講給尤迪娜聽，從烏雅看上尤迪娜，到烏雅與烏羅米在森林的對決，還有被熊追著跑。烏羅米講這故事時，嘴巴沒說多少話，主要是透過比手畫腳，講到打架時還原地跑起來，用手揮舞著武器。講到最後跟烏雅的對決時，烏羅米講得最起勁，不斷地踱步、大喊，斧頭一揮還把螢火的火花都吹了起來。尤迪娜就坐在火旁邊，火把她臉照的通紅，心滿意足地看著烏羅米。她一臉興奮，眼睛也閃爍著光芒，脖子上戴著烏雅做的項鍊。這是燦爛的時刻，現在看顧著我們的星星，當時也同樣看顧著她，也就是生在五萬年前的我們的祖先。

二、洞穴的大熊

在尤迪娜還有烏羅米逃離烏雅的手下時，他們逃往長滿冷杉的韋爾德山區，穿過栗樹林，以及長滿草的白堊地區，最後藏匿在河谷當中的白堊崖之間，當時人其實很少，營地數量也更少。離他們最近的部落成員，至少要沿著河往下游走上一天才能找到他們。山上則沒有其他人煙。在此遠古時期，人類還沒開墾到這個地區，他們一代一代慢慢地沿著河流從西南方前進，每到一個地方就架設一個營地。原本棲息在這些地上的動物，像是河谷中的犀牛與河馬、草原上的馬匹、森林中的鹿跟豬、樹上的灰色猩猩、高地上的牛，幾乎都不怕他，更不用提山中的長毛象以及夏天時從南方來到這裡的大象。他們當然沒有怕他的理由，畢竟他手上只有拿著一塊粗糙、有缺口的打火石。他還沒學會把打火石裝在木棍上，丟人也丟不準，還有不怎麼有力的木棍削成的矛。這些要怎麼對抗這些動物的蹄、角以及尖牙利爪？

住在峽谷上方洞穴的大熊「安度」，在牠睿智且受其他動物敬畏的一生中，從來沒看過人類。直到那天晚上半夜，牠走在峽谷中，沿著峽谷的懸崖往下，突然看到尤迪娜的火把照亮懸崖邊，尤迪娜整個人也被照的全身通紅。還有烏羅米，他的背影照在白色的懸崖上，前後來回揮舞著他的頭髮，以及用打火石做成的斧頭（史上第一支用石頭做成的斧頭），同時唱誦著自己殺死烏雅的事蹟。熊在峽谷的高處，看到烏羅米斜著跑走。牠很驚訝，所以站在懸崖邊看著，一邊聞著著火的蕨叢發出的新奇味道，一邊想著太陽是不是要打西方出來了。

洞熊是當時岩石與洞穴的主宰，弟弟灰熊則是掌管下方的森林。而花獅（那時候的獅子都有斑紋）則是掌管荊棘灌木叢、蘆薈林與平原。在所有肉食動物中，洞熊體型最大，什麼都不怕，沒有動物來獵殺牠，也沒動物敢來挑戰牠。就力量來說，只有犀牛略勝一籌。就連長毛象，也會避開洞熊的地盤。所以現在人類跑到牠的地盤，也讓牠困惑。洞熊注意到這些新的動物，身形像猴子，毛髮不多，就像小豬一樣。洞熊說：「猴子跟小豬，沒什麼大不了。但那個會跳的紅色東西，還有跟在旁邊跳著的黑色東西，一輩子都沒看過！」

牠慢慢地沿著懸崖邊緣走向他們，途中停下了三次，東聞西聞，順便看著他們，而現在火發出的臭味越來越重。有一兩隻鬣狗也專心地看著烏羅米他們，專心到就連安度悄悄地走到牠們旁邊，也完全沒有發覺。安度也沒注意到牠們。鬣狗嚇了一跳，心裡有點慚愧，然後蹣跚地離開。走了大概一百碼之後，轉了一圈回頭，開始大喊大叫，還開始污辱洞熊，這都是因為洞熊嚇了牠們一跳。牠們喊著：「呀哈！看是誰沒辦法挖自己的洞穴？誰跟豬一樣吃根菜類？」看來就連那個時候，鬣狗都跟現在一樣相當無禮。

安度吼叫：「誰會理鬣狗？」一邊在昏暗的夜晚中看著牠們，然後走到懸崖旁去看。牠看到烏羅米還在講他的故事，而火漸漸地變小，蕨類焚燒的味道又熱又嗆。

安度站在白堊崖邊一陣子，由左右腳輪流支撐身體重心，然後來回張望，嘴巴開開的，耳朵也立起來抽動。牠又大又黑的鼻子，也嗅個不停。洞熊是好奇心非常強的動物，比現在的熊還要強。牠對熊熊燃燒的火、男人令人無法理解的動作，還有他們入侵了牠不容侵犯的地盤，都非常的好奇。這讓牠意識到，有新奇的事情發生了。洞熊是雜食獵人，那晚牠原本是在追紅色的幼鹿，不過眼前的景象讓牠改變目標。

鬣狗在後面喊著：「呀哈！呀哈哈！」

安度在星光下看著那群鬣狗，當中有三或四隻徘徊在灰色的山坡。安度心想「看來這幾隻整晚都會纏著我，除非我先殺雞儆猴，這群骯髒的動物！」為了激怒這群鬣狗，安度決定專心看著峽谷中那團火，直到太陽升起，這群鬣狗混蛋就不得不回去自己的巢穴。過了一陣子，這群鬣狗消失了，安度遠遠地聽到牠們的聲音從山毛櫸木林中傳了出來，聽起來像是考克尼的勞工宴會。然後這些鬣狗又悄悄地接近。安度打了哈欠，然後沿著懸崖走，這群鬣狗也跟著。然後牠停下來，轉身往回走。

那一晚星光燦爛，天上閃爍著一樣的星星，但不是我們熟悉的星座，因為從當時到現在，星星已經移動到不同的位置。在對面的空地，肩膀寬廣、身體精實的鬣狗，跌跌撞撞地嚎叫。牠們身後的是一片山毛櫸木林，更後面則是一片山坡，往上是一片灰暗的神祕地帶，最上面的山頂被白雪覆蓋著，看起來就很冷。還沒探出頭來的月亮，已經照在這山頂上。當時一片寂靜，劃過這平靜的，只有鬣狗偶爾發出的聲音，以及從微風中遠遠傳來河谷中新來的大象發出的鳴聲。就在下方，搖曳的火光逐漸減弱，現在安穩地燒著，發出更深的紅色光芒。這時烏羅米已經講完他的故事，準備要睡覺。尤迪娜則是坐在旁邊，聽著不知名的野獸發出奇怪的聲音，晚上的月亮照亮了夜空。在他們下面，河流自顧自地流動，有許多看不見的生物在旁邊走動。

過了一段時間，洞熊離開了，但不到一個小時又回來了。然後牠好像突然想到什麼，轉身爬上峽谷。

夜晚過去了，烏羅米還是繼續睡。蒼白的月亮升起，發出微弱的光芒照在白色的懸崖上。峽谷依舊籠罩在陰影之下，看起來好像更暗了。然後白日神不知鬼不覺地取代了月光。尤迪娜一度看著頭上的懸崖，然後又看了一次。每次往上看，在藍天之下，懸崖的形狀看得一清二楚，但她總覺得好像有東西躲在上面。柴火的紅色越來越深，帶著點灰色，發出的白煙越來越明顯。現在峽谷上上下下，之前看不到的東西，在這亮光下都看得到了。尤迪娜可能不小心睡著了。

突然之間她驚醒，從她的位置站了起來，上上下下仔細地看著懸崖。

她輕輕發出聲音，原本跟動物一樣淺眠的烏羅米也立即醒來。他拿起斧頭，靜悄悄地走到尤迪娜旁邊。

當時天空還很暗，整個世界看起來還是一片漆黑跟深灰，頭頂上只剩下一顆發出微弱光芒的星星。他們所在的岩棚上面長滿了草，寬大概六尺，長約二十尺，而且是向外傾斜，邊緣長滿了貫葉連翹。在他們下面，深及將近五十尺的峭壁幾乎都是白色岩石，峭壁最下方跟河流交會處，則是散布著厚厚的榛木叢。沿著河流走下去，斜坡越來越高，直到跟懸崖頂點交會，那邊長著稀疏的青草。在他們頭上方，有四十至五十尺長，像白堊岩一樣的懸崖。懸崖旁就是河谷，懸崖的峭壁滿是褪色的岩石。峭壁看起來就像被刀削過的懸崖一樣，有地方讓灌木生長，但是尤迪娜跟烏羅米試著爬上峭壁，卻都滑了下來。

兩個人就跟受到驚嚇的鹿一樣，靜靜地站在那邊，全神貫注地注意著周遭環境。一開始他們什麼都沒聽到，然後聽到峽谷中微弱的咯咯聲，還有嫩枝咯吱咯吱的聲音。

烏羅米抓緊斧頭，然後走到岩棚邊緣，因為他們上方那塊凸出來的白堊石擋住他們視線，讓他們看不到峽谷的上方。突然間他嚇了一跳，烏羅米看到洞熊從懸崖上爬到懸崖跟岩棚的中間，後腳輕輕地往後踩了一步。洞熊的整個後腿對著烏羅米，前爪抓著岩石跟樹叢，所以看起來就像平坦地貼著懸崖峭壁。但牠身形看起來依舊巨大；牠發亮的嘴鼻到粗短的尾巴，整個身長是一隻半獅子的身長，也是兩個高個子人類的身長。牠轉頭往後看，大嘴開開的，奮力挺住自己龐大的身軀，舌頭吐在嘴巴外面……

牠找到立腳點，慢慢地爬了下來，離他們更近了。

烏羅米說：「有熊！」蒼白的臉同時東張西望。

但是尤迪娜眼中雖然帶著恐懼，卻指著懸崖下面。

烏羅米張大著嘴巴，因為下面還有另外一隻巨大的野獸，用前腳貼在岩壁上。這隻棕色中帶著灰色的動物，就是母熊。母熊身形不如安度巨大，但也算是龐然大物。

烏羅米突然喊出聲來，從岩棚地上用手抓滿一把乾枯的蕨葉，丟到快要熄滅的柴火中。他喊著：「火兄！」嚇壞的尤迪娜也開始行動，跟著烏羅米一起喊：「火兄！火兄！幫幫我們！火兄！」

火兄內部還是紅色的，但是在他們幫忙吹的時候變成灰色的了。他們兩個人尖叫著：「火兄！」但火兄發出點聲音就熄滅了，只剩下柴火的灰燼。烏羅米這時生氣地捶手頓足，甚至用拳頭去打地上的灰燼。但是尤迪娜開始敲打打火石，兩個人的眼睛不斷地看著安度從峽谷上爬下來。火兄啊！

原本一大塊白堊石，讓兩人看不到洞熊，現在洞熊已經爬到這塊岩石下方，兩個人都可以看到牠的後腿了。洞熊還是小心翼翼地從幾乎是垂直的峭壁上爬下來，不過兩個人還看不到牠的頭，但是可以聽到洞熊自言自語地說：「豬跟猴子，應該很好吃。」

尤迪娜用打火石敲出火花，然後用力吹著，火花越來越亮，但後來還是熄滅了。看到這樣，她把打火石放下來，睜著眼不知所措。然後她站起來，爬到岩棚上方大概一碼的地方。她怎麼抓住峭壁，這點我也不知道。因為這白堊鹽的峭壁幾乎是垂直的，就連猴子也抓不住。但過一兩秒，她滑了下來，兩手都流著血。

烏羅米在岩棚上發狂般地來回跑，時而跑到岩棚邊，有時走到峽谷旁。他手足無措，完全無法思考。母熊身形看起來明顯比洞熊小了許多，如果他跟尤迪娜同時往下衝，或許一個人可以生還。這時候洞熊發出了「阿」的聲音，烏羅米回頭，看到洞熊站在凸出來的白堊岩下，小小的眼睛盯著他們看。

原本龜縮在岩棚邊緣的尤迪娜，開始像隻被抓住的兔子般尖叫。

在如此瘋狂的時刻，烏羅米大吼了一聲，拿起了斧頭衝向安度，安度驚訝到發出呼嚕聲。一下子烏羅米抓在安度下方的灌木，然後跳上去抓住安度毛茸茸的背，一隻手抓住安度下顎下面的毛。烏羅米如此精彩的攻勢，把安度嚇得只能繼續抓著岩壁。然後人類史上第一隻斧頭，往安度的頭落下。

安度的頭左右晃動，發出一聲怒吼，斧頭打到離牠左眼不到一寸的地方，鮮血讓牠左眼看不到。安度又氣又驚，再次發出吼叫，轉頭去咬烏羅米，不過離他的臉還有六吋之遠。然後烏羅米再次揮舞斧頭，這次重重地打在下顎的旁邊。

接下來這一擊，讓安度右眼看不到，牠這次痛到發出怒吼。尤迪娜看到安度又大又平的腳開始往下滑，突然間安度很笨拙地往旁邊跳，感覺好像是要跳到岩棚上。然後突然間一切都從牠視線中消失，只看到被踩爛的榛木。從牠的下方發出因疼痛發出的怒吼，還有一陣混亂的喊叫跟吼叫聲。

尤迪娜尖叫著，跑到岩棚邊往下看。她看到烏羅米跟兩隻熊糾纏在一起，烏羅米在上面。然後他擺脫了兩隻熊，又開始往峽谷上面爬。那兩隻熊還在地上滾，在榛木中互相抓來抓去。但是烏羅米把斧頭留在地面，大腿有三處流著血。他大喊「往上！」尤迪娜聽到馬上就帶頭往懸崖上爬。

不到一分鐘，兩個人就爬到頂端，心跳撲通撲通地跳著。現在安度跟牠的老婆都在懸崖下，離他們遠遠的，對他們毫無威脅。安度坐在地上，兩隻腳爪急忙地揉著眼睛，想要讓眼睛再次看得清楚。母熊則是有點距離，用四肢站在旁邊，身上的毛都亂了，生氣地咆哮著。烏羅米好不容易爬到懸崖上，氣喘吁吁地平躺在草地上，臉埋在兩臂之間，身上流著血。

尤迪娜看著那兩隻熊一陣子，然後她坐到烏羅米旁邊，看著他……

她小心翼翼地伸出手去摸烏羅米，叫著他的名字。烏羅米轉身過來，用手把身體撐起來。他的臉色蒼白，好像嚇得慘白一樣。他定睛看著尤迪娜一陣子，然後突然間高興地笑著說：「哇！」

尤迪娜也笑著說：「哇！」簡短的幾句話卻勝過千言萬語。

然後烏羅米跪在尤迪娜旁邊，雙手撐著身體，從懸崖邊往下看著峽谷。烏羅米現在呼吸穩定，腿也沒在流血了，不過母熊抓傷的傷口還是裂開著。他蹲起來，坐在地上看著這些熊當初來到峽谷時所留下的腳印。這些腳印跟他的頭一樣寬，長度有他頭的兩倍長。然後他沿著懸崖邊走，走到看得到岩棚的地方。他坐下來思考，尤迪娜則是看著他。她看到兩隻熊都已經離開了。

最後烏羅米站了起來，心裡已經下定決心。他往峽谷的方向走，尤迪娜緊跟在他身邊，兩個人一起爬到岩棚上。他們拿起打火石跟火石，然後烏羅米非常謹慎地爬到懸崖底部，找到他的斧頭。兩個人又儘量安靜地回到懸崖上，然後開始快步走。現在岩棚已經不是他們的家，因為附近就有可怕的野獸。烏羅米拿著斧頭，尤迪娜拿著打火石，舊石器時代搬家就是這麼簡單！

兩個人往上游的方向走，雖然這可能通往洞熊的洞穴，但他們沒有其他路可走了。往下遊走他們會遇到部落，別忘了烏羅米殺了烏雅跟哇烏。兩個人為了方便喝水，所以沿著河邊走。

兩個人穿過山毛櫸樹，峽谷越來越深，現在已經遠遠在他們下方五百英尺的河流，現在河水流動得非常湍急。在這瞬息萬變的世界中，河水的流向也經常改變。那條就是現在的威河[1]，他們走到現在的基爾福[2]跟戈德爾明[3]，也是第一批走上這塊土地的人類。突然間一隻灰色猩猩發出叫聲，然後消失蹤影。整個懸崖邊緣，到處都可以看到洞熊的足跡。

然後足跡從懸崖上消失，烏羅米認為洞熊是從左邊某處來的，他們沿著懸崖邊緣走，最後走

1 編註：威河（River Wey），泰晤士河的支流，是流經英格蘭東南部薩里郡的兩大支流之一。
2 編註：基爾福（Guildford），英格蘭東南部薩里郡的一座城市。
3 編註：戈德爾明（Godalming），同樣是英格蘭東南部薩里郡的一座城市，倫敦的衛星城之一。

到盡頭，往下看到先前懸崖崩塌後形成的半圓形空間。崩塌的懸崖直接掉到峽谷中，把上游河水圍成一個池子，河水氾濫都流了出來。崩塌是很久以前發生的事情，從這塊巨大的石塊已經長滿青草，但正上方的懸崖看起來，就跟當初崩塌時一樣，依舊是清晰的白色。在這些懸崖下方，可以清楚看到幾個洞穴口，看起來一片漆黑。兩個人站在那邊，看著這個地方，心裡其實不想繞路，因為他們認為熊穴應該是在他們前進方向的左邊，但突然他們看到一隻、兩隻熊從右邊長滿草的斜坡出現，穿過中間的空地，往這些洞穴走。安度率先前進，牠的前腳一跛一跛的，看起來有點狼狽。母熊則是拖著腳跟在後面。

尤迪娜與烏羅米從懸崖邊退了回來，退到勉強可以看到兩隻熊的地方。然後烏羅米停了下來，尤迪娜拉住他的手臂，但他轉身示意叫她放手，她手就放了下來。烏羅米手裡拿著斧頭，一直站在那邊看著熊，看到兩隻熊進入洞穴為止。他小聲咆哮了一下，對著母熊逐漸遠去的後腿揮舞著斧頭。然後他沒有跟尤迪娜躲在一起，而是趴在地上，匍匐前進到看得到洞穴的位置，這讓尤迪娜嚇壞了。那可是熊，但烏羅米冷靜到好像在觀察兔子一樣。

他像一塊木頭一樣，趴在地上一動也不動，躲在樹蔭之下，陽光灑在他身上。他躺在那邊思考，而尤迪娜在還是小女孩的時候，就已經知道當烏羅米用手托著下巴時，之後都會發生有趣的事情。

烏羅米思考了至少一個小時，而他們兩個人爬到熊穴上方的懸崖時，就已經是中午了。整個下午他們都在努力推著那塊巨大的白堊岩，手上什麼工具都沒有，只能靠著自己結實的肌肉。這塊白堊岩原本在峽谷中，看起來搖搖欲墜，現在他們要將岩石往懸崖頂端推。整塊岩石寬度大概兩碼，跟尤迪娜的腰部差不多高。形狀為鈍角形，上面插著許多尖銳的打火石。到日落了時候，他們已經將岩石推到離懸崖邊緣三英寸的地方，就在洞熊洞穴的正上方。

整個下午，洞穴裡的對話都有氣無力。母熊在她自己的角落悶悶不樂地打盹，因為她很喜歡吃豬跟猴子。安度則是忙著舔自己爪子側邊，然後把口水塗在臉上，舒緩傷口的痛楚。之後牠去坐在洞口旁，用沒有受傷的眼睛看著下午的太陽，一邊思考。

牠終於說：「我一輩子沒那麼害怕過，他們真是最可怕的野獸，竟然還敢攻擊我！」

在洞穴暗處中的母熊，突然在洞熊背後說：「我不喜歡他們。」

「我沒看過這種虛弱的野獸，真搞不清楚這世界是怎麼了。他們腿細長瘦弱，不知道他們冬天是怎麼保暖的？」

「可能無法保暖吧。」母熊說。

「感覺好像突變的猴子。」

「的確是不同。」母熊說。

兩邊都安靜下來。

安度說：「那個人只是意外占了上風，有時候這種事情的確會發生。」

母熊說：「我不懂為什麼你鬆手。」

這事之前就已經討論過，早就有結論了。安度經驗豐富，牠沉默了一下，然後牠開始談論整件事情的另一個重點。「他手好像有一種爪子，一開始在一隻手上，後來換到另一隻手。就一個爪子。兩隻都很奇怪。那個亮亮的東西也是，他們好像有白天時天空散發出來的亮光，只是他們的會四處亂竄，真的是值得一看。那東西好像也有根，跟草一樣風吹了就會搖動。」

母熊問：「會咬嗎？如果會咬，就不可能是植物。」

安度說：「不，我也不知道，不過確實令人好奇。」

母熊說：「不知道他們味道好不好？」

安度胃口大開地說：「看起來很好吃。」洞熊跟北極熊一樣，是無可救藥的肉食動物，絕對不可能吃根莖類或蜂蜜。

兩隻熊都沈思了一陣子，然後安度繼續簡單地治療牠的眼睛。在洞口旁的斜坡草地，陽光顏色越來越溫暖，氣溫也越來越高，直到陽光變成琥珀色。

洞熊說：「白天真的是個奇妙的東西，我覺得太多了，不適合打獵。有時候會讓我目眩眼花，而且我白天嗅覺幾乎整個失靈。」

母熊沒有回應，但她在黑暗中發出嘎吱嘎吱的聲音，原來她找到一根骨頭。安度打了個哈欠，然後說了聲：「好吧。」牠走到洞口，把頭伸出去掃視前面的平地。牠注意到自己要把頭整個轉過來，才能看清楚右邊的東西。左眼應該明天就會好了。

牠又打了個哈欠，然後一大塊白堊岩從懸崖上飛了下來，就掉在牠前方一碼的地方，碎成幾十個碎塊。這可把牠嚇壞了。

受到驚嚇的安度，等到心情稍微平復後，好奇地去聞那些碎片。牠坐了起來，用爪子去抓比較大塊的碎片，然後繞著碎石好幾圈，看看附近有沒有人的蹤影……

到了晚上，牠走到河谷中，看看能不能抓到烏羅米或尤迪娜。兩人原本所在的岩棚已經空無一人，也沒看到紅色東西的蹤影，但安度肚子很餓，所以也沒有遊蕩太久，就跑去獵紅鹿的幼鹿，完全忘記那些黃褐色皮膚的動物了。牠找到一隻幼鹿，但母鹿就在旁邊，死命保護自己的孩子。安度只好放棄幼鹿，但母鹿已經被激怒了，所以決定繼續攻擊安度。最後安度一爪打中母鹿的鼻子，抓住了母鹿。母鹿肉當然比較多，但就沒那麼嫩。跟在安度後面的母熊，也填飽了肚子。隔天下午，奇怪的事情發生了，就跟前一天一樣，另外一塊白色的岩石掉了下來，在地上摔得粉碎。

再過一晚，第三顆岩石掉了下來，這次烏羅米瞄得更準，直接命中毫無妨備的安度頭部，骨頭裂開的聲音整個懸崖都聽得到，白色的碎石散了滿地。母熊爬到安度旁邊，好奇地嗅著牠。安度現在躺的姿勢很奇怪，整個頭都濕了，而且變形。母熊還很年輕，缺乏經驗，牠嗅了嗅安度一陣子，舔了牠幾下。如此重複了幾次，牠決定先讓安度鬧牠的脾氣，自己跑去狩獵。

母熊去找前天晚上，牠們殺死的母鹿的小鹿。她找到了，但現在沒有安度在旁邊幫忙，所以牠要趁天亮返回洞穴。此時天空陰暗多雲，峽谷的樹林一片漆黑，牠也不熟悉路。此時在她心中，突然意識到似乎有奇怪可怕的事情發生了。牠大聲地喊安度的名字，但唯一回應牠的只有峽谷中的回音。

母熊走到洞口附近時，天色半黑半亮，牠聽到幾隻豺狼逃跑的聲音，之後一隻鬣狗嚎叫，一群遲鈍笨重的動物就跑到斜坡上，跑到一半停下來大聲嘲笑著，從風裡傳來「岩石與洞穴之王，呀哈！」這句話。母熊心中感到更不安，牠拖著腳穿過洞穴前的平地。

鬣狗一邊撤退，一邊說著：「呀哈！呀哈！」

現在洞熊躺在地上的姿勢跟先前有點不同，因為那群鬣狗忙著啃食牠，現在有些肋骨都露出來了。洞熊躺臥在草地上，旁邊有三大塊白堊岩，空氣中充滿著死亡的味道。

母熊突然整個呆住不動，就算到現在，她還是無法相信偉大、溫柔的安度，就這樣被殺死了。然後牠聽到頭上遠方傳來一種奇怪的聲音，有點像是獵狗的吼叫，但是聲音更飽滿、更低沈。牠抬頭起來看，黎明的陽光害牠視線有點模糊，牠看到之後鼻子也在發抖。就在黎明亮粉紅色的太陽的照耀下，遠遠在母熊上方的懸崖邊，有兩個圓圓的、黑黑的、長滿毛的東西，原來是尤迪娜跟烏羅米的頭。兩個人就在上面，大聲地嘲笑母熊。雖然母熊遠遠地看不清楚，聽到兩個人的聲音後，也意識到究竟發生了什麼事情，牠的心中突然感覺到，好像有壞事情要發生了。

牠仔細看著在安度旁邊的白堊岩碎石，然後站著不動一陣子，環顧著四周。牠開始發出一種聲音，聽起來有點像呻吟聲。牠還是不相信，所以走到安度旁邊，試著喚醒牠。

三、第一位騎士

在烏羅米的時代之前，馬跟人類之間相安無事，因為兩者其實生活在不同的地方。人類住在河邊的沼澤跟樹林中，馬則是生活在栗樹林跟松樹林之間、長滿草的高地。有時候一隻小馬會不小心闖進人類居住的沼澤，就會被人類用打火石打死，做成食物。有時候部落的人覓食時，可能找到被獅子殺死的馬，此時先趕走在旁邊啃食的豺狼，就可以在太陽還高掛的時候，開心的大吃一餐。當時的馬，馬蹄的球節相當遲鈍，身體顏色都是暗褐色，有著毛茸茸的尾巴跟大頭。每年春天，繼燕子跟河馬之後，馬也向西北方行，進入到這片寬廣的地方，因為這時候低窪地區的草已經長得很高了。馬通常是分批行動，每一群都會有一匹種馬、兩三匹母馬，以及一兩匹小馬。每一群馬都有自己的地盤，在栗樹變黃、狼從韋爾德山下來時，牠們又會回到這個地方來。

牠們習慣在空曠的草地上吃草，只有在天氣炎熱時才會找地方避暑。這些馬會避開長長的荊棘或山毛櫸木林，到只有幾棵樹的空地去，以免人／動物偷襲牠們。這些馬不擅長打鬥，腳後跟還有牙齒都是用來彼此幫助的。但在這空曠的鄉間，如果馬受到了驚嚇，沒有其他動物敢靠近牠們。好吧，如果有必要，大象可能會接近牠們。在那個時代，人類不像是個威脅。沒有人預言告訴馬，將來人會如何奴役牠們、鞭打牠們、用靴子上的馬刺刺牠們、讓牠們套上韁繩。還會讓牠們拉著沈重的貨物、跑在溼滑的街上、吃也吃不飽，老了還要被送到屠宰場。這一切將代替眼前空曠的草地，以及在地上奔跑的自由。

先前在威河旁的沼澤時，尤迪娜跟烏羅米從未近距離看過馬，但兩個人現在每天都從峽谷中的岩棚出來找食物，所以每天都會看到馬。兩個人殺死安度之後，又回到那個岩棚，因為現在他們已經不怕母熊，反倒是母熊畏懼著他們，只要聞到兩個人的味道，牠就會避開。兩個人不論到哪都是如影隨形，自從離開部落後，與其說尤迪娜成為烏羅米的女人，不如說她成了他的夥伴。尤迪娜也學會了狩獵，就女性的標準而言，她已經成為高手。她真的是個好女人。烏羅米有時會趴在地上好幾個小時，觀察獵物，或者在心中盤算著如何設陷阱。這時候尤迪娜都會在他身旁，明亮的眼睛定睛看著他，跟男人一樣一動也不動，提出的建議也不會令人生氣。她真是個好女人！

懸崖頂端有一片空曠的草地，再來是一片山毛櫸木林，穿過櫸木林之後是一片廣闊的空地，上面長滿隨風飄逸的草，站在這邊就已經可以看到馬匹了。在樹木跟蕨叢的旁邊，有許多兔子洞。而尤迪娜跟烏羅米就趴在這些蕨類植物中，攻擊用的石頭也準備好了，就等日落時小兔子從洞裡出來覓食或是遊玩。當尤迪娜靜靜地坐著，看著這些兔子洞，烏羅米則是看著在草地的另一端，那些奇妙卻又陌生的馬吃著草。

在某個層面上，烏羅米欣賞馬的優雅以及靈活的身體。太陽下山時，天氣涼爽點，這時馬就會出來活動，彼此追逐、嘶鳴、躲閃、甩動鬃毛，繞著大圈圈跑。有時牠們離烏羅米很近，近到踩草地的聲音聽起來像是疾雷。在烏羅米眼中，這一切看似美好，讓他也想加入牠們的行列。有時候會有馬在地上翻滾，然後躺在草地上四腳朝天踢著，看起來有點可怕，也就沒那麼吸引人了。

烏羅米一邊看著，心中有著模糊的想像，這要歸功於先前吃掉的兩隻兔子。晚上睡覺時，他的思考比較清楚，也比較大膽，那時候的人都是這樣。在夢中，他接近這些馬，用打擊石對抗馬的腳踢。但是這些馬化成人形，或者應該說，變成馬頭人身的動物，烏羅米嚇醒時一身冷汗。

隔天早上那群馬在吃草時，一匹母馬發出嘶叫聲，這些馬看到烏羅米從上風處走了過來。每匹在吃草的馬都停了下來，看著烏羅米。烏羅米不是直衝著牠們而來，而是躲躲閃閃地穿過空地，眼睛東看西看就是沒在看這些馬。他在頭上插了三片蕨葉，讓他看起來更帥氣，而且他走得很慢。帶頭的馬非常有能力，但是經驗不足，牠問說：「現在是怎麼樣？」

「看起來像是某種動物的上半身，只有前腿而沒有後腿。」老母馬說：「他是粉紅色的猴子，好像是一種河邊的猴子，在平原上常常看到。」

烏羅米繼續斜斜地前進，老母馬突然想要了解烏羅米到底有什麼動機。

老母馬跟往常一樣很快就下了定論：「他是笨蛋。」她低下頭繼續吃草，馬王跟第二母馬也跟著吃草。

身上有條紋的小馬說：「看，他越來越接近了。」

一匹年輕的小馬擔心地動了一下。烏羅米蹲了下來，然後坐在地上，專心注視著馬匹。過了一陣子，他意識到這些馬沒有敵意，就滿意了。他開始思考下一步，他並不想殺這些馬，但他手裡拿著斧頭，想要找點消遣。如此俊美的馬，到底要怎樣才殺得死？

尤迪娜躲在蕨叢下，又怕又愛地看著烏羅米。她看著烏羅米不斷匍匐前進。但這些馬寧願烏羅米用兩腳行走，而非四肢並用。馬王抬起頭來，下令要所有馬離開。烏羅米以為這些馬就這樣走了，沒想到在疾馳了一分鐘之後，這些馬突然急轉彎將烏羅米包圍了起來。烏羅米原本是躲在地勢較高的地方，這些馬逐漸分散開來，馬王也慢慢地盤旋，越跑越接近烏羅米。

烏羅米不了解馬，馬也不了解烏羅米的能耐。就現況來說，烏羅米似乎怕了。他知道這樣跟在動物後面，一直跟著不走，就連紅鹿或水牛也會衝來撞你。不管怎樣，尤迪娜看到烏羅米跳了起來，拿著蕨葉走向她這邊。

尤迪娜站了起來，烏羅米臉上露出大大的笑容，讓她知道他只是在玩而已，整件事情他一開始就計畫好了。所以馬的這件事情暫時告一個段落，但烏羅米整天都若有所思。

隔天這個愚蠢的黃褐色動物，身上帶著獅子般的鬃毛，沒有去覓食或盡責地去打獵，反而又跑去那些馬旁邊。老母馬不留痕跡地表達對烏羅米的輕視，牠說：「我猜大概是想向我們學習，就讓他學吧。」隔天烏羅米又來了，馬王認定烏羅米完全不構成威脅。但是事實上，烏羅米是第一位感受到馬的魔力的人，這可是了不得的事情，現在我們依舊深深為了馬的魔力而著迷。他被這些馬兒迷的神魂顛倒，我想他當時已經慢慢變成馬屁精了，而他想要更靠近這些曲線迷人的動物。然後這些馬模糊地意識到，如果烏羅米再靠近點，可能會殺死牠們。但是烏羅米注意到，這些馬跟他劃清界限，隨時保持著五十碼的距離。他走近一步，牠們就帶著威嚴地後退一步。我想當初他把安度弄瞎的經驗，讓他現在也想要跳到這些馬的背上。過了一會兒尤迪娜也走出來，兩個人悄悄地跟在馬匹後面，後來就沒有其他進展了。

然後在一個值得紀念的日子，烏羅米突然有了新的想法。馬會往下看或是往前看，但不會往上看。沒有動物會往上看，因為牠們有太多常識。只有人類這種奇妙的動物，才能夠把頭朝上。

烏羅米並沒有進行哲學推論，但他認為應該就是如此。所以他一整天都待在空地的一棵山毛櫸樹上，而尤迪娜負責跟著那些馬。通常下午天氣正熱時，那些馬會躲到樹蔭下，但是那天是陰天，加上顧慮到尤迪娜，所以牠們沒有到樹蔭下。

又過了兩天，烏羅米才又提起興趣。那天非常炎熱，蒼蠅也發揮它們的威力。那些馬在中午之前就停止吃草，走到烏羅米下方的樹蔭，兩兩一對頭尾相接，用馬尾為彼此扇風。

馬王走到離烏羅米的樹最近的地方，突然葉子沙沙作響，樹枝發出咯吱咯吱聲，然後碰的一聲──烏羅米跳到牠身上。牠用一塊尖銳的打火石刺在馬王的臉上，馬王膝蓋倒了下去。牠靠著一根膝蓋站了起來，馬上拔腿急奔。你可以看到看到烏羅米四肢飛舞、馬蹄飛奔，還有驚慌的噴鼻聲。烏羅米被往上拋了一英尺，然後掉了下來，後來又被拋了上去。他的肚子不斷被撞擊，然後他的膝蓋夾緊了某樣東西。原來他注意到自己用膝蓋、腳還有雙手，緊緊抓住馬王。現在他上下晃得相當厲害，急奔在樹林中。此時烏羅米也不知道斧頭跑哪去了，而「本能之母」這時告訴他「抓緊」，烏羅米就照作。

他注意到臉上有許多粗糙的毛髮，有些甚至跑到牙縫中。而草地在他眼前飛快的經過。他看到馬王，肩膀寬廣又光滑，皮膚底下的肌肉迅速地移動。烏羅米意識到自己的手臂環繞在馬王的脖子上，身體感受到有節奏的強烈震動。

然後他們經過一片樹林、一片蕨叢，再來又跑在一片草地上。然後經過一片鵝卵石，地上的鵝卵石因為飛奔的馬蹄，從河邊被踢到路邊去。烏羅米感到頭暈眼花，但是他不是那種因為不舒服就會放棄的人。

他不敢放手，不過他儘量讓自己舒服點，所以他將手從馬的脖子上鬆開，改抓住鬃毛。他將膝蓋往前放，腿往後伸，兩腿張開，呈現坐姿的狀態。雖然相當緊張，但他還是穩穩坐在馬上。雖然氣喘吁吁，也不知道事情會如何發展，但是原本身體不斷承受的撞擊，現在也緩和了點。

烏羅米一點一滴地，整理好思緒。馬的急速還是相當嚇人，但是現在他沒有像剛開始時一樣害怕，反而開始洋洋得意了起來。吹在臉上的風，甜美又舒服。馬蹄的節奏改變了，先是慢了下來，但後來又恢復原來的節奏。他們現在跑在草地上，這是一片寬廣的林間空地，兩側一百碼處都長滿了山毛櫸樹，青翠的葉子上面開滿粉紅色的花朵。空地上到處都流有清澈的露水，在中間也有迂迴曲折的溪水。烏羅米遠遠地可以看到藍谷，距離他們很遠。烏羅米越來越得意了，這是人類第一次感受到速度的快感。

緊接而來的是一片空地，上面到處都有　鹿在飛奔，還有一兩隻豺狼誤將烏羅米看成獅子，所以跑來追他。這些豺狼發現他不是獅子的時候，還是因為好奇而靠了過來。馬繼續疾馳，心中只想著要逃跑。跑在後面的豺狼有個尖尖的耳朵，很快就開口講話。第一隻豺狼問「是誰在殺誰？」第二隻回答「被殺死的是馬。」兩隻豺狼跟在後面呼號，而馬也發出聲音呼應，聲音就跟現代的馬被馬刺踢到時一樣。

他們繼續奔跑著，在那安靜的一天像龍捲風一樣，鳥嚇到飛了起來，許多動物也被嚇到躲起來、很多糞蠅也不高興地飛走。原本盛開的小花，頓時也被他們踩爛，然後他們回到先前的草地上。接下來又是一片樹林，然後他們踩過洪流，濺起了河水。馬王重重的步伐，也把一隻野兔嚇的從草叢中跑了出來，豺狼看到了野兔，也無法克制自己，跑去追野兔了。現在他們不斷往上坡跑，又跑到一片空曠的草地，也就是現在艾普森北方的長滿草的下坡。

馬王的第一波的爆衝早已結束了，牠現在快步跑著。而烏羅米雖然全身多處淤青，也不知道接下來會發生什麼事情，卻很高興地享受這一刻。但事情又有了新的發展，馬王又改變了速度，牠繞了一小圈，然後完全停了下來。

烏羅米有所警覺，他希望手中有塊打火石，但是他原本繫在腰間袋子中的石頭，就跟斧頭一樣不知去處。馬王轉頭，烏羅米注意到牠的眼睛跟牙齒。他將腿放到安全的位置，然後用拳頭去打馬的臉頰。馬王將頭低了下來，低到連烏羅米都看不到的地方，然後將烏羅米坐在上面的背部拱了起來。烏羅米再次照著本能行動，緊緊抓住馬不放。他的腿跟腳夾緊馬的身體，但是頭似乎要撞到草地了。他的手緊抓著馬的鬃毛，而馬粗糙的毛髮救了他一命。原本拱起來的馬背，現在放了下來，然後烏羅米嚇了一跳，喊了聲「哇！」原來馬王又把背拱了起來，只是這次是將另外一邊拱起來。但是烏羅米可比現代人更接近原始人，大概有一千代的差距。就連猴子，也沒辦法像烏羅米那樣緊緊抓住馬的鬃毛。世世代代以來，因為獅子的關係，馬已經學會對付敵人時不要翻滾或用後腿站立。但這匹馬還是展現出領袖氣魄，繼續地踢，並且不斷地彎著背在那邊跳著。這五分鐘烏羅米可說是度日如年。他心裡相當清楚，只要他被馬甩下來，就必死無疑。

後來馬王又恢復先前的策略，突然之間又往前狂衝。牠往下坡衝，衝過陡峭的地方，沒有突然轉彎。往下坡衝時，他們經過許多橡樹跟山楂樹擋住，往後看峽谷已經從這些樹擋住。路中他們突然遇到泉水形成的水池、一排雜草跟銀色的灌木叢，只好繞著繼續前進。地上土泥越來越柔軟，草也越來越高，兩側長著幾叢的山楂花，雖然季節已經過了但有些還是開著花。這些草叢越來越厚，厚到割傷經過的馬王跟烏羅米，兩者滿身輕傷都流著血。他們繼續前進，前方的路越來越空曠。

接下來又是一陣精彩的冒險。在灌木叢中，突然出現一陣長長的尖叫聲，可以聽得出來這是受到委屈的動物所發出來的聲音。這時看到一隻體型巨大、身上帶著灰色與藍色的動物，追著他們跑。原來這是大角犀牛呀亞，身上發出怒火，照著犀牛的習性全速衝了過來。牠在覓食時被烏羅米他們嚇到了，所以不論對象是誰，牠要撕爛、踐踏某樣東西來洩憤。牠從左邊向他們逼近，小小的眼睛都紅了起來，大大的犀牛角低了下來，而尾巴也捲了起來。烏羅米原本已經準備好逃走來躲避犀牛的攻擊，但是看啊！馬蹄聲越來越快，烏羅米往後瞄已經快看不到犀牛跟他短短的腿了。過了兩分鐘，他們已經穿過了山楂花叢，到了空曠處，繼續往前飛奔。有一陣子烏羅米可以聽到，背後傳來追趕他們的沈重腳步聲，已經越來越遠，遠到好像呀亞從沒有發過脾氣，或是存在這世上一樣。

兩個人依舊沒有放慢速度，繼續往前進。

烏羅米現在可是得意的很，那個時代你要讓人知道你很得意，最好的方式就是污辱對方。「呀哈！大鼻子。」烏羅米說著，一邊回頭看看追著他們的犀牛，現在已經完全不見蹤影。「你怎麼不用手拿著你的石頭？」烏羅米最後還高興地高呼了一聲。

但他高呼的這一聲可不得了，因為他嘴巴就在馬耳旁邊，而且出乎馬的意料之外，這隻種馬嚇壞了。牠用力的往後倒退，烏羅米突然之間又差點從馬上摔下來。他還是抓住了馬，但只剩下一隻手跟一條腿還抓住著馬。

接下來烏羅米還是留在馬上面，不過騎得相當辛苦。眼前看到依舊是藍天，但是身體真的感覺不舒服。最後一叢荊棘植物給了他最後的一擊，他就放開了馬。

他的臉頰跟肩膀先撞到地上，然後在一陣地上滾了好幾圈，快到都看不清，他的脊椎也撞到地上。他看到地上發出了不同顏色的火花。他覺得地上就好像馬一樣，跳動著不停。然後他坐在離那叢荊棘植物六碼的草地上，前方是空曠的草地，上面的草顏色越走越青翠，遠遠還可以看到幾個人。馬王這時很聰明地往右跑，逃離這一切。

有些人在河的對岸，有些人還在河中，但是每個人都是盡力在逃命。被出現的怪獸撕成碎片，並不是他們想要的新奇經驗。烏羅米坐在那邊，看著他們一陣子，欣賞這壯麗的景觀。彎曲的河道、長滿蘆薈與王紫萁的圓丘，還有縷縷白煙飄向天際，這一切對他都是再熟悉不過的景象。原來這是烏雅的兒子的聚落，也就是他跟尤迪娜當初逃離、躲在栗子樹上偷襲、並且用史上第一根斧頭殺死的烏雅。

烏羅米站了起來，因為剛剛摔倒的關係，現在還有點頭暈。就在他站起來時，對岸那群分散的人也轉過頭來看他。有些人指著遠去的馬，說了些話。烏羅米眼睛看著他們，然後慢慢地走過去。他對這群人越來越有興趣，已經忘記馬跟淤青的全身。這群人的人數比以前少，烏羅米猜想剩下的人可能躲起來了，因為當晚用來生火的那堆蕨類葉子並不多。哇烏原本應該坐在打火石堆的旁邊，但是烏羅米想起自己將他殺死了。突然看到這熟悉的景象，先前的峽谷、熊跟尤迪娜似乎已經是很久以前的事情，簡直像做夢一樣。

他站在河岸旁，看著對面的部落。烏羅米的數學並不好，但絕對看得出來人數變少了。男人可能外出，但是就連女人跟小孩也變少了。他這時發出聲音，讓大家知道他回來了。先前的爭執對象是烏雅跟哇烏，跟其他人無關。「烏雅的孩子們。」烏羅米喊著。他們則叫出烏羅米的名字，但因為烏羅米突然這樣出現，所以他們有點害怕。

雙方一起對話了一陣子，然後一個老太太拉高了聲音，回答他說：「我們的主人是一隻獅子。」

烏羅米不懂她是什麼意思，又有幾個人同聲回答說：「烏雅回來了，這次他化身為獅子，所以我們的主人是獅子。他晝伏夜出，想殺誰就殺誰，但是沒有人可以殺我們，烏羅米，沒有人可以殺我們。」

烏羅米還是不懂。

「我們的主人是獅子，牠不會跟人講話。」

烏羅米站起來看著他們，他自己也做過夢，知道雖然他殺死了烏雅，烏雅依舊存在於這世界上。現在他們告訴他烏雅化身成獅子了。

全身都是乾癟皺紋的老女人，負責看管螢火，突然轉身輕聲地跟坐在旁邊的人講話。她真的是上了年紀了，她是烏雅的第一個老婆，烏雅也讓她活得比其他女人還要久。她一開始就相當狡猾，知道要取悅烏雅，也知道要詭詐來得到食物。現在她能給人很實用的建議。她輕聲說著話，烏羅米心中帶著厭惡，好奇地從對岸看著這個女人乾枯的身形。然後她突然大聲說：「過來我們這邊吧，烏羅米。」

有個女孩突然拉高聲音說：「過來我們這邊吧，烏羅米。」其他人也跟著開始喊著：「過來我們這邊吧，烏羅米。」

在老女人出聲之後，這群人的態度就很奇妙地改變了。他還是站在那邊看著他們，一動也不動。受人邀請當然令人高興，第一個請他過去的女孩也是個美人，但她讓烏羅米想到尤迪娜。

那些人又喊著說：「過來我們這邊吧，烏羅米。」而那位老女人的聲音比其他人都大聲。一聽到她的聲音，烏羅米又猶豫了。

烏羅米站在河岸上，這位思想家慢慢地思考。對岸的人都停下來，看著烏羅米會怎麼做。他想往回走，但又三心二意。最後他還是決定小心行事，沒有回應對岸的人轉身就走，按照他來時的原路往遠方的荊棘樹林走過去。對岸的部落立即切切地呼喊著他，他猶豫了一下，轉身過去，但又回頭繼續走，然後又轉身過去，又再次回頭往回走。每次轉身過去看到那些人，烏羅米可以看到他們的眼神透露著不安。最後一次他又轉身過去，往那群人走了兩步，但恐懼再次讓他停下來。那些人看著烏羅米再次停下腳步，他搖了搖頭，然後就消失在山楂樹林中。

然後所有女人跟小孩又拉高聲音，再一次呼喊著烏羅米，但烏羅米依舊沒有回心轉意。

在河的下游，微風吹拂著蘆草。現在改吃人的老獅子，選在這方便獵食的地方建立了自己的巢穴。

老女人臉轉向那邊，指著山楂樹林，大聲喊著說：「烏雅，你的敵人就在那裡！他就在那裡！你為什麼每晚都獵殺我們的人？我們試著設下陷阱抓住他！你的敵人現在就在那裡，烏雅！」

但是一直在吃部落的人的獅子，現在在午睡，所以也沒聽到老女人的聲音。那天獅子已經吃掉部落裡面，身材比較豐腴的一個女生，所以牠現在心情愉快平穩。牠真的不知道牠就是烏雅的化身，也不知道烏羅米就是牠的敵人。

所以那天烏羅米騎了馬，且第一次聽說獅子烏雅取代了酋長烏雅，而且一直在吃部落的人。在他趕著回峽谷的路上，他的心不再只是想著馬而已，而是想到烏雅還活著，要跟人拼得你死我活。他一直看到那群人數越來越少的女人跟小孩哭喊著：「烏雅現在是隻獅子，烏雅現在是隻獅子！」

而現在烏羅米擔心黎明的曙光會照到他，所以他開始用跑的。

四、獅子烏雅

這隻獅子真的是走運了，這個部落以他們的統治者為榮，這是目前唯一能讓他們滿意的事情。這隻獅子在烏羅米殺死騙子烏雅的那晚出現，所以他們就給牠取名為烏雅。第一個叫這隻獅子烏雅的人，就是那位負責看管柴火的老女人。一陣小雨之後，柴火只剩下零星火星，夜晚的天空也暗了下來。這些人在黑暗中講話，看著彼此，想到烏雅已經死了，不知道會在夢中如何對付他們，心裡就相當害怕。這時他們聽到獅子的吼叫聲，在附近此起彼落地迴響著。接下來一片寂靜。

每個人都停止呼吸，現在只聽得到雨水落下的聲音，還有雨水掉到柴火灰燼所發出的嘶嘶聲。過了一段很長的時間後，發出一陣碰撞、害怕的尖叫還有咆哮聲，每個人都拔腿就跑。他們一邊跑，一邊大吼大叫，各自往四面八方逃走，但是燒過的木頭不會再燃燒，一下子獵物就被抓到了，被拖著穿過蕨草。原來這是厄克，哇烏的弟弟。

原來是獅子發動了攻擊。

前晚下的雨，讓蕨草了隔天晚上，葉子仍帶有雨水。獅子那天晚上也來了，這次抓走的是紅髮的克利克。這兩晚的獵物，足夠獅子吃兩天。在那個月月亮最暗的那幾個晚上，獅子在連續三個晚上出現。雖然部落升起了熊熊的柴火，老獅子的牙齒也頓了，但牠行動非常安靜且冷靜。牠以前就見識過火了，年老的牠也不是第一次獵食人類。第三個晚上，牠從部落中間跟外圍的柴火中出現，跳過了那堆打火石之後，抓住了厄克的兒子厄姆，當時厄姆似乎負責帶領整個部落。那天晚上很可怕，因為很多人點燃了蕨葉，然後尖叫地跑開，原本抓住厄姆的獅爪也鬆開了。透過火光，其他人看到厄姆蹣跚地爬了起來，然後往他們這邊跑了過來。只是獅子跳了兩步之後，又把他抓住了。厄姆一命嗚呼。

原本春天的喜悅消失了，取而代之的是恐懼。原本已經有五個人離開部落，過去這四個晚上又有三個人死於獅爪之下。現在沒有人有心去覓食，因為誰也不知道接下來遭殃的會是誰。女人整天都在忙碌，就連最受寵的女人，也忙著撿拾雜草枯枝，晚上才可以生火。出去打獵的人也空手而返，雖然已經是溫暖的春天，但他們肚子跟冬天一樣很快地就餓了。如果有人出來領導，或許部落會開始遷徙，但是現在群龍無首，沒有人知道到哪裡去才可以擺脫這隻獅子的糾纏。獅子越來越肥，牠感謝上蒼世上有人類這種動物。月亮還是眉月的時候，已經有兩個小孩跟一個年輕人死在獅子的爪下。第一個夢到尤迪娜與烏羅米，並且想到烏雅死後化身成獅子的，就是負責看管柴火的老女人。在她的時代，她一直怕烏雅，而她現在則是怕那隻獅子。她是看著烏羅米出生的，所以心裡認為烏羅米絕對不可能可以將烏雅永遠殺死。現在繼續追著敵人的，是烏雅！

然後奇怪的是，烏羅米回來了。他們遠遠地看到一隻動物從河的對岸飛奔過來，但是突然之間才發現，是一隻馬跟一個人。看到烏羅米在河的對岸，對她來說，這是再清楚不過的預兆。這是烏雅在懲罰他們，因為他們還沒逮到烏羅米跟尤迪娜。

男人一個一個走了回來，那時太陽還在天空中，但他們晚上還是有可能被殺死。他們都聽到了烏羅米的故事，老女人帶著他們走到對岸，讓他們看烏羅米當初猶豫時所留下的足跡。追蹤大師希思認出烏羅米的足跡。老女人說：「烏雅需要烏羅米。」這時她一隻腳站在轉彎處的左邊，夕陽的照耀下可以看出她比手畫腳講個不停。她的呼喊聽起來很奇怪，聽起來像是講話，但又有點不像，但是他們聽得出來她是在講：「獅子需要尤迪娜，每天晚上都會跑來找她跟烏羅米，找不到他們的時候就會生氣地大開殺戒。去追捕尤迪娜跟烏羅米吧，獅子在追捕尤迪娜，而烏雅當初已經下令要殺死烏羅米。現在就去追捕他們兩個人！」

她轉身面對遙遠的那片蘆薈，就好像先前有時候轉身面對烏雅一樣，喊著：「是不是如此，我的主人。」然後那些蘆薈就好像在回答她一樣，隨著風吹而低下頭來。

黃昏時分，可以聽到營地那邊發出陣陣的劈砍的聲音，原來是男人在削著椤木做成的矛，要在明天打獵時使用。晚上的時候，在月亮還未升到天際之時，獅子把追蹤大師希思的女人抓走了。

到了早上太陽還沒升起前，追蹤者希思、在削打火石的小夥子哇豪、一眼、波、食蝸牛者、兩個紅髮的男人、貓皮還有小蛇，這些都是烏雅碩果僅存的兒子。他們拿起椤木做成的矛、砸人的石頭，並且把用來丟擲的石頭放在用獸爪做成的袋子中，順著烏羅米留下來的足跡，穿過山楂樹林，經過在吃草的犀牛呀亞跟牠的兄弟們，走到光禿禿的低窪地區，朝著山毛櫸木林走去。

那天晚上的火燒的又高又烈，隨著天空的漸盈月落下，獅子放過那些身體蜷伏起來的女人跟小孩一馬。

隔天日正當中時，那些獵人回來了，只有一眼不見人影，原來他躺在岩棚的底下，頭骨都碎了。烏羅米跟蹤那批馬的那一天，回來時就看到禿鷹已經忙著啃食一眼的屍體了。這些獵人帶著滿身是傷的尤迪娜回來，只剩下一口氣在。這是那個老女人的命令，要他們活捉尤迪娜回來。她：「該奪走尤迪娜性命的不是我們，而是獅子烏雅。」尤迪娜被當成男人一樣，雙手被皮帶綁了起來。她滿臉倦容，滿頭的亂髮遮住了眼睛，血一直從頭髮上滴下來。這群人一直繞著她走，食蝸牛者（這名字是尤迪娜取的）一邊笑著，一邊用梣木做成的矛打尤迪娜。他每打尤迪娜一下，就會轉頭去看別人，好像自己做了什麼英勇的事情一樣。其他人也一樣，一直轉過頭去看，而且每個人都走得很匆忙，只有尤迪娜慢慢走。老女人遠遠看到他們回來，開心地大叫。

雖然河水流得很快，但他們還是讓尤迪娜雙手綁著走過去。她走到一半滑倒了，看到這一幕一開始老女人幸災樂禍地尖叫，但後來則是因為擔心尤迪娜可能會溺死。這些人將尤迪娜拖到岸上時，她一開始站不起來，因為他們把她打得全身痠痛。所以他們讓她坐在河邊，河水還碰得到她的腳，她的眼睛直直地往前看，不管其他人要說些什麼、做些什麼，她的臉一動也不動。整個部落都走到營地旁邊，就連一頭捲髮、連走都走不穩、一頭捲髮的哈哈，也站在那邊看著尤迪娜跟老女人，就好像我們現在看著受傷的野獸以及野獸的捕捉者一樣。

老女人將原本屬於烏雅的項鍊，從尤迪娜的脖子上扯了下來，然後戴在自己身上—這原本就屬於她。然後她去扯尤迪娜的頭髮，又拿矛用盡全身的力氣打著尤迪娜。在她把所有的怒氣發洩在尤迪娜身上後，她仔細地看著尤迪娜的臉。尤迪娜把眼睛閉了起來，臉上表情一動也不動，躺在那邊毫無動靜，老女人還擔心她已經斷了氣。然後尤迪娜的鼻子抖了一下，老女人看到就打了尤迪娜一巴掌，笑了一下，把矛還給希思。然後她走到旁邊，開始跟其他人講話，跟往常一樣嘲笑尤迪娜的舉止。

整個部落當中，老女人話最多，而且她的話聽起來最不舒服。有時候她會尖叫，有時候發出沒人聽得懂的呻吟聲，有時候她發出的喉音只是她思想的幻影。但是她還是讓尤迪娜知道，之後她會受到什麼樣的待遇，包括獅子還有獅子會如何虐待她。「還有烏羅米！哈！哈！烏羅米也被殺死了嗎？」

突然間尤迪娜張開眼睛，坐了起來，非常平靜地看著老女人。「沒有。」她慢慢地吐出這些字，好像試著在回想一樣。「我沒看到我的烏羅米被殺死。」

老女人哭喊著：「告訴她！跟她說烏羅米已經死了，跟她說他是怎麼死的。」

她看著其他人，其他所有女人跟小孩也都彼此看著。

沒人回答她，大家都一臉慚愧。

老女人說：「告訴她。」所有男人都面面相覷。

尤迪娜的臉突然亮了起來。

老女人說：「告訴她，各位勇士，告訴她你們怎麼殺死烏羅米的。」

老女人站了起來，用力甩尤迪娜幾個巴掌。

「我們找不到烏羅米。」這時追蹤大師希思才慢慢地說。「他打敗了我們的兩個人，不過沒有殺死任何人。」

此時尤迪娜心跳飛速，但她還是一張撲克臉。這樣也好，因為此時老女人狠狠地瞪著她，眼中透露出殺意。

然後老女人開始罵這些男人，因為他們不敢去追烏羅米。現在烏雅死了，所以老女人誰也不怕。她將這些男人當成小孩子般痛罵，他們臉都沉了下來，然後開始互相指責。突然之間希思大聲地講話，請老女人息怒。

在太陽快下山的時候，這些男人心不甘情不願地帶著尤迪娜，沿著獅子在蘆草中留下來的足跡往回走。所有的男人都一起出發，他們走到一片赤揚木林時，趕緊將尤迪娜綁在樹上，讓獅子在黃昏現身時，可以找到她。綁好後他們趕緊往回走，走到營地附近才放慢腳步。然後他們停下腳步，希思率先停了下來，然後回頭看看赤揚樹。就連在營地那邊，他們也可以看得到尤迪娜的頭，在那顆大樹的樹幹下，看起來就像一個黑點。事情這樣就算了。

所有女人小孩，都站著看著山丘的頂端。老女人站在那邊，大聲地呼喊著，要獅子來捉牠一直在追捕的獵物，還告訴牠可以如何虐待尤迪娜。

加上疲勞跟憂傷，讓被毒打得尤迪娜非常的疲憊。讓她撐下去的，就是不久未來的害怕。在遙遠的栗樹林的樹枝之間太陽血紅色的光芒灑了進來，整個西部炎熱到像著火一般。傍晚沒有舒服的微風，非常炎熱。天空中充滿著蚊子，旁邊河裡的魚有時候會跳出水面，偶爾會有金龜子飛來飛去。尤迪娜從眼角的餘光，遠遠可以看到在圓丘上的營地，上面一群人都盯著她看。她聽到一個微弱卻清楚的聲音，原來是打火石敲擊的聲音。在她旁邊的，是長滿蘆草、毫無動靜的獅子窩。

打火石的聲音停了下來，尤迪娜找著天空的太陽，發現太陽已經下山，取而代之的是漸盈的月亮。她看著獅子穴旁的草叢，看看獅子是否從蘆草中走出來，然後她突然開始試著掙脫，一邊哭一邊叫著烏羅米的名字。

但是烏羅米人不在那邊，其他人看到尤迪娜搖著頭試著掙脫，他們在圓丘上一起大喊著，然後尤迪娜就放棄了，站在那邊動也不動。然後蝙蝠出現了，星星就好像烏羅米一樣，從西方的藏身之處躡手躡腳地跑了出來。她呼喊著星星，但是聲音相當小聲，因為她害怕會把獅子也叫來。在隔天黎明之前，蘆草毫無動靜。

現在尤迪娜身陷黑夜之中，月亮越來越亮。日落時的影子，慢慢地往上坡移動，最後傍晚時完全消失了。取而代之的是又短又黑的黑影。獅子窩旁邊的蘆草跟赤揚林出現黑影，看似有東西在動，但是整晚什麼都沒有出現。

尤迪娜看著營地，看到那邊的柴火燒得通紅，男男女女來來回回。河的對岸出現白色的薄霧，遠遠還可以聽到年輕狐狸的低吠，還有鬣狗的喊叫。

尤迪娜擔心會被獅子殺死，當晚漫長的等待，除了偶爾出現的聲音，其他一片寂靜。過了很久一段時間，有動物跑到水裡面，而且似乎已經穿過了河流，到了獅子窩後面的淺灘，不過尤迪娜看不清楚到底是什麼動物。從遠方的水池，她聽到有水潑濺的聲音，還有大象的聲音，除此以外整晚可說是靜悄悄。

現在在藍天之下，地上只有白色的倒影跟光也穿不過去的黑暗。從栗樹林的頂端，可以看到一部分銀白色的月亮。在東方的山丘上，上面群星聚集。圓丘上的柴火現在燒得通紅，部落的人也都聚集在柴火旁。他們確信，也等著聽到尤迪娜尖叫。

突然之間夜晚出現許多動靜，尤迪娜也屏住氣息。她看到一隻、兩隻，總共三隻鬣狗偷偷地在黑夜中出現。

後來又是一陣漫長的等待。

尤迪娜想像聽到許多聲音，在她告訴自己那些都是真的之後，她聽到蘆草林有點動靜，然後一陣騷動。然後啪的一聲，蘆草被重重地折斷，一次、兩次、三次，然後又是一片寂靜，只剩下一陣一陣的窸窣聲。她聽到一陣低吼聲，然後又是一片安靜。這寂靜永無止盡，究竟會不會有結束的時候？她屏住氣息，咬著自己的嘴巴，讓自己沒辦法尖叫出來。然後有東西飛奔過矮樹叢，她嚇得不禁叫了出來，不過圓丘那邊沒有傳來歡呼的叫聲。

蘆草叢突然又出現一陣騷動，在即將落下的月亮下，她看到蘆草隨著風搖動，赤揚樹也跟著搖擺。她又大力試著掙脫，這是她最後一博。但是什麼都沒有出現，過去幾分鐘似乎有許多動物在她旁邊奔跑著，但是接下來又是一陣寂靜。接下來，月亮在遙遠的栗樹中落下，大地又是一片黑暗。

然後出現一個奇怪的聲音，一陣喘氣聲，越來越快，卻也越來越微弱。然後又是一陣寂靜，然後出現微弱的動物呼嚕聲。

接下來可說萬物靜寂。遠遠在東方，有隻大象吼叫，然後從樹林中傳出一陣嗥叫聲，只是很快就消逝了。

過了很久，月亮再次發出光芒，穿過山脊上的樹。兩道光芒照在蘆草上，還帶有一道陰影。然後又是一陣不停的騷動、水濺聲，然後蘆草搖晃地越來越開。最後蘆草整個從根裂開到頂。尤迪娜看來小命不保！

她看著從蘆草中出來的東西，有一陣子她以為她看到獅子的頭跟強壯的下顎，結果形狀改變了。那個東西皮膚呦黑，低低地趴在地上，一個聲音都沒發出來，不過那不是獅子。停了下來，一切都靜止不動。尤迪娜看了一下，那東西看起來像是一隻巨大的青蛙，有著兩隻腿還有傾斜的身體，頭在黑暗中探頭晃腦。

蘆草沙沙作響，這東西慢慢地移動著，好像跟青蛙跳一樣，它一邊跳，一邊發出低沈的呻吟聲。

這時尤迪娜整個人激動了起來，高興卻悄悄地喊：「烏羅米！」

那東西停了下來，烏羅米輕聲地回答：「尤迪娜。」一邊望向赤揚林，但他聲音帶著痛苦。

他動了一下，從蘆草後方的陰影中出來，走到月光下。他全身都是黑色的污漬。尤迪娜看到烏羅米拖著腿走路，另一隻手拿著斧頭，就是人類第一根斧頭。沒多久他就蹣跚地，慢慢地爬到尤迪娜旁邊。他說：「獅子。」聲音中混雜著得意跟痛苦。「哇！我殺了獅子，就好像殺了那隻熊一樣，用雙手殺了那隻獅子。」他用手勢強調他的話，然後突然輕聲地喊了一下，然後動也不動一陣子。

「幫我鬆綁。」尤迪娜小聲地說。

烏羅米沒有回答她，只是抓著赤揚樹的樹幹，從地上爬了起來，然後用尖銳的斧頭去砍綁著尤迪娜的皮帶。每砍一次，尤迪娜就聽到烏羅米發出一次嗚咽聲。他把綁在尤迪娜胸前跟手臂上的皮帶砍斷，然後手就垂了下來。他的胸口靠在尤迪娜的肩膀上，然後在她旁邊滑了下來，倒在地上。

剩下來就相當容易，尤迪娜一下子就把其餘的皮繩解開。她才從樹邊踏出一步，就開始頭暈。接下來她記得的，就是往烏羅米走了一步，然後她彎了下腰，倒了下去。頭倒在烏羅米的大腿上。他的大腿柔軟濕潤，尤迪娜的頭一壓下去，大腿肉就凹了下去，烏羅米痛得喊出聲，身體扭曲了一下，然後又躺著不動。

有個像狗的東西慢慢地走在蘆草中，然後完全停下腳步，站在那邊聞了一下、遲疑一下，後來轉身，又回到黑影中。

兩個人一動也不動，躺在地上好長一段時間，落下的月亮照在他們身上。然後就跟月亮落下的速度一樣，蘆草的影子也漸漸地落在他們身上。現在他們的腿都藏在草中，從遠方看來烏羅米看起來就像是銀白色的亮點。陰影已經照在他的脖子上，然後慢慢爬到他的臉上，所以至少晚上的黑暗把他們掩蓋地好好的。

那天晚上可以聽到各種聲音，有腳步聲，也有動物咆哮的聲音，雖然很小聲，但卻是動物打架發出的聲音。

❖ ❖ ❖ ❖ ❖ ❖

那天晚上營地的女人跟小孩一直等，等到聽到尤迪娜尖叫才睡著。但男人都累了，坐在那邊打瞌睡。尤迪娜尖叫時，他們終於不用擔心自己的安危了，就馬上跑到離柴火最近的地方。老女人聽到尤迪娜尖叫就笑了，尤迪娜的朋友小希因此啜泣，老女人看到又笑了一次。隔天早上太陽升起時，他們都提高警覺，望向赤揚樹林。他們看到尤迪娜已經被抓走了，想到這能平息烏雅的怒氣，他們都非常高興。但是烏羅米，又突然出現在他們心中。他們可以理解烏羅米想要報復，就連在那時候報仇也是稀鬆平常的事情，但他們沒預料到烏羅米會救走尤迪娜。突然間一隻鬣狗從蘆草中衝了出來，穿過這片長滿蘆草的地方。牠的鼻子跟爪子都有深色的污漬，那些男人一看到都一邊吼叫，一邊拿起石頭追著鬣狗跑，因為鬣狗在白天是不折不扣的懦夫。所有男人都恨鬣狗，因為鬣狗會吃小孩，而且如果有人睡在營地的邊緣，鬣狗也會來咬他。貓皮丟出一塊石頭，正中鬣狗的腹部，整個部落都高興地大叫。

聽到這些人的聲音，從獅子窩的方向傳來翅膀拍動的聲音，三隻白頭禿鷹慢慢地飛到天空、盤旋，然後停在赤揚樹枝上，看著獅子窩。「我們的主人不在這裡。」老女人說著，一邊指著禿鷹說：「禿鷹已經吃掉了尤迪娜。」那些禿鷹一開始留在樹上，後來一隻跟著一隻飛到蘆草中。

然後在東方的樹林上方，太陽升起，陽光戰勝了黑暗，為整個世界帶來生氣與顏色。小孩子看到日出，都一起大喊、拍手，然後跑到河水旁。只有小希沒有跟上，她驚訝地看著赤揚樹，整晚她都看到尤迪娜的頭緊貼在那棵樹上。

但是老獅子烏雅並不是在外地，而是在自己的地盤。牠靜靜地躺著，稍微側躺著一動也不動。牠不是在自己的窩中，而是在附近一片被踐踏過的草中。一隻眼下面受了傷，原來是被第一根斧頭削到了。但是牠的胸前一片紅褐色，上面有一個明顯的血漬。烏羅米還用矛在獅子胸口留下一個洞，禿鷹也在牠身體的兩側還有脖子下，留下啃食的痕跡。烏羅米就是這樣奪走牠的性命，當時獅子原本把他壓倒在地上，烏羅米不得已只能用矛往獅子的胸前亂刺一通。他用盡全力將矛刺進獅子的身體裡，刺到了這隻巨獅的心臟。所以這隻獅子，也就是烏雅的轉世，牠的霸權就此結束。

在圓丘上的部落，每個人都匆忙地準備，在那邊削著矛、磨著攻擊用的石頭。沒人敢說出烏羅米的名字，就怕說出口他就會出現。男人之後會緊緊地跟在彼此身邊，出去狩獵個一兩天，狩獵對象是烏羅米，免得他來攻擊他們。

但是烏羅米現在靜靜地躺在獅子窩外面的地上，一動也不動。尤迪娜則是蹲在他旁邊，手裡緊緊地抓住梣木做成的矛，矛沾滿了獅子的血。

五、獅子窩旁蘆草的戰爭

烏羅米靜靜地躺在那邊，背靠在一顆赤揚樹上，大腿血肉模糊。沒有一位文明人在受到那樣嚴重的傷害時，還能存活下來。但是尤迪娜找來些荊棘植物，幫他縫合傷口，並且日夜守在他身邊。白天時，她拿著一把蘆草，把飛過來的蒼蠅打死；晚上則是拿著人類史上第一支斧頭，讓危險的鬣狗無法靠近。過了一陣子，烏羅米的傷口慢慢癒合。當時正是炎熱的夏天，一滴雨水都沒有。烏羅米傷口還開著的前兩天，他們沒有多少食物可以吃。他們藏身的低窪地區，也沒有根菜或小隻的動物可以宰來吃。水中有水蝸牛跟魚的河流，則是距離他們一百碼，而且就在光天化日之下。她怕被部落、被自己的兄弟姐妹看見，所以白天不敢出去；晚上則是害怕野獸攻擊她或烏羅米，所以也不敢出去。所以他們跟禿鷹一起吃獅子肉，不過附近有一道涓涓細流，尤迪娜會用手捧水來給烏羅米喝，這樣也夠他喝了。

烏羅米躺著的位置，剛好有赤揚林擋著，旁邊還有蘆薈跟蘆草，所以部落看不到他。他殺死的獅子，就躺在獅子窩附近，旁邊的蘆草都被踩爛了，離烏羅米大概五十碼。他從蘆草的縫隙間可以看到獅子的屍體，禿鷹爭著吃最好吃的部位，也讓鬣狗無法接近獅子的屍體。沒多久，一群蒼蠅盤旋在獅子上方，看起來就像蜜蜂一樣，烏羅米還聽得到蒼蠅的聲音。烏羅米的傷口開始復原時，其實也不到幾天的時間，但獅子只剩下幾根骨頭散落在地上，發出白色的光芒。

烏羅米白天通常就呆坐在地上，直直看著前面。有時候他會低聲講到馬、熊跟獅子，有時候則會拿著斧頭敲打著地上，一邊念著部落每個人的名字，一次就是好幾個小時。看來他一點都不怕部落的人因此找到他。由於失血又吃得少的關係，現在他睡覺幾乎都沒有做夢。夏天短暫的夜晚裡，兩個人大部分時間都醒著。在夜晚的黑暗中，他們看到一些東西在附近出沒，這是他們白天未曾見過的東西。有幾晚鬣狗沒有現身，但在一個沒有月光的晚上，一群鬣狗出來搶食剩下的獅子肉。那天晚上他們聽到鬣狗嚎叫，還有牙齒咬斷獅子骨頭的聲音。但他們知道鬣狗不會去攻擊醒著的動物，所以他們不是很害怕。

白天時，尤迪娜沿著獅子在蘆草中踩出來的小路，走到轉彎處的後方，然後她會趴在蘆草中，看著部落的人。她就趴在用來把自己綁起來、獻給獅子的赤揚樹林旁，在這裡可以清楚地看到部落的人，聚在圓丘上的柴火旁。遠遠地每個人看起來雖小卻很清楚，就跟她當晚看到時一樣。不過她沒有告訴烏羅米她看到些什麼，因為擔心如果講出部落的人的名字，會把他們引過來。那時候的人都是這麼相信，如果你說出某人的名字，就會把他叫了過來。

在烏羅米殺死獅子的隔天早上，她看到男人準備矛跟石頭，準備來獵烏羅米。女人跟小孩則留在圓丘上。他們排成一排，由追蹤大師希思帶頭，往山丘的方向走過去。不過他們不知道，其實烏羅米就在附近而已。尤迪娜看著女人小孩在男人出發之後，去撿拾蕨葉跟樹枝，要在晚上生火。男孩跟女孩則是跑來跑去，一起玩耍。但是那個老女人還是讓尤迪娜心生畏懼。快到中午時，大部分的人都在河流彎曲的地方，老女人則站在圓丘離尤迪娜比較近的那一邊。黃褐色的皮膚乾乾癟癟，老女人在那邊比手畫腳，尤迪娜無法相信她沒看到她。尤迪娜像隻野兔一樣，趴在那邊，閃亮的眼睛盯著站在遠邊的古怪的老巫婆。現在她依稀意會到，老女人侍奉的是獅子，也就是烏羅米殺死的獅子。

隔天那些獵人回來了，每個人看起來都很疲憊，但是他們帶了隻幼鹿回來，尤迪娜就用羨慕的眼神看著他們大吃一頓。然後發生了一件奇怪的事情——她看到，或者該說她清楚地聽到老女人尖叫，一邊比手畫腳一邊用手指著尤迪娜。尤迪娜嚇壞了，馬上像隻蛇一樣爬走，離開老女人的視線。但是她還是無法戰勝自己的好奇心，又爬回去剛剛的地方，她往部落的方向一看，心跳都停止了。她看到所有的男人，手中拿著武器，一起從圓丘那邊往她的方向走過來。

尤迪娜怕被他們看到，所以動也不敢動，不過她還緊貼著地面。太陽已經快下山了，黃金色的陽光就照在這些男人的臉上。她看到男人手上拿著一塊鮮美的紅肉，穿在梣木棍上。他們停了下來，老女人看到就吼著說：「繼續走。」貓皮抱怨了一下，然後他們就走了上來，眼神銳利地在樹林中搜索著。然後希思說：「這裡！」其他人就把上面刺著一塊肉的梣木棍往地上插。希思喊著：「烏雅！你看這是你的那一份！我們殺死了烏羅米！我們確確實實地殺死了烏羅米。今天我們殺死烏羅米，明天會把他的屍體帶來給你。」其他人也覆誦他的話。

他們彼此對望一下，然後往後看，側著身子往回走。一開始他們側身走到灌木叢，然後轉過來正對著圓丘，越走越快，一邊走還一邊轉頭往後看，然後走得更快了，後來就用跑的。一群人跑得像賽跑一樣，跑到圓丘附近才慢下來。跑在最後面的希思，率先放慢腳步。

日落之後現在天空閃耀著餘暉，燒得通紅的柴火映襯著遠方淺藍的栗樹，圓丘上傳來的則是歡樂的聲音。尤迪娜此時趴在地上，動也不動，她看著圓丘，然後看著那塊肉，又回去看著圓丘。她肚子很餓，不過她很害怕。最後她躡手躡腳地回去烏羅米身邊。

烏羅米看著尤迪娜急忙地爬了回來，樹的陰影還籠罩著他的臉。他問：「你有找到食物嗎？」

她說她什麼都沒找到，不過她會到更遠的地方去找。然後她又沿著獅子的小路走，直到可以看到圓丘為止。她沒辦法鼓起勇氣拿走那塊肉。她野獸般的本能告訴她，那是個陷阱。所以她現在進退兩難。

她又慢慢地往烏羅米的方向走，但她聽到烏羅米移動跟呻吟。所以她又回到剛剛的地方，然後她看到插著肉的木棍旁邊，暗中有東西在移動。她看出來那是隻鬣狗。突然之間她鼓起勇氣，生氣地往前衝，一邊大喊一邊跑到肉旁邊去。她腳絆了一下，跌倒在地上，然後聽到鬣狗的嚎叫。

等到她站了起來，地上只剩下栲木棍。所以她回去找烏羅米，準備整晚跟他一起餓肚子。烏羅米很不高興，因為尤迪娜兩手空空回來，不過對於今天的一切，她隻字未提。

兩天過去了，兩人已經快餓死了，這時候部落又殺死一匹馬。然後部落的人又跟上次一樣，把後腿肉插在栲木棍上，但這次尤迪娜毫無猶豫。

尤迪娜比手畫腳，將先前發生的事情告訴烏羅米。但他先把食物都吃完了，才聽明白尤迪娜講的一切，他變得相當開心。他說：「我是烏雅！我是獅子！我是大熊！我原本只是烏羅米，現在我也是騙子哇烏。他們現在這樣一直給我食物，我之後就有力氣來將他們殺得一個都不剩。」

尤迪娜聽得很高興，也跟著烏羅米一起笑，然後高興地將烏羅米吃剩的馬肉吃完。

那天晚上，烏羅米做了一個夢。隔天他叫尤迪娜把獅子的牙齒跟爪子拿來給他，當然是指她還找的到的那些。他也叫她幫他砍一根赤揚木棍。烏羅米將獅子的牙齒跟爪子都插進木棍上，相當狡猾地把尖銳的地方朝外。他花了很久的時間才完成，過程中還弄鈍了兩顆獅子的牙齒，他還發脾氣把整個棍子丟到旁邊去。但之後他又拖著身子到棍子旁邊，把它完成了——一根鑲有牙齒的木棍！那天部落的人獻給獅子更多的肉，兩個人也開心地享受這豐盛的一餐。

烏羅米做好那根棍子後，過了好幾天，應該超過五天，不過當時應該沒有人可以數到那麼後面的數字。那一天，烏羅米還在睡覺時，尤迪娜趴在灌木叢中看著營地。部落的人已經有三天沒送肉來了，只有老女人上來照她的方式來拜獅子。在她拜獅子的時候，尤迪娜的朋友小希，還有另一個小女孩，是希思第一位愛人的女兒，兩個人都到圓丘上，看著老女人瘦弱的身體，然後開始模仿她。尤迪娜覺得這個很好笑，但是老女人突然轉身，看到兩個小女生在幹什麼。在那一瞬間，老女人跟兩個小女孩就只是站在那邊，然後老女人開始憤怒的尖叫，衝向兩個小女孩。三個人就消失在圓丘的頂端。

兩個小孩又從山肩的蕨葉中出現。帶頭的是小希，因為她很好動。另外一個小孩則是邊跑邊叫，因為老女人因為快追到她了。另一邊走向圓丘的，是手中拿著一根骨頭的希思，波跟貓皮則是跟在他後面，手中都拿著食物要奉承希思。他們看到老女人大發脾氣，都在那邊大笑。然後小孩尖叫了一聲，因為被抓到了。老女人開始打那個小孩，小孩子被打得哇哇叫。對這三個男人而言，這是絕佳的飯後餘興節目。小希跑了一會，因為害怕跟好奇，所以停下來看。

被捉住的小孩的母親突然出現，一頭飄逸的長髮，氣喘吁吁地跑來，手中還拿一塊石頭。老女人此時像隻野貓般轉身。老女人體能還是比得上其他女人，雖然年紀大了，但還負責看管柴火。她什麼都還來不及做，希思就對著她大吼，叫聲響徹雲霄。這時候老女人可以看到其他人驚訝的表情，似乎所有部落的人都在家裡吃飯。但是老女人可沒有這個膽子，繼續對著這小女孩，也就是希思的朋友發脾氣。

每個人開始鼓譟，開始嘲笑老女人，就連小希也是。突然間老女人放開了那個小女孩，然後迅速地衝向小希那邊，因為她知道小希沒有朋友。小希意識到自己危險了，她拔腿就跑，害怕地叫了出來，沒有留意到自己正在往獅子窩跑過去。等她意識到後，就急轉彎跑進去蘆草中。

但老女人厲害的很，她的體能跟她的惡毒有的比。她在離尤迪娜三十碼的地方，抓住了小希的頭髮。部落每個人都從圓丘那跑了下來，邊喊邊笑，準備看好戲。

突然間尤迪娜心中出現一陣前所未見的感覺。她想到小希就完全忘記自己的恐懼，從她埋伏的地方衝了出來，直直地往前跑。老女人沒有看到她，因為她忙著專心打小希的耳光。突然之間有個又硬又重的東西，打在她的臉上。她後退了幾步，看到尤迪娜的臉帶著憤怒的眼神，擋在她跟小希之間。老女人又驚又怕地叫出來，不知道發生什麼事情的小希，跑向其他張口結舌的部落成員。部落其他人也靠近老女人那邊，因為看到尤迪娜後，對獅子的恐懼就被拋到九霄雲外了。

尤迪娜轉過身來背對著嚇到的老女人，追上小希。她喊著：「小希，小希！」就在小希停下來的時候，尤迪娜雙手把她抱起來，把小希的臉靠在自己的臉旁邊，然後轉身跑回去自己的巢穴，也就是之前獅子的巢穴。老女人就站在那邊，蘆草高到她的腰部，她開始罵髒話，氣到連話都說不清楚，但是她不敢去攔住尤迪娜。就在路的轉彎處，尤迪娜回頭去看，看到部落所有男人彼此呼喊著，希思則是沿著獅子的小路快跑了過來。

尤迪娜沿著小路，穿過蘆草，到了烏羅米的藏身處。烏羅米大腿還沒完全好，他剛剛被那陣喧嘩吵醒了，揉著眼睛。尤迪娜，一個女人，手中抱著小希，走到他旁邊。她的心都快從嘴巴跳了出來。尤迪娜喊道：「烏羅米！烏羅米，部落的人來了！」

烏羅米嚇到呆坐在那邊，看著尤迪娜跟小希。

她一手抱著小希，用她有限的詞彙解釋給烏羅米聽。她聽到外面的男人在大喊，顯然他們到了外面就都停了下來。尤迪娜把小希放了下來，拿起鑲有獅子牙齒的木棍，放到烏羅米手中，然後跑到旁邊去拿斧頭。

烏羅米喊：「啊！」一邊揮著木棍，突然間他了解到眼前的情況，翻個身，勉強站了起來。他蹣跚地站著，一手靠在樹上，受傷的腿只有腳趾碰到地面，另外一隻手抓著木棍。他看著還沒痊癒的大腿，突然間蘆草出現動靜，停了一陣子之後又開始了。原來是希思彎著腰，沿著路謹慎地前進，手上拿著火烤過更為堅硬的梣木棍。當他眼睛看到烏羅米時，他整個人停了下來。

烏羅米忘記自己的腿有傷，用兩腿直直地站著。但是身上有東西在滴，他往下一看，發現大腿的傷口邊緣正在流血。他用手去沾點血，讓他能把木棍抓得更緊，然後又抬頭盯著希思。

烏羅米喊一聲「啊！」然後往前衝。此時還彎著腰觀望的希思，迅速地將矛往烏羅米直直地射過來。矛刺穿了烏羅米用來防禦的手臂，然後烏羅米用木棍反擊。希思永遠無法理解他怎麼辦到的。希思倒了下來，就如同戰斧砍殺的牛一樣，倒在烏羅米的腳邊。

波無法相信眼前看到的一切。他原本很安心，因為兩側有高高的蘆草，前面還有銅牆壁壘般的希思，後面有食蝸牛者，在他們中間他不會有任何危險。不論希思是要送命，或是殺死對方，他都準備好站在後面看。這就是他當第二人的立場。但他看到希思帶著的矛往前飛，然後突然一個重擊，希思厚實的背就往前倒了下去。領袖在他面前倒了下去後，波看到了烏羅米。波感覺自己的心已經掉到深井裡面去，他一隻手拿著石頭，另一隻手拿著梣木做成的矛，但是在他還在猶豫該用哪個來攻擊時，烏羅米已經奪走他的性命。

食蝸牛者則早就做好準備，況且波被打死時，沒有像希思一樣往前倒下，而是先跪了下來，才倒在地上，頭被插著獅子牙齒的木棍打破了。食蝸牛者筆直地將矛往前丟，飛快地刺中烏羅米的肩膀，然後又用一直手拿著石頭狂追著烏羅米跑，一邊追還一邊吼叫。烏羅米揮舞著那根木棍，一拐一拐地從蘆草中走了出來。尤迪娜看到烏羅米從小路那邊，走到空地這邊，手臂插著矛的碎片，腳還被希思的屍體絆了一下。然後尤迪娜給食蝸牛者（名字當初是尤迪娜取的）致命一擊。在他得意地追著自己的矛走出蘆草時，尤迪娜迅速將斧頭高高地砍下去，正中他的太陽穴。他就倒了下來，倒在躺在烏羅米腳邊的希思上面。

烏羅米還來不及起來，兩個紅髮男人也從蘆草中跑了出來，矛跟石頭都準備好了，小蛇也緊跟在他們後面。尤迪娜砍中一個紅髮男子的脖子，但是他沒有倒下來，而是跌跌撞撞地走到旁邊，卻也因此擋到他的弟弟，害她無法攻擊烏羅米的頭。在那一瞬間，烏羅米將木棍放下，抓住攻擊他的人的腰，把他往旁邊摔了過去，那人就躺平在地上。烏羅米又拿起他的棍子。原本被尤迪娜擊中的那個人，現在蹣跚地走著，並且用矛攻擊尤迪娜。尤迪娜為了躲他的攻擊，只好往後退。那個人猶豫著要攻擊尤迪娜還是烏羅米，他稍微轉個身，突然發現烏羅米已經在他旁邊，就發出輕微的叫聲，然後烏羅米就用棍子打中他的喉嚨，奪走第三條人命。他倒下去時，烏羅米叫了出來，一個字都沒有，只有勝利的呼喊。

另一個紅髮男子背對著尤迪娜，距離大概有六呎，頭上留著深紅的血漬。他慢慢地勉強要站起來，但尤迪娜突然有股莫名其妙的衝動，要阻止他站起來。她把斧頭丟過去，不過沒有打中那個男子，但尤迪娜看到他的側臉。他在小希後面轉個彎，跑過蘆草。尤迪娜瞬間看到小蛇就站在那路上，半背對著她，然後她看到他的背部。她看到木棍飛在空中，再來看到烏羅米的臉，頭髮跟肩膀都有血，追著那個人消失在蘆草的另一端。然後她聽到小蛇像女人般尖叫。

她跑過小希，來到一片蕨葉植物旁，只看得到斧頭的握把，一轉身看到三個屍體一動也不動。空氣中還聽得到許多吼叫跟尖叫。尤迪娜突然感到噁心暈眩，然後她突然想到在蘆草旁的小路上，還有人在追殺烏羅米。她喊了一聲，不過沒人聽得懂她喊了什麼，然後她就跳過波的屍體，跑去追烏羅米。小蛇的腿就橫躺在小路上，頭埋在蘆草中。尤迪娜一直沿著小路走，過了轉彎處，走到長著赤揚樹的空地為止。她在那邊看到部落剩下的成員，就好像強風中的落葉一樣分散在空地上，走回去圓丘。烏羅米此時正努力追著貓皮。

但是貓皮的腳程很快，一下子就逃走了。烏羅米改去追年輕的哇豪時，他也順利逃走了。只是烏羅米追哇豪，一直追到過了圓丘才放棄。烏羅米現在一心想找人開戰，插在肩膀上的木頭，感覺起來只有輕微的疼痛而已。尤迪娜看到烏羅米沒事時，就停下腳步喘氣，遠遠看著一個一個人跑著，消失在圓丘那一端。剛剛這一切一下就過去了，瞬間又只剩下尤迪娜一人。營地那邊的柴火中，火兄的煙直直地升到天空上，就跟十分鐘前老女人站在那邊拜著獅子時一樣。

感覺過了好長一段時間似的，烏羅米終於再次出現在圓丘上，他回到尤迪娜身邊，帶著勝利，不過氣喘吁吁。尤迪娜站在那邊，頭髮垂到眼睛上，滿臉通紅，手上拿著沾滿著血的斧頭。她現在站著的地方，正是當初部落把她綁起來獻給獅子的地方。烏羅米看到她時，喊出一聲「哇！」臉上閃著勝利的光芒。他揮舞著新的木棍，上面沾滿著血跟人髮。尤迪娜看到烏羅米高興的表情，原本僵硬的身體也放鬆了點，站著高興地哭了出來。

烏羅米看到她哭，突然感到言語無法形容的痛苦，但他只是更大聲地喊「哇！」然後左右揮舞著斧頭。他果斷地叫尤迪娜跟著她，然後轉身大步向前走，一邊揮舞著木棍，朝著營地走，就好像他從未脫離部落一樣。尤迪娜眼淚也停了，照女人的本分趕緊跟上去。

在從烏雅面前逃走後，過了這麼多天，烏羅米跟尤迪娜終於重回營地。在營地那裡，有一隻吃到剩一半的鹿，就跟當初兩個人尚未離開營地並且成為真正的男人、女人之前一樣。烏羅米坐下來開始吃，尤迪娜就像個男人一樣在他旁邊坐下，部落其他人現在都躲在安全的地方，看著他們兩個。不久有一個稍微年長的女孩小心翼翼地走了過來，手中抱著小希，尤迪娜叫著她們兩人的名字，拿食物給她們吃。但那個女孩不敢走過去，不過小希倒是想要過去，一直在女孩手中掙扎。烏羅米吃飽之後，坐下來打盹，後來就睡著了。然後部落其他人就從藏身之處出來，慢慢地接近。當烏羅米醒來時，除了身旁沒有男人以外，一切看起來就像他從未離開一樣。

有件事情很奇怪，但確確實實發生了。在這一切爭鬥之間，烏羅米忘記了他是瘸子，跑起來跟正常人一樣，但是現在在他好好休息之後，他又變回瘸子了。他的腿就一直瘸下去，一直到他過世。

貓皮、第二個紅髮男子還有哇豪，都從烏羅米面前逃走，沒人知道他們躲到哪去。哇豪就是負責磨打火石的人，之前是他父親在負責。但是過了兩天之後，他們躲在栗樹下的蕨叢中，離圓丘遠遠地看著營地。烏羅米氣頭已經過了，他原本要去對付他們，但是後來打消主意，日落時這三人就離開了。那天在蕨葉中，他們也發現老女人的屍體，原來烏羅米在追哇豪時，不小心撞見老女人。老女人死了，現在看起來比過去更醜陋，不過她的屍體卻很完整。鬣狗跟禿鷹嚐過一口她的肉之後，就吃不下去了——她還真是個好的老女人。

隔天三個人又來了，這次蹲在更近的地方。哇豪帶來兩隻兔子，紅髮男子則帶來一隻鴿子，要來獻給烏羅米。烏羅米就站在女人前面嘲笑他們。

再隔一天，他們坐得更近了，這次沒有帶石頭或棍子，而是帶跟上次一樣的食物來要獻給烏羅米，貓皮則是帶著一條鱒魚。那時候抓魚是很難得的，貓皮都是靜靜站在水裡面好幾個小時，然後徒手抓魚。到了第四天，烏羅米讓他們三個帶著食物和平地回到營地。烏羅米吃了那條鱒魚。之後烏羅米一直是部落的領袖，和平地行使他的命令。等到他大限來臨時，他也被殺來吃掉，就跟當初烏雅的遭遇一樣。

未來的故事

一、愛情的解藥

出色的莫禮斯先生是個英國人，生於維多利亞女王統治的盛世。他頗有成就且通情達理，平常讀《泰晤士報》、去教會聚會。當他接近中年時，對那些發展不如自己的同輩，臉上會出現一種閒適自得的輕蔑神情。他是那種做事準確合宜的人，帶有必然的規律性，也總是穿著得體，捐款給該捐款的慈善機構，金額計算精準，既不會顯出炫耀之意，也不會遭致吝嗇的批評。另外，他的頭髮也永遠剪到適當的長度。

他擁有處於他的地位該擁有的一切，而處於他的地位不該擁有的，他則一樣都沒有。

在這些該擁有的事物裡，莫禮斯先生有妻有子。當然，是那種恰當的妻子與孩子，孩子的數目也剛剛好；對莫禮斯先生而言，沒有令人浮想聯翩的空間。他們的穿著無可挑剔，不特別顯得整齊、清潔或時尚，就只是合於情理而已；全家人住在一棟優美、符合身分地位的房子裡，建築是仿維多利亞晚期安妮女王式的風格，擁有仿半木結構、由巧克力色灰泥塗製的山形牆、仿彩色拷花牆紙的雕花橡木板、以仿石頭材質的陶瓦建成的陽台，前門則使用教堂玻璃。他的兒子們都上好學校，接著進入受人敬重的行業，而女兒們儘管曾有過一些不怎麼現實的抗議，最後還是乖乖跟合適、可靠、有些老氣但頗有發展前景的年輕人結婚。在一個合宜的年紀，莫禮斯先生離開人世。他的墓用的是大理石，沒有任何浮誇的藝術裝飾或讚美的題詞，散發出當時流行的安靜而莊嚴的氛圍。

他依據當時的風俗在這些事情上作了不同的改變，而早在此故事開始之前，他的屍骨就已成塵土，撒落在天的四方。他的兒子、孫子、曾孫與玄孫的屍骨也同樣變為塵土，撒落在各處。玄孫的屍骨有一天亦會隨著天的四風到處飄揚[1]，這是當時的他所無法想像的。若有人告訴他類似的話，他一定會面露憎惡。他是那些不會為未來世代憂心的傑出人物之一。不過，他確實嚴重懷疑過自己死後，人類是否真有未來。

想像死後所發生的事不太可能，也沒什麼趣味。但是，當他的玄孫過世，屍骨腐爛、遭人遺忘之時，當仿半木結構的房子已重蹈各式仿造建築的覆轍，當《泰晤士報》絕跡、絲質禮帽被視為荒謬的古董、對莫禮斯先生而言神聖莊嚴的大理石墓碑被焚毀以重新作為建築灰泥的原料，還有一切莫禮斯先生覺得真實且重要的事物皆已枯萎死亡之時，世界仍在運轉，未來的人類也仍像莫禮斯先生生前一樣，粗心大意、毫無耐性地汲汲營營於自己的地位與財產。

奇怪的是，若有人先暗示莫禮斯先生，將來世界上會散布著一大群充滿生命氣息的人，血管裡流著跟他一樣的血液的話，莫禮斯先生一定會生氣的。就像現在的某一天，這個故事的讀者可能也散布在世界的各個角落，與一千種不同的血緣混合，完全無法想像或追溯其來源一般。

莫禮斯先生的後裔中，有一位正像他的祖先一般通情達理且頭腦清楚。莫里斯有著與十九世紀的祖先相同的矮胖體格，他的姓氏也由此繼承而來，只是改變了拼法。他的臉上也會浮現同樣

1 【譯注】「天的四方」與「天的四風」之典故出自《聖經》。

半輕蔑的表情。隨著時光流逝，他愈發成功；他不喜歡「新發明」，對未來與下層階級的厭惡感，不亞於祖先莫禮斯。他不讀《泰晤士報》；事實上，他根本不知道《泰晤士報》曾經存在過，因為該報社早已淹沒於歲月的鴻溝當中。但他早上梳洗時對他說話的留聲機，可能是當時《泰晤士報》歐洲特派員卜勞韋茲的聲音重現。這台留聲機的大小與形狀類似一座荷蘭鐘，鐘面的下方是電動氣壓指標、電子鐘和日曆，以及行程自動提醒器；而原本時鐘所在的位置，則安裝著一個喇叭口。當有新聞要播放時，喇叭會像火雞一樣發出「咯咯，咯咯」的聲音，接著嘟嘟說出訊息，正如喇叭會嘟嘟地響一般。它會以圓潤深沉且洪亮的語調，在莫里斯著裝時告訴他諸多新聞，從昨晚的事故到無處不在的飛行機器，從觀光客抵達西藏時尚的度假勝地到壟斷各行各業龍頭公司前一晚的大小會議，可謂包羅萬象。若莫里斯不喜歡耳朵裡聽到的新聞，他只要碰一下上面的按鈕，留聲機就會咳嗽一下，轉談別的話題。

當然，他的衣著跟祖先莫禮斯截然不同。實在無法確定若兩人赫然發現自己身上穿的是對方的衣物，哪一個會顯得更為震驚或煩惱。莫里斯一定會寧可脫得光溜溜，也不願以身著絲質禮帽、長外套、灰色長褲與錶鏈的模樣示人，儘管這樣的裝扮，過去曾讓祖先莫禮斯先生充滿自信。對莫里斯來說，不需要刮鬍子：一位技術嫻熟的醫生早在很久以前就把他臉上的每根毛髮都剔除了。他的雙腿包裹在粉紅與琥珀色相間的褲子裡，以密閉材質所製成，只要用精巧的小打氣筒就會膨脹，看起來像擁有巨大的肌肉。至於上半身，他在琥珀色的絲質外衣裡穿著充滿空氣的裡衣，讓整個人包裹在空氣裡，完善地保護他不受極端的冷熱侵襲。他還在外頭加了一件深紅色的斗篷，邊緣有著奇異的彎曲弧度。頭上半根頭髮皆無，所以他戴著一頂色澤鮮亮、可以吸附在頭皮上的深紅色小帽，裡面灌入氫氣，樣式奇特，彷彿公雞的雞冠。著裝完畢，意識到自己穿著得體，他準備以冷靜的眼光去見其他人。

莫里斯（「先生」這個尊稱早在很久以前就消失了）在「風向標與瀑布信託公司」擔任主管，這間公司擁有世界上所有的風車與瀑布，負責抽水並供應未來人類所需的電力。他住在一間面積廣闊的旅館裡，鄰近倫敦的第七大道，並在第十七層樓有龐大且舒適的公寓。所謂的家庭和家庭生活早已隨著風俗的逐漸演變而消逝；的確，房租與土地價值的穩定上升、僕人的消失與烹飪的精緻化，也使維多利亞時代分門別戶的住宅成為難以實現的願望，即使有人想要一棟這種未開化的住宅亦然。當他完成梳洗後，他走向公寓兩扇門中的其中一扇。公寓的兩端各有一扇門，每一扇上面都有一個巨大的箭頭，分別指著不同的方向。他碰了一下按鈕將門打開，出現在一條寬闊的通道裡，中央擺著椅子，正以穩定的速度向左移動。某些椅子上坐著穿著華麗的男士和女士。因為在早餐前交談並非那個時代的禮儀，所以他對一位熟人點了點頭後就落座，幾秒之內就被運送到電梯的門口。他走下來，進入壯觀輝煌的大廳，準備在此享用會自動送上的早餐。

這時的早餐與維多利亞時代有極大的差異。在維多利亞時代，大塊的麵包需要先切開並抹上動物的脂肪後才可作為美味食材，而上頭依稀可見之前剛經屠宰的動物的殘肢碎片，有著可怕的劈砍燒焦的痕跡，蛋也是從咕咕尖叫抗議的母雞身上殘酷地硬扯下來的。雖然在維多利亞時代諸如此類的情形頗為常見，但對這個時代的文明人來說，卻只會激起驚恐與嫌惡之情。取而代之的是五彩繽紛的可口果醬與蛋糕，從顏色或形狀上都完成看不出是用哪些動物的肉或汁液烹調而成。這時的早餐擺放在精美的小盤子上，從桌子一側的一個小盒子內沿著軌道緩緩滑出。桌子的表面，依據外觀與觸感，好像是一個十九世紀的人身上覆蓋著白色的織花桌布，但它其實是氧化的金屬表面，可以在餐後立即清洗。在大廳裡有好幾百張這樣的桌子，大多數的桌子旁都是這時的公民，正獨自一人或好幾位坐在一起用餐。就在莫里斯於自己擺設優雅的早餐前坐下時，中場休息完畢、之前不見蹤影的樂團又開始演奏，使大廳飄揚著美妙的音符。

但莫里斯對早餐或音樂都顯得興趣缺缺，雙眼不停地巡視著大廳，好像在等待某位遲到的賓客。最後他熱切地站起身來揮手，大廳的另一邊同時出現了一位高大黝黑的身影，穿著黃色和橄欖綠的服裝。就在這個人踏著慎重的步子穿越不同的桌子並走近時，莫里斯臉上蒼白的嚴肅神情，以及雙眼中不尋常的緊張情緒愈發明顯。莫里斯重新坐下，指著旁邊的椅子示意他坐下來。

「我真怕你不來了。」他說。即使相隔甚久，這時的英語還是跟維多利亞盛世當時的英語聽起來相差無幾。留聲機、其他記錄聲音的機器等發明與此類發明逐漸取代書本的趨勢，不僅拯救了人類的視力，也建立起一套扼止口音改變的規範，否則口音的改變恐怕無法避免。

「我被一個有趣的案子耽擱了一下，」穿著黃色和橄欖綠服裝的男士說道。「一位聲名顯赫的政治家，嗯哼！因為工作過度所苦。」他瞄了一眼早餐後坐下。「我已經四十個小時沒睡了。」

「噢！」莫里斯說：「可不是嗎？催眠師也是有不少工作要做的。」

這位催眠師拿了一些看來十分誘人的琥珀色果凍。他謙虛地說：「這陣子客戶剛好比較多。」

「天知道我們沒有了你該如何是好。」

「噢！我們倒不是那麼不可或缺，」催眠師說，仔細品嚐著果凍的滋味。「這個世界沒有我們也運轉了幾千年。兩百年前甚至還沒有催眠師這個職業呢！當時的一千個醫生裡，大部分都是可怕笨拙的野蠻人，像羊群一樣亦步亦趨，毫無主見。至於有思想的醫生呢，除了少數幾個有經驗卻會犯錯的，可說幾乎沒有。」

他專心品嚐著果凍。

「但當時的人的心智都這麼正常嗎？」莫里斯開始問。

催眠師搖了搖頭。「這跟他們是否有點愚蠢或時不時尚無關。當時的生活很容易過。沒有值得一提的競爭，當然也沒有壓力。一個人必須不平衡到了極點，才會有事發生。你也知道，就是被關在叫做瘋人院的地方。」

「我知道，」莫里斯說。「在這些人人都聽、卻讓人摸不著頭腦的古代傳奇故事裡，他們總是從類似避難所的地方救出一個美麗的女孩。我不知道你是否聽過這些垃圾故事。」

「我必須承認我的確聽過，」催眠師說。「它帶我回到十九世紀那個離奇有趣、充滿冒險精神的半開化時代，那時男人勇猛頑強，女人簡單易懂。再也沒有一個誇張的動人故事更讓我陶醉的事情了。那是一個奇特的時代，滿是污垢的鐵路，噴著煙行駛的老舊鐵製火車，怪異的小房子，還有當作交通工具的馬匹都讓人嘖嘖稱奇。你應該沒在看書吧？」

「當然沒有！」莫里斯說。「我上一所非常現代的學校，沒這些過時、亂七八糟的的東西。留聲機對我來講就夠用了。」

「當然，當然，」催眠師說，並檢視了一下桌面，準備拿起下一樣食物。「你也知道，」他邊說邊拿起一塊看起來十分可口的深藍色甜點，「當時催眠這個行業幾乎沒人想到。我敢說如果有人告訴他們兩百年後，會有一群人藉由催眠將事物深深地銘刻在別人記憶中，消除不愉快的想法，控制並克服出自本能但不宜的衝動並以此為職業，他們一定會不可置信。很少人知道在催眠的昏睡狀態下所給予的指令，即使是忘記或渴望某樣東西的指令，在催眠結束後還是會繼續遵守。但是，當時也可能會有人告訴他們這件事肯定會像金星凌日[1]一樣發生。」

「他們當時知道催眠吧？」

「當然了！他們也會在無痛牙科手術之類的事情上使用催眠。這塊深藍色的甜點真是美味極了，它到底是什麼呀？」

「我完全不知道，」莫里斯說，「但我承認口感非常好。再吃一些吧。」

催眠師重複讚美了一番，並停下來欣賞它的外觀。

「說到這些古代的傳奇故事，」莫里斯試著用輕鬆隨意的態度開口，「讓我……嗯……想到約你碰面……希望約你碰面的一件事。」他停頓下來，深吸了一口氣。

催眠師聚精會神地看了他一眼，然後繼續吃著早餐。

「事實上，」莫里斯說，「我有一個……女兒，也讓她在成長過程中接受了……良好的教育。不是由家庭教師單獨授課，而是透過專線電話教學。她上過舞蹈、禮儀、會話、哲學、藝術批評等課程……」他用手勢表示這些課程屬於天主教文化。「我本來打算把她嫁給一個非常要好

1【譯注】若金星運行到太陽和地球中間，就有機會發生「金星凌日」。

的朋友，照明設備委員會的賓登先生。雖然他其貌不揚、個子又小，待人處事上有時候不那麼讓人愉快，但他人真的很好。」

「嗯，」催眠師說，「繼續說。她今年多大了？」

「十八歲。」

「挺危險的年紀，對吧？」

「呃……看起來她過於沉迷在這些古代傳奇故事當中了，甚至忽略了她的人生觀。腦海裡充斥著一堆胡說八道的故事，好像是士兵去攻打那個什麼？伊特魯里亞人？」

「埃及人。」

「很可能是埃及人吧。用劍啊，左輪手槍之類的東西殺來殺去，弄得到處都是血——真是可怕！還有上頭載著大概是西班牙年輕士兵的獵魚雷艦整艘爆炸開來，以及其他各種不合常理的冒險故事。她甚至異想天開地說她一定要跟自己心愛的人結婚。可憐的小賓登啊……」

「我遇過類似的案例，」催眠師說。「另外那個年輕人是誰？」

莫里斯維持著一種像是認命般的平靜臉色。「你還不如不問呢，」他說，聲音因感到屈辱而下沉，「他只是供自巴黎起飛的飛機降落的起降台服務員而已。他長得很英俊，就像傳奇故事裡的男主角一樣。年紀很輕，個性古怪。喜歡古董，還能讀能寫！我的女兒也是。另外，他們不像明智的人靠電話溝通，而是寫好那個什麼？再寄給對方。」

「便條嗎？」

「不是便條，而是……詩。」

催眠師揚起眉毛。「她怎麼遇見他的？」

「在從巴黎起飛的飛機降落時跌了一跤——正好跌進他的懷裡。這樁老天的惡作劇在一瞬間就發生了！」

「真的啊？」

「對，那就是事情的經過。一定要阻止他們，這就是我想跟你請教的。我們可以做些什麼？當然，我不是催眠師，對這方面的知識有限。但你就不同了？」

「催眠術不是魔術。」穿著橄欖綠服裝的催眠師說，把雙臂放在桌上。

「對，沒錯！不過……」

「不能在沒有徵得同意前，對人進行催眠。如果她堅持反對嫁給賓登，她大概也會堅持反對接受催眠。但如果她可以被催眠，那麼即使是由別人進行的，這件事也搞定了。」

「你可以做些什麼嗎？」

「當然可以！一旦我們讓她順從下來，接著就可以暗示她，她一定要嫁給賓登——這是她命中註定的事情。也可以暗示那個年輕人令人厭惡，而當她一看見他，她就會變得頭暈無力，或出現諸如此類的不適症狀。或者，如果我們可以讓她進入夠深層的催眠狀態，我們就可以暗示她要把有關那個年輕人的一切全部忘記——」

「沒錯。」

「但問題不在於是否要讓她接受催眠。當然不是所有的提案或建議一定都要你來想，因為不問也知道，她在這件事上早就不信任你了。」

催眠師把頭靠在手臂上開始思考起來。

「父親不能處置自己的女兒還真讓人難受。」莫里斯頗不切題地抱怨。

「你得給我這位年輕小姐的名字和地址，」催眠師說，「還有這件事的所有相關訊息。對了，我想順便問一下有沒有牽涉到錢？」

莫里斯猶豫了一下。

「她母親有投資一筆為數可觀的錢在專利道路公司裡。這就是這件事讓人這麼生氣的原因。」

「一點也沒錯。」催眠師說。他接著繼續交叉盤問莫里斯整件事的來龍去脈。這場會面為時甚久。

同時，伊莉莎白．莫里斯（十九世紀會寫成伊莉莎柏．莫禮斯）正在供從自巴黎起飛的飛機降落的壯觀平台下方，一個寧靜的等候區就坐。旁邊坐著她修長英俊的情人，正在讀早上輪值時為她寫的詩。當他工作告一段落時兩人安靜地坐了一會兒；接著，彷彿特別為了他們表演似地，那架清晨從美洲起飛的龐大機器從空中俯衝下來。

起初它是一個小長方形，在似羊毛般輕軟的雲朵間呈現一團模糊的藍色，接著它迅速地變大變白，且有變得更大更白的趨勢，直到他們看見每層都好幾百呎寬的機翼，以及機翼所支撐的瘦長機身，和乘客前後搖擺的座椅排列成點狀的一列為止。雖然飛機在降落，但在兩人看來卻好像在往上衝至天際，而機身的影子也在底下城市的各幢頂樓之間向他們跳躍而來。他們聽到風聲呼嘯，以及飛機尖銳的警報聲，刺耳且音量愈來愈大，警示在降落台上的人飛機即將落地。突然間，音調下降了好幾個八度後隨即消失，蔚藍的天空空無一物，讓她可以再次把甜美的雙眼轉向身邊的丹頓。

兩人間的沉默告一段落。丹頓講著一口有點蹩腳的英文；雖然早在創世之初情侶就已開始使用這種呢喃細語，但他們還是覺得是這是兩人共有的祕密財產。丹頓正在訴說，終有一天清晨，兩人會穿過所有的阻礙與困難，躍向自由的天空，並飛越半個地球，抵達位於日本、一個陽光普照的喜悅之城共度餘生。

伊莉莎白愛極了這個夢想，但害怕之前必須先大膽的跳出自己所習慣的生活。於是她對丹頓說：「有一天，親愛的，總會有那一天。」一來拖延他想盡快將夢想付諸實現的請求；接著終於響起了刺耳的汽笛聲，提醒他該回到起降台上的崗位了。他們像幾千年來的愛侶一般習以為常地一樣跟彼此道別。她走向通往電梯的通道，迎面而來即是倫敦未來的一條街道，外面鑲以玻璃抵抗變化不定的天氣，街道上則是不斷移動的平台，通往倫敦的各個角落。搭上其中的一個平台，她回到所住的「女士賓館」裡的公寓，從那裡可以直接跟世界上首屈一指的教授用電話對談。但適才降落台的耀眼陽光仍留存在她心裡，以致所有頂尖教授的智慧在那樣的光芒裡都顯得愚蠢不已。

她把中午的時間用在健身房鍛鍊，並與其他兩個女孩以及她們共同的伴護人共進午餐（這時喪母的上流階層女孩，仍保有雇用伴護人的習俗）。當天伴護人有一位訪客，身著綠黃色系的服裝，臉色蒼白，雙眼炯炯有神，說出的話叫人驚奇。除此之外，他還開始讚美一個新的古代傳奇故事，這是當代最受歡迎的說書人才剛推出的。當然，故事的背景位於廣闊的維多利亞時代，而在一些令人愉悅的新意之外，作者也在故事的每個段落前寫了一小段內容提要，意在模仿古書裡的章節標題，比如「皮姆利科的馬車夫如何英勇阻止維多利亞時代的大型公共馬車，和在宅邸庭院進行的壯烈鬥毆」以及「在皮卡迪利值勤的警察如何慘遭屠戮」之類。身著綠黃色系的服裝的男士讚揚了這個創新之舉。他說：「這些句子非常簡潔有力、令人欽佩，讓我們一窺那個魯莽混亂的時代，人跟動物如何在污穢的街道上互相推擠，性命也可能朝不保夕的奇觀。那時的人生才可稱為人生！當時的世界一定看起來很廣大，很不可思議！還有很多地方從未被人類探索過。如今我們已不會再對任何事感到驚訝，但過著有秩序的生活的同時，勇氣、耐性、信心等等的高尚品德似乎也都逐漸消失了。」

於是，他引領著女孩們的思緒，討論到現在她們的處境。與千變萬化的過去相比，身處二十二世紀廣闊複雜的倫敦，交織著飛往世界各地遊歷的生活，對她們來說似乎單調且悲哀。

一開始伊莉莎白並沒有加入這場對話，但過了一會兒之後主題變得趣味盎然，於是她略為羞澀地插了幾句話。但他在高談闊論的同時，似乎很少注意到她。他繼續描述一種娛樂別人的新方法。客人在接受催眠後，透過技巧高超的暗示，會讓他們覺得自己好像再次回到了古代。客人可以在過去身歷其境、參與一個小型的傳奇故事，而當最後清醒時，他們會記得所有的經過，彷彿真正發生過一般。

「這是我們長年以來不斷嘗試想做到的事，」催眠師說。「事實上，這是一個人造的夢境，而我們最後終於找到了營造夢境的方法。想想這所帶來的一切！它豐富我們的經歷，讓我們能夠再度冒險，還能為我們競爭激烈的悲慘生活提供慰藉。多麼令人興奮啊！」

「而你能做到?!」伴護人熱切地附和。

「經過努力，總算可行了，」催眠師回答。「這表示你可以隨意訂購一個自己想要的夢境。」

伴護人是第一個接受催眠的人，而據她清醒後所言，夢境美妙無比。

另外兩個女孩被她的熱忱所打動，也把自己託付給了催眠師，一頭栽入充滿浪漫色彩的過去。沒人建議伊莉莎白去嘗試這種新奇的娛樂方式。最後是她自己請求被送往那塊充滿夢想的土地，一個談不上任何自由、選擇或個人意志的地方。

這次的詭計就這樣大功告成。

有一天，當丹頓走到起降台下那塊安靜的座位區時，伊莉莎白不在她以往一貫會出現的地方。他十分失望，且有些憤怒。隔天她還是沒來，再隔天亦然。他害怕起來。為了掩飾自己的恐懼，他開始寫十四行詩給她，讓她再來的時候能讀到……

整整三天，他以這種分散注意力的方式抵擋恐慌感，接著清晰殘酷，完全不容否認的事實終於浮現在腦海中。她可能病了、過世了，但他絕不相信自己遭到了愛人的背叛。接下來的一週，他在愁雲慘霧中度過。再後來，他只知道她是他唯一值得在世上擁有的，而他一定要找到她。不管希望有多渺茫，不找到誓不罷休。

他有一些私下的管道，因此他毅然拋下起降台的職責，準備開始尋找那個已成為他整個世界中心的女孩。他不知道她家的地址，也對她的家境毫不知情，因為他對她以及兩人身分的差異一無所知，正是她少女般夢幻的戀愛所帶來的一部分樂趣。倫敦的街道在他眼前，往四面八方延伸。即使在維多利亞時代，倫敦也彷彿一個迷宮一樣，但當時城市規模甚小，人口只有四百萬。

現在他所探索的二十二世紀倫敦則不可同日而語，已是擁有三千萬人口的大城市。一開始他活力十足、一心向前，不吃也不睡。他找了好幾週、接著是好幾個月，期間歷經每個想像得到的階段，疲勞、絕望、興奮與憤怒的情緒紛至沓來。在絕望了很久之後，出自一種純粹的慣性，他仍在四處奔走，在過往行人從不間斷、熙熙攘攘的路上、電梯上與通道裡，凝視著一張張臉龐並左右張望。

最後機會之神眷顧，他終於看見了她。

那天正適逢節日。他餓腸轆轆，且已預先付完餐費，走進倫敦最大的一間餐廳準備用餐。當時他正在桌子間穿梭，並因習慣之故細看每群經過的客人。

他站著完全不能動彈，雙眼睜大，嘴唇張開。坐在離他僅不過二十碼之遙的地方，伊莉莎白正直視著他。她的眼神冷酷、毫無表情，沒有認出他的跡象，就彷彿一座雕像般冷硬。

她看了他一會兒，接著視線越過他。

若只看她的眼睛，他或許會懷疑她是否真是伊莉莎白。但在她轉過頭，耳際上方飄揚著一縷淘氣的卷髮時，他藉由她的手勢認出了她。有人對她說了什麼，而她轉過來對著身旁的男士寬容地微笑。那是一個穿著愚蠢衣服的矮小男人，衣服上有尖尖翹起的瘤狀物，彷彿某種長著充滿空氣的觸角的奇怪爬蟲類。那可不正是她父親幫她選的未婚夫賓登嗎？

有一會兒丹頓站在那裡，臉色蒼白、驚詫不已，緊接著就是一陣可怕的暈眩，於是他在一張小桌子前就座。他背對著她，一度不敢再回頭看她。最後當他終於鼓起勇氣時，她、賓登與其他兩位同行者已起身準備離開。那兩位是她的父親和伴護人。

他癱坐著無法行動，直到那四條人影走遠才起身，滿腦子只想著要追上去。隔了一段距離，他害怕會跟丟，還好他再度於交叉於城市間的某條移動平台街道上碰到了伊莉莎白和她的伴護人。賓登和莫里斯這時已不見人影。

他無法耐下性子來，覺得一定要馬上跟她說話，不然就會當場死掉。他往前穿過人群到她們的座位，並在她們身旁坐下來。他蒼白的臉上因半歇斯底里的興奮而抽搐著。

他把手放在她的手腕上。「伊莉莎白？」他喚了一聲。

她轉過來，臉上是由衷的驚訝，除了對陌生男性的恐懼之情，再也看不到別的。

「伊莉莎白，」他叫著，聲音連自己聽起來都很奇怪：「親愛的，妳還記得我嗎？」

伊莉莎白的臉上只有警戒與困惑的表情。她把自己挪得離他遠一些。她的伴護人，一個頭髮灰白、表情豐富的嬌小婦人稍稍往前傾，插進兩人的對話。她堅毅明亮的雙眼凝視著丹頓。「你到底在說什麼？」她問道。

丹頓說：「這位年輕小姐認識我。」

「親愛的，妳認識他嗎？」

「不認識，」伊莉莎白以奇特的聲音說道，把手放在額頭上，幾乎就像學生在複述著剛才教過的上課內容。「我不認識他。我知道我不認識這個人。」

「但是……妳竟然不認識我！是我，丹頓啊！妳以前常常跟我聊天的。妳不記得那些飛機起降台了嗎？那些露天的小座椅？還有那些詩句……」

伊莉莎白叫著：「不，我不記得。我不認識他，真的不認識他。可能發生過什麼事……但我不清楚。我唯一清楚的是我不認識這個人。」她的表情無限苦惱。

伴護人的銳利眼神在兩人間來回梭巡。「看到了吧？」她微笑著說，「她不認識你。」

「我不認識你，」伊莉莎白說，「這件事我很確定。」

「但是，親愛的，那些歌……那些詩句……」

「她不認識你，」伴護人說。「你不該這麼做……你真的認錯人了。你不該繼續這樣對我們說話，也不該在公共通道上惹惱我們。」

「但是……」丹頓回答，有那麼一刻，他悲哀憔悴的面容訴說著命運的不公。

「你不該再堅持了，年輕人。」伴護人聲明。

「伊莉莎白！」他叫著。

她的臉上出現飽受煎熬的表情。「我不認識你，」她叫著，手扶著額頭。「我真的不認識你！」

有一瞬間丹頓坐著，目瞪口呆。接著他站起來，大聲地呻吟。

他向公共通道上方遙遠的玻璃屋頂作出一個奇怪的請求手勢，然後轉過身，從一個移動平台魯莽地跳到另一個移動平台上，消失在來來往往的人群中。伴護人的視線跟著他，接著看向周圍好奇的臉孔。

「親愛的，」伊莉莎白問道：「那個人是誰？他到底是誰？」她緊扣著手，被這一幕深深震動，完全沒注意到旁人的目光。

伴護人揚起眉毛。她以清晰的音量說道：「只是一個笨蛋罷了。我可從來沒看過他。」

「從來沒有？」

「從來沒有，親愛的。別浪費心神在這種無聊的事上。」

不久之後，這位頗富聲名、身著綠黃色系的催眠師迎來了另一位客人。這個年輕人在他的諮商室裡來回踱步，臉色蒼白、思緒混亂。「我想忘記，」他叫著。「我一定要忘記。」

催眠師以安靜的眼神注視著他，研究他的臉龐、衣著與舉止。「想忘記任何事，不論是快樂的還是痛苦的，只要付出這麼小的代價就可以了。不過我想你有自己的考量。再一次提醒你，我的費用可是很貴的。」

「若我能忘記就好了。」

「你的情況很簡單。你是自願的。最近，我才進行過難上許多倍的催眠術。我幾乎沒想到過會接下這種案子，因為接受催眠不是當事人的意願。也是像你一樣的戀愛故事，一個被愛迷昏頭的女孩。所以放心吧。」

這個年輕人走過來，坐在催眠師身旁。他勉強維持外表的平靜，深深看進催眠師的眼裡：「我會告訴你一切，而你當然想知道詳細的內容。前不久，有個名叫伊莉莎白．莫里斯的女孩……」

他突然間停下來。他已看清催眠師臉上一閃而過的驚訝。在那一剎那，他知道了事情的經過，也似乎掌控了坐在他身旁的催眠師。他抓住催眠師金綠色相間的肩膀，好一會兒都說不出話。

「把、她、還、給、我！」他最後說道。「把她還給我！」

「你是什麼意思？」催眠師喘著氣問。

「把她還給我。」

「把誰還給你？」

「伊莉莎白．莫里斯——那個女孩——」

催眠師試著掙脫，並站了起來。丹頓的雙手握緊。

「不要抓著我！」催眠師大叫，用手臂頂向丹頓的胸膛。

不一會兒，兩人就開始笨拙地扭打。儘管除了表演與打賭用途之外，體能活動上的鍛鍊有史以來從未間斷，鍛鍊，但不可諱言，丹頓是兩人中較年輕，同時也是較強壯的那個。他們跌跌撞撞穿過了房間，接著催眠師落居對手下方。他們一起倒地……

丹頓跳了起來，對自己的憤怒感到沮喪。但催眠師躺在地上動也不動，前額因撞到凳子而出現的小條白色疤痕，突然有血汩汩流出。丹頓站在離他不遠的地方，躊躇不定、全身都在顫抖。

對結果的恐懼浮現在他接受過溫和教養的腦袋裡。他轉向門口。「不行！」他大聲說道，然後回到房間中央。自己的人生中不曾經歷過暴行，因此在克服對此本能的反感之後，他跪在催眠師身邊，測量他的心跳。接著他看了一眼傷口，安靜地站起來，再觀察了一下四周的環境，開始對目前的情況有更深一層的了解。

當催眠師恢復知覺時，他的頭痛得不得了，背靠在丹頓的膝蓋上，丹頓正在用海棉擦他的臉。

催眠師沒有說話，但藉由手勢表示他的臉已經被擦夠了。「讓我起來。」他說。

「還不行。」丹頓說。

「你攻擊我，你這壞蛋！」

「現在沒別人在，」丹頓說，「門也鎖得很牢。」
催眠師想了一下。
丹頓表示：「如果我不用海棉擦你的臉，你的額頭會嚴重瘀血。」
「你可以繼續擦。」催眠師生氣地說。
又是一陣短暫的沉默。
「我們或許是在石器時代也說不定，」催眠師說。「看看這樣的暴行！搏鬥！」
「石器時代裡，沒有人敢阻礙男女間的戀情。」丹頓回嘴。
催眠師又想了一下。
「你要做什麼？」他問。
「你剛失去意識的時候，我在你桌上找到了這個女孩的地址。我之前不曉得，但剛打了電話過去。她很快就會過來，接著……」
「她會帶她的伴護人過來。」
「那沒問題。」
「但是……什麼？我不明白。你想做什麼？」
「我也找了一下有沒有武器。現在武器是多麼稀有，實在令人驚訝。想一想石器時代，他們幾乎一無所有，但卻有武器。我最後終於找到了這盞燈。我把電線什麼的扳過來，然後這樣拿。」他把燈伸過去，懸在催眠師的肩膀上方。「有了這個，我很容易就可以敲碎你的頭蓋骨。若你不照我說的去做，我就會真的敲下去。」

「暴力行為不是補救事情的方法。」催眠師引述了《現代人的道德座右銘》書中的一句話。
「它是一種令人不快的疾病。」丹頓回覆。
「你的意思是？」
「你等一下會告訴伴護人，你將指示伊莉莎白嫁給那個有著紅頭髮、雪貂眼，身上像長了疙瘩的小個子畜生。我相信這就是原本的計畫吧？」
「對，那是原本的計畫。」
「而在假裝進行這個計畫的同時，你會恢復她關於我的記憶。」
「這不專業。」
「看我的手裡拿著什麼！若我不能跟她在一起，我寧可死掉。我可不打算尊重你的那些怪異想法。假如事情有任何差錯，你五分鐘內必死無疑。這個東西勉強可以代替武器，而且看起來要殺掉你，可能會讓我的手很痛。不過我還是會這麼做。我知道現在這種事聽起來不太常見，但這主要是因為人生中沒什麼東西值得使用暴力。」
「如果伴護人過來的話，她會直接看到你……」
「我會躲在牆壁的凹處，就在你正後方。」
催眠師想了一下，說道：「你真是個有決心的年輕人啊，而且還有點野蠻。我已試著對客戶盡了我的責任，但在這件事上似乎要如你所願了……」
「你的意思是要直接作交易。」
「我可不想冒險，讓自己的腦袋因為這種小事被敲碎。」

「那麼之後呢？」

「催眠師或醫師最討厭的就是醜聞了。我不是野蠻人，但我有點生氣是真的。不過一兩天之後我應該就不會怨恨你了……」

「謝謝你。既然我們已坦誠相見，你就不需要再坐在地上了。」

二、荒蕪的鄉間

據說，世界在西元一八〇〇與一九〇〇年間改變之大，已超過前五百年加起來的總和。十九世紀是人類歷史新紀元的黎明，這個新紀元在擁有龐大的城市之際，過去的鄉村生活也畫上句點。

十九世紀初，大部分的人仍住在鄉村，生活方式持續了無數個世代。在世界的各個角落，人類居住在小鎮與村落，直接從事農耕，或為農民提供服務。他們幾乎不出外旅行，住得離工作地點也很近，因為快捷的運輸工具那時還未問世。出外旅行的少數人不是步行，就是坐航行速度緩慢的船，又或是在馬背上顛簸，一天也跑不到六十哩的距離。想想看！在那些行動不便的年代，一個比鄰鎮規模稍大的城鎮就能成為政府的一個港口或中心，但當時全世界人口超過十萬人的城鎮卻是屈指可數。這就是十九世紀初的樣貌。最後，鐵路、電報、輪船，以及複雜的農業機械的發明改變了一切，讓過往的事物一去不復返。位於大城鎮裡寬闊的商家、多樣的娛樂，以及數不清的便利設施剎那間不再遙不可及，也在開始與鄉鎮中心的平凡資源競爭後迅速站穩腳跟。人類被一種勢不可擋的吸引力拉往城市。對勞力的需求隨著機械數量的增加而下降，當地市場完全被取代不說，較大規模的中心也快速成長，使鄉間愈見空曠。

人口往城鎮流動，是維多利亞時代作家一直關注的議題。在英國、新英格蘭、印度和中國，大家都談論著同一件事：在全球各地，一些人口暴增的城市明顯取代了古老的秩序。雖然只有少數地區，但這是旅行與交通方式改善，運輸系統變得快捷後不可避免的結果。另一方面，最不成熟的方案也同時設計完成，想設法克服市中心不可思議的吸引力，把人留在田地裡。然而，十九世紀的發展只是新秩序的開端。新世代的第一批大城市不便到可怕的程度，煙霧彌漫、不衛生與嘈雜的聲響使其顯得陰鬱黝暗，所幸新建築工法與供暖方式的發明，使一切為之改觀。西元一九〇〇與二〇〇〇年間改變的步伐依然迅速；而二〇〇〇與二一〇〇年間人類發明的持續加速，更使維多利亞盛世田園詩般的寧靜歲月，似乎成了令人難以置信的幻想。

鐵路的引進只是發展移動方式的第一步，這些移動方式最後使人類生活發生了革命性的變化。在西元二〇〇〇年時，鐵路與道路都已消失。沒有了鐵軌的鐵路，變成長滿雜草的路瘠與溝渠；而以往奇特原始的道路，已被由名為伊德翰的物質所組成的專利軌道取代。過去的這些道路由燧石與土壤構成，用手工錘打或粗糙的鐵滾筒鋪平，上頭不只散布著亂七八糟的髒東西，也時常被鐵蹄與鐵輪切刻出好幾吋深的凹痕與水坑。伊德翰是由它的專利所有者命名，與印刷術和蒸氣的發明，並列為開創世界史上新紀元的發現。

當伊德翰發現這種物質時，他大概把它想成可以用來替代印度橡膠的便宜用品，因為一噸只要幾先令。但你永遠不知道一項發明真正的潛力。是一個名叫沃爾銘的天才指出了使用此物質的可能性。他不僅發現伊德翰可用於輪胎，也可用於建造馬路。此外，他還規劃出迅速覆蓋了全球的龐大公共交通網絡。

這些公共道路由縱向的隔板組成。每一邊的外側供時速低於二十五哩的自行車騎士與其他交通交具行駛，中側供時速可達一百哩的汽車行駛，而內側，沃爾銘無視於排山倒海的嘲諷，保留給了時速一百哩以上的車輛行駛。

有整整十年，他所設計的內側道路都是空蕩蕩的。而在他過世之前，卻搖身一變成為最擁擠的車道，配備直徑二三十呎車輪的巨大輕型車輛在上頭奔馳，時速穩定地一年年上升至兩百哩。在這場革命畫下句點之時，另一場平行的革命則改造了規模不斷變大的城市。科學的發展，使維多利亞時代的煙霧與骯髒成為往日雲煙。電暖氣取代了壁爐（在二〇一三年，點火卻仍產生煙霧正式成為可起訴的擾民行為），而所有的城市道路、公共廣場與場所，外面都包覆著一層新發明的玻璃物質。倫敦的屋頂變成連綿不斷的一片。一些禁蓋高樓、短視愚蠢的法律遭到廢除，而倫敦就從以往散布在寬闊地面的小巧舊式房子，開始不斷地往天空延伸，使得市區除了供水、燈光與排水以外，又增加了通風這一項任務。

但要說明兩百年來一切使人類生活更為便利的改變，例如很久之前就已預見的飛機的發明，家庭生活如何被不計其數的旅館生活所取代，最後那些仍關心農業的人也住進城市裡、每日規律上下班，還有最終英格蘭只剩下擁有數百萬人口的四個城市，以及鄉間舉目所及皆渺無人煙等情況，卻會使我們遠遠偏離了丹頓和伊莉莎白的故事。他們分開又再重聚，不過仍無法共結連理。對丹頓來說，沒有錢是他唯一的錯。伊莉莎白要滿二十一歲才會有自己的財產，而她才十八歲。根據習俗，她滿二十一歲時就能繼承母親的財產。她完全不知道將來會有這筆財富，而丹頓身為太過體貼的情人，更不可能提出此建議。所以兩人的事就毫無希望地卡在原地。伊莉莎白說她非常不快樂，只有丹頓能了解她，他不在她身邊時她極為痛苦，而丹頓也說他的心日日夜夜地渴望她。他們盡可能找時間相聚，因為討論彼此的悲慘景況，讓兩人樂在其中。

有一天，他們在飛機起降台附近的小座位區碰面。這次碰面的確實地點，在維多利亞時代是從溫布頓通往公共用地的道路所在，但卻整整高了五百呎，遙望著倫敦。要將眼前的市容栩栩如生地描述給一個十九世紀的讀者聽，會是個頗為艱鉅的任務。要說明清楚，就必須請他將水晶宮與新建的龐大旅館（這就是人們對這些不怎麼重要的建築的稱呼）比擬成十九世紀時規模大一點的火車站，並想像如此建築擴增到巨大比例，並在整個都會區一同持續運作的情形。如果當時他再得知，這片連續的屋頂上將來會附加著一大片的旋轉風輪，那麼他一定會開始暗自欣賞並讚嘆目前在這些年輕人生活中最習以為常的景象。

在兩人的眼裡，眼前的城市有點像監獄，而他們如同之前幾百次一樣，正在促膝長談如何逃離現狀，從此過著幸福快樂的日子。「逃離」現狀意味著在約定的三年之期以前就達成目標。兩人都同意要等待三年，不僅不可能而且太過份了。「在那之前，」丹頓說（他的音調顯示他挺著胸膛），「我們可能都不在這世上了！」

他們充滿年輕活力的雙手不得不緊抓住這個夢想，接著伊莉莎白有個更令人傷心的想法，使她生氣勃勃的眼睛溢滿了淚水，流下健康的臉頰。她說：「我們之中有一個，有一個可能會……」

她哽咽了起來，無法對眼前年輕快樂的彼此說出那個令人恐懼的字眼。

但要結婚卻在城市中清貧度日，在這時對任何過著愜意生活的人來說，都是一件非常恐怖的事。在古老的農業時代於十八世紀畫下句點之前，在農舍裡曾有關於愛情的美麗諺語；的確，那時鄉間的窮苦人家在布滿鮮花、有著菱形窗戶、由茅草與灰泥蓋成的小屋裡生活，周圍的空氣土壤甜美清新，外面是糾結的樹籬與鳥兒的歌聲，頭上則是不斷變換著顏色的天空。然而，一切都變了，改變早在十九世紀就初現端倪。窮人的全新生活，在城市的下層區域展開。

十九世紀時，下層區域仍看得到天空，位於泥土或其他不適宜的土壤上，很容易發生洪患或受中上層區域的煙霧侵襲，不僅供水不足，衛生情況也足以讓富裕階層所深懼的傳染病蔓延。然而，到了二十二世紀，城市一層層地往上增高以及建築物的愈見密集，使得市容有所改變。有錢人住在上層規模龐大的華麗旅館與城市建築的大廳裡，而藍領階級則住在底下所謂面積遼闊的一樓與地下室內。

這些下層階級生活與禮儀的精緻程度仍與他們的祖先——維多利亞女王時代的的東區居民頗為類似，但卻發展出自己獨特的方言。在底下他們一代過了一代，很少到地面上來，除非工作需要。既然對多數人而言，這是自出生以來就過著的生活，他們覺得這樣的情形並不可悲。但對丹頓與伊莉莎白來說，生活水準下跌得如此猛烈卻看起來比死亡更可怕。

「還有什麼地方可以去呢？」伊莉莎白問道。

丹頓坦承自己並不清楚。除了自覺體貼以外，他不確定伊莉莎白是否贊同從她的未來財產中先預支金錢的主意。

伊莉莎白說，即使從倫敦前往巴黎都超過他們的經濟負荷，而待在巴黎，正如世界上每一個城市一樣，生活只會像倫敦一樣昂貴且不易。

丹頓大聲叫了起來：「親愛的，若我們活在以前的時代就好了！活在過去多棒啊！」因為在他們的眼裡，即使是看著十九世紀的白教堂，都像透過一層浪漫的迷霧般朦朧。

「難道就沒有別的辦法了嗎？」伊莉莎白叫著，突然流下淚來。「我們一定要等滿整整三年嗎？三年可是三十六個月啊！」人類的耐心，顯然並未隨著時光流逝而有所增長。

然後丹頓突然靈光一閃，講起早已掠過他腦海的計畫。他最後終於想起來了。對他來說，這似乎是個十分大膽的建議，所以他以半嚴肅半開玩笑的態度開了口。但要把計畫訴諸言語，卻會使它變得以乎比之前更真實可行。至少這是他碰到的情況。

他說：「假如我們去鄉下呢？」

她看向他，觀察他是否認真在提議進行這趟冒險。

「鄉下？」

「對，就在那後面。山丘的後面。」

「我們要怎麼生活啊？」她問道。「要住在哪裡？」

他回答：「這不是不可能的事。人類以前就住在鄉下啊。」

「可是以前那裡有房子。」

「現在只剩村落和小鎮的廢墟了。當然，在泥土上的早就不見了。但牧場裡的還留著，因為政府沒付食品公司費用請他們拆掉。我很確定這點。此外，從飛機上也可以看得到啊。我們可以在其中一棟房子裡暫時棲身，然後用雙手來慢慢修復破敗的地方。這件事不像聽起來那麼瘋狂。我們可以付錢給一些每天都出外照顧農作物和牲口的人，請他們帶食物過來……」

她站在他面前。「如果這真的可行，那多麼奇怪啊……」

「為什麼奇怪？」
「但沒人敢。」
「這不是理由。」
「怎麼說呢——如果真的可行的話，就真的太浪漫也太奇怪了。」
「為什麼不可行？」
「有太多事情要考慮了。想想我們擁有的一切，還有會失去的一切。」
「我們應該要想念嗎？畢竟，我們現在所過的生活非常虛幻且人工。」他開始闡述自己的構想，而在他興致勃勃地說明時，剛才第一個提議的荒唐感也逐漸消失。
她想了一下。「但我聽過那邊有小偷和逃犯耶。」
他點頭，並遲疑了一下才回答，因為覺得聽起來很孩子氣。他的臉紅了起來。「我可以找人幫我打一把劍。」
她看著他，眼裡的熱忱升高。她聽過劍這種東西，在博物館裡也看過一把；她想起在古老的年代，男性常會隨身攜帶佩劍。對她而言，他的提議聽起來像是一個不可能實現的夢，而且或許是因為這個原因，她迫切想知道更多細節。在他繼續天馬行空，編出大部分的內容後，他告訴她兩人可以如何像以前的人一樣快樂地住在鄉間。隨著細節浮現，她愈來愈感興趣，因為傳奇和冒險故事對她有不可思議的吸引力。
那天，他的提議聽起來像一個難以成真的夢，但隔天他們又討論了一次。奇怪地，這次聽起來可能性稍微大了一些。

「首先我們該帶點吃的，」丹頓說。「我們可以帶上十天或十二天的食物。」二十二世紀流行把人工營養品做得輕便小巧；這樣的預備名副其實，沒有絲毫十九世紀笨重裝備的影子。

伊莉莎白問道：「但是，抵達房子之前……我是說收拾妥當好之前，我們要睡在哪裡呀？」

「現在是夏天呀。」

「可是……你是什麼意思？」

「曾經有一段時間，世界上沒有任何房子。所有的人都一直睡在戶外。」

「但是我們可以嗎？這麼空曠，沒有牆壁，甚至連天花板也沒有！」

「親愛的，」丹頓說，「在倫敦你有很多美麗的天花板。藝術家在上面作畫，用燈光點綴。但我曾看過一個比倫敦的任何住家都漂亮的天花板……」

「在哪裡？」

「就是我們兩個單獨在一起，往上凝視的天花板呀……」

「你是說……？」

他說：「親愛的，這是整個世界都早已忘記的……天空和上面的點點繁星。」

兩人每討論一次，這個計畫聽起來就更可行，也更令人渴望。過了約莫一週，計畫聽起來已頗為可行了。再隔一週，則變成他們非做不可的事。對鄉間的巨大熱情緊抓住他們的心，使兩人都著迷不已，表示城市庸俗的吵鬧讓他們難以忍受。他們都十分驚訝之前居然沒想到如此簡單就可以擺脫麻煩的出路。

仲夏的某天早晨，飛機的起降台上來了個新的小主管。丹頓再也不用認識他了。

這對年輕愛侶祕密地結了婚，並勇敢地離開了城市，他們與祖先住了一輩子的地方。她穿了一件白色的復古洋裝，他則把一包食物橫捆在背上。雖然有點羞於承認，但在他紫色披風的下方，他手上握著的是由回火鋼製成，有十字刀柄的某樣古老武器。

想像一下這趟長征！到了二十二世紀時，維多利亞時代往四處擴展的郊區、骯髒的馬路、小巧的房子、栽滿灌木和天竺葵的愚蠢小花園，以及所有徒勞做作的清靜氛圍都消失了。新世紀的高聳建築、機械的道路，以及電力和供水管線結合在一起，就像一面將近四百呎高的牆或懸崖，看起來突兀且陡峭。城市裡布滿紅蘿蔔、瑞典蕪菁與蕪菁甘藍的苗圃，屬於食品公司所有。這些蔬菜是一千多種食物的基礎原料，雜草和糾結的灌木樹籬則全被連根拔起。必須年復一年不斷除草的費用，以及古代規模甚小、浪費資源與半開化的農耕方式，已被食品公司一勞永逸地剷除，好作更符合經濟效益的運用。但周圍還是種著一排排整齊的荊棘與有白色莖幹的蘋果樹，在田野間交叉，某些地方還有一大片巨大的起絨草，上頭豎立著最招人喜愛的穗尖。各處都有體積龐大的農耕機械，在防水罩的保護下往前移動。匯合了衛河、摩爾河與旺德爾河的河水在長方形的河道中奔流，一旦地勢稍有隆起，就有已經過除臭處理的污水往上噴濺，在陽光下形成橫跨陸地的彩虹。

從巨大城牆間一道壯觀的拱門望過去，即是通往樸茨茅斯的伊德翰路，在清晨的陽光下塞滿著數量驚人的車輛，將食品公司穿著藍色制服的僱工送到工作地點。這是尖峰時段的車流，但看起來卻像兩個幾乎動也不動的點。沿著外側車道，緩慢的小型老式車輛哼哼嘎嘎地響，時速在二十哩以下；內側車道則擠滿尺寸更大的機械車輛，比如上面坐著一群人的快速單輪車、瘦長的多輪車、因載有重物而下垂的四輪車，以及現在空無一物，但會在日落前滿載而歸的龐大農產品貨車。所有車輛都配備有會震動的引擎、無噪音的車輪，與會奏出沒完沒了的狂野旋律的喇叭和銅鑼。

沿著最外側道路的邊緣，這對年輕愛侶沉默地走著，新婚的兩人對彼此的陪伴還有些奇異的靦腆。在他們徒步行走時，有許多人對他們喊話，畢竟在西元二一〇〇年的英國道路上能看到行人，就像在西元一八〇〇年能看到汽車一樣神奇。但他們眼神堅定地繼續走往鄉間，對旁人的叫喊毫不在意。

在他們的南方矗立著道恩斯山丘，一開始是藍色的，隨著他們走近逐漸變成綠色，上面覆蓋著一整列巨大的風車，用以補足架在城市屋頂上風車的產能。早晨時旋轉葉片在路上拖得長長的影子，顯得斷斷續續且靜不下來。中午時他們已離目的地很近，可以看見四周散布著小塊的蒼白點狀物——那是食品公司的肉類部門所擁有的羊群。再過一小時，他們穿過了泥土、塊根作物與將兩人隔絕在外的單層柵欄，禁止非法侵入的標誌此時早已不見蹤影。經過整平的道路帶著所有的車流切進一條山路，因此他們改道草皮，走上空曠的山坡。

二十二世紀的這些孩子，從未一起待在如此荒涼的地方。

兩人都饑腸轆轆，腳底疼痛不堪，因為走路實在是十分罕見的運動。他們找了個沒有雜草，草剪得很短的地方坐下來歇腳，並第一次回頭觀察自己剛離開的城市，在泰晤士河谷的藍色薄霧中廣闊且燦爛地閃耀著光芒。伊莉莎白有些害怕山坡上自由放牧的羊群；這輩子她從未靠近過沒被圈養起來的大型動物。但丹頓再三向她保證不會有事。他們的頭上，長著白色翅膀的鳥兒在天空中盤旋。

吃東西之前他們幾乎沒說什麼話，但之後話匣子就打開了。他談到現在幸福肯定已緊握在掌心，沒有早點逃出宛如宏偉監獄的現代生活是多麼愚蠢，還有那段永遠消失的浪漫歲月。接著他開始自吹自擂。他拿起放在地上的劍，她則從他手中拿過來，用顫抖的手指摸著劍刃。

她問道：「你可以……把它舉起來並擊倒另一個人嗎？」

「為什麼不行？必要的話，當然可以。」

她說：「但是它看起來好恐怖。它會砍傷人……會有……血。」她的聲音低沉下來。

「在古代的傳奇故事裡，你常常讀到啊……」

「我知道，那些故事裡的確有說。但那是不一樣的。那不是真的血，只是某種紅色墨水罷了……而你卻是要殺人！」

她懷疑地看向他，接著把劍交還給他。

在休息用餐過後，他們起身朝山丘走去，越過了身旁的一大群羊，羊群對他們行注目禮，咩咩地向著陌生人叫。伊莉莎白以前從來沒看過羊，一想到這麼溫和的動物一定是要被屠宰來當食物的，就不禁打了個寒戰。一頭牧羊犬在遠處狂吠，接著牧羊人在風車的支架間出現並走過來。

當他靠近丹頓與伊莉莎白時，他揚聲問起兩人要去哪裡。

丹頓遲疑了一下，然後簡短地告訴他兩人正在道恩斯附近尋找荒廢的房子，好住在一起。他試著用隨意的態度說出來，就好像這是再尋常不過的事。牧羊人瞪著他們，滿臉不可思議。

「你有做錯什麼事嗎？」他問道。

「沒有，」丹頓回答，「只是我們不想再繼續住在城市裡了。為什麼我們該住在城市裡？」

牧羊人繼續瞪著他們，更加不可思議。「你們不能住在這。」他說。

「我們想試試看。」

牧羊人把目光從丹頓移向伊莉莎白。「你們明天就會回去了，」他說。「這個地方在陽光下看起來的確很愜意……你確定你沒做錯什麼事嗎？牧羊人跟警察可談不上有什麼交情。」

丹頓堅定地看著他表示：「不會的，我們太窮了，無法在城市裡待下去，而且要我們穿著藍色帆布制服做苦工，光用想的就無法忍受。我們會在這裡，像古人一樣過著簡單的生活。」

牧羊人是個留著鬍子，臉上帶有沉思表情的人。他看了一眼脆弱美麗的伊莉莎白。

「他們的想法很簡單。」他說。

「我們也是。」丹頓說。

牧羊人微笑起來。

他說：「如果你們繼續往前，沿著在風車下面的山頂走下去，就會看到右手邊有一堆土墩和廢墟。從前曾有個叫做伊普森的小鎮。現在那裡沒有房子，磚頭都被用來蓋羊圈了。再往前走，位於根地邊緣的另一個土堆就是萊瑟；接著山丘會沿著河谷轉彎，出現一片山毛櫸樹林。繼續沿著山頂走，就會抵達非常荒涼的地區。在某些地方，儘管所有的除草工作都已完成，蕨類植物、風信子，以及其他沒什麼用處的植物還是不斷地冒出來。穿過這些植物到風車下方，有一條鋪著石頭的筆直大道，是兩千年前羅馬人使用的道路。選右邊走下河谷，沿著河岸走，就會抵達一條蓋滿房子的街道，許多房子的屋頂還在。在那兒你或許能找到可以暫時休息之處。」

他們謝過牧羊人的提點。

「但這個地方非常安靜。天黑之後就沒有燈光，我還聽過有搶匪出沒的傳聞。這裡荒涼偏僻，鳥不生蛋。裝著說書人故事的留聲機啦，電影放映機啦，新機器啦，這裡都沒有。你餓了會找不到食物，病了會找不到醫生……」他停頓下來。

「我們會試試。」丹頓說，起身繼續往前走。接著一個想法從腦海裡掠過。他與牧羊人達成了協議，得知哪裡可以找到他，請他買並帶給兩人離開城市後所需要的東西。

到了傍晚，他們抵達被遺棄的村落，裡頭的房子看起來都很小也很奇特。他們發現房子在日落的光輝中金光閃閃，荒蕪且靜默。他們一間間房子看過去，對房子的古樸簡約驚嘆不已，並爭論著要選哪一間。最後，在一個已經沒有外牆的房間、灑落著陽光的角落裡，他們發現了一朵被食品公司除草工人忽略的藍色小野花。

兩人決定就住這間房子，但那夜並沒有在裡頭待太久，因為他們決心享受自然的盛宴。此外，房子在太陽落下後會變得非常荒涼幽暗。所以休息了一會兒之後，他們再次爬到山頂，用自己的雙眼觀察古代詩人歌詠無數，點綴著繁星的寂靜夜空。這是美妙無比的景象，而丹頓說的話就像星星一樣動人。當他們最後走下山丘時，天空已現曙光。他們小睡了一下，而清晨醒轉時有一隻畫眉鳥在樹上歌唱。

這對二十二世紀的年輕愛侶就這樣開始流亡的生涯。那天清晨，他們忙於探索這個新家可用來過簡單生活的所有資源。他們找得並不快，範圍也不遠，因為到任何一個地方兩人都是手牽著手。不過，他們的確找到了一些傢俱的骨架。村子的另一邊是食品公司販賣羊隻冬季飼料的商店，丹頓從那裡抱著一大把秣草回來做了一張床。在其他幾間房子裡還有幾套被真菌侵蝕的老舊桌椅，看起來像是粗糙野蠻的木製笨重傢俱。他們反覆做了許多前一天討論過的事，而接近傍晚時兩人又發現了另一株風信子。再晚一點時，有一些食品公司的牧羊人騎著大型的多輪車下到河谷，但丹頓和伊莉莎白躲著他們，因為伊莉莎白說他們的存在，彷彿會一舉破壞這個古老世界的浪漫氛圍。

他們就這樣過了一週。那一週天氣晴朗無雲，夜空繁星閃耀，只被新月稍微掩去了些許光芒。但星星剛升上夜空時的光輝卻不知不覺地一天天暗淡下去；丹頓的伶俐口才開始變得斷斷續續，想不出充滿靈感的新鮮話題；從倫敦抵達此地的長征所導致的疲勞使他們的四肢僵硬，兩人也得了原因不明的輕微感冒。此外，丹頓開始意識到自己無所事事的時光。他在某個古代胡亂堆積木材的地方找到一把生鏽的鏟子，再用鏟子一陣陣翻著已被夷平卻雜草叢生的花園——雖然他沒什麼要種的作物或要播的種子。他在做了半小時的苦工後，帶著一張汗流滿面的臉回去找伊莉莎白。

「當時一定有巨人。」他說，不了解習慣與訓練會帶來什麼樣的效果。而他們那天走的路帶著兩人沿著山丘前行，直到看到倫敦在遠處的河谷裡微微閃爍。「不知道現在那邊怎麼樣了，」丹頓說。

接著天色變了。「出來看看天上的雲！」伊莉莎白叫道。看啊！雲層在東北形成了陰沉的紫色，往上湧到山頂崎嶇的邊緣。在他們爬上山坡時，這些迅速飄揚的暮靄又遮住了夕陽。突然吹起來的風使櫸樹搖曳低語，使伊莉莎白打了個寒戰。然後遠處閃電掠過，就像一把瞬間出鞘的刀，遙遠的雷聲隆隆作響，劃過天際。即使他們站著，臉上驚訝不已，這場暴風雨的第一波雨滴，還是猛然啪嗒啪嗒地落在他們身上。一眨眼，最後一道夕陽的光芒就被落下的冰雹雨幕所掩蔽，閃電再次掠過，雷聲更大了，四周的世界變得陰沉詭異。

緊牽著手，這兩個出身城市的年輕人跑下山丘回到家裡，充滿了驚訝。在抵達之前，伊莉莎白就已經開始沮喪地啜泣；幽暗的地面四處散落著雪白易碎、下個不停的冰雹。

然後就是一個詭異又可怕的夜晚。這是他們畢生以來的文明生活裡，首度處在一片漆黑當中。他們又溼又冷，渾身顫抖，四周下著冰雹，嘈雜的水柱穿過這間老舊房子遺棄已久的天花板，在吱吱作響的地板上形成水窪與小溪。隨著暴風雨的強風擊打著破舊不堪的建築，屋子呻吟和擅抖起來，牆上的一大塊灰泥搖搖欲墜快跌個粉碎，鬆動的瓷磚好像也要喀嚓喀嚓地滑下屋頂，砸到下面空無一物的溫室裡。伊莉莎白瑟瑟發科，動也不動，丹頓則把他華麗輕薄，在城市裡穿的披風將她裹起來，兩人在黑暗中蜷縮著。隨著雷聲愈大、距離愈近，閃電的白光也愈顯得可怕，猛然劈進一瞬間顯得荒涼明亮的房間。這個他們正躲著避難的地方，不但悶熱不已，還滴著雨水。

除了陽光普照的天氣之外，他們從未待在戶外過。所有的時光都是在現代城市裡溫暖通風的走道、大廳與房間中度過的。對他們來說，那個夜晚就宛如置身於另一個世界，瀰漫著充滿壓力和騷動的雜亂無章，他們幾乎不敢期望能再次活著看到倫敦。

暴風雨似乎永無止盡，而在轟隆的雷聲間他們打起了盹。雷聲很快減弱並停了下來。隨著最後一波雨水止息，他們聽見了一種陌生的聲響。

「那是什麼聲音？」伊莉莎白叫著。

聲音再度響了起來。是一群狗在吠叫，汪汪聲穿過荒野的小道並漸行漸遠；而透過窗戶使面前的牆壁變白，並將窗框和樹木的黑色剪影投射在上面的，是漸圓的月亮閃爍的光芒……

就在黎明將近，眼前景象逐漸清晰時，斷斷續續的狗吠聲再次接近並停下來。他們專心聆聽。一會兒之後，他們聽到一陣啪嗒啪嗒的腳步聲在房子裡打轉，還有半含在嘴裡的低吠聲。接著一切又歸於寂靜。

「噓！」伊莉莎白低聲說，指著房間的門。

丹頓走向門口，停在半路豎著耳朵聽。他帶著一臉假裝漫不經心的表情回來。「一定是食品公司的那些牧羊犬，」他說。「牠們不會傷害我們的。」

他坐在她身旁。「這是個多麼刺激的夜晚啊！」他說，試著隱藏他正在敏銳地聽著周圍動靜的舉動。

「我不喜歡狗。」伊莉莎白在冗長的沉默後回答。

「狗從來不傷人，」丹頓說。「古時候，我是說十九世紀，每個人都有養狗呢。」

「我從前聽過一個傳奇故事。有一隻狗咬死了人。」

「不是那種狗，」丹頓充滿自信地說。「有些傳奇故事描述得太誇張了。」

突然間，他們聽見半聲狗吠和走上樓梯的啪嗒腳步聲，還有喘氣聲。丹頓跳起來，從兩人躺在上面的溼稻草裡把劍拔出來。接著，門口出現了一隻憔悴的牧羊犬，停在那裡動也不動。牠身後還有一隻，正盯著他們看。一瞬間，人和狗彼此對立，猶疑不定。

然後對狗一無所知的丹頓猛然往前跨了一步。「走開。」他說著，笨拙地揮舞著手中的劍。那隻狗開始低低地咆哮。丹頓硬生生停了下來。「乖狗狗！」他出聲安撫。咆哮變成了吠叫。

「乖狗狗！」丹頓說。第二隻狗咆哮並吠叫起來。第三隻隱藏在樓梯底下的狗也開始吠叫。外面聚集的其他隻狗則一起發出了聲音——丹頓覺得數目可不少。

「真讓人討厭，」丹頓說，眼睛絲毫不離面前的牧羊犬。「牧羊人不會離開城市好幾個小時。這些狗自然分辨不出來我們是誰。」

「我聽不到。」伊莉莎白大喊。她站起來走到他身邊。

丹頓又試了一次，但聲音仍淹沒在狗的狂吠聲裡。這樣的聲響對他的脾氣產生了奇特的影響。從未有過的古怪情緒開始蠢蠢欲動；他在大聲喊叫的同時，臉色也跟著改變。他再試了一次。狗的吠叫聲似乎在嘲諷他，還有一隻狗前進了一步，身上的毛都豎立起來。他突然轉身，對著狗說了幾句伊莉莎白完全聽不懂的下層社會方言，接著朝狗的方向前進。狗的吠叫、咆哮和抓咬瞬間停止下來。伊莉莎白看見最前頭那隻狗吼叫的臉，呲著白牙、耳朵往後收起，還有猛擊出去的刀刃的閃光。那隻牧羊犬躍到空中，又被扔了回去。

丹頓大吼一聲，驅趕著他前面的狗。他把劍舉過頭頂、大肆揮舞，然後就消失在樓梯下方。伊莉莎白跟著走了六步，發現在落腳處有血跡。她停了下來，聽見狗的騷動和丹頓的喊叫聲一路出了房子，便跑到窗邊一探究竟。

九隻像狼一樣的牧羊犬分散在各處，一隻在門廊前扭動，而丹頓在嘗到仍蟄伏在文明人血液裡對於戰鬥的奇特喜悅之後，邊喊叫邊穿過花園。接著，她的目光捕捉到了一時間他沒注意到的東西。那些狗圍繞著他走來走去，這次可是在毫無遮蔽的戶外。

轉眼間，她猜到情況會如何發展。她應該要警告他的。有一會兒，她感到一陣噁心和無助，然後，順從自己莫名的衝動，她提著白色的裙襬跑下樓。大廳裡躺著那把生鏽的鏟子。就是這個！她抓起鏟子跑了出去。

她來得恰是時候。一隻狗在丹頓面前滾動，幾乎只剩一半的身體，但第二隻咬住他的大腿，第三隻從後面抓住了他的領子，第四隻嘴裡則咬著劍刃，舔著牠自己的血。他舉起左胳膊避開了跳過來的第五隻。

對伊莉莎白來說，這可能是西元一世紀，而不是二十二世紀。她十八年城市生活培養出來的一切溫柔舉止，在最原始的生存需求前消失得無影無蹤。她舉起鏟子用力揮打，擊碎了一隻狗的頭骨。另一隻準備一躍而起的狗，對這個意料之外的敵手發出驚慌的吠聲，迅速閃到一旁。兩人接著浪費了一些寶貴的時間，把她的裙子綁好。

丹頓的披風領子在他踉蹌後退時被扯了下來，而那隻狗也覺察到鏟子的威力，不再去找他麻煩。他把劍往回插向咬住自己大腿的那隻牧羊犬。

「快到牆那邊去！」伊莉莎白大叫。三秒內，戰鬥就告一段落，伊莉莎白和丹頓並肩而立，剩下的五隻狗則彷彿聞到災難的味道，從一片狼籍的現場落荒而逃。

有好一會兒，他們氣喘吁吁地站著享受勝利的滋味。接著伊莉莎白放下鏟子，用手遮著臉，突然軟倒在地上哭了起來。丹頓張望了一下周圍，把劍插進地面以備不時之需，並彎下身安慰伊莉莎白。

最後兩人的激動情緒逐漸平息，可以再度開口說話。伊莉莎白斜倚著牆，而丹頓坐在上頭，仔細觀察是否有牧羊犬返回此地。再怎麼說，還是有兩隻狗站在山坡上，令人惱火地狂吠不停。

伊莉莎白臉上滿是淚痕，但現在看起來沒那麼楚楚可憐了，因為丹頓用了半個小時重複她的英勇事蹟，還有她如何救了他的命。但她的腦海裡又浮現出一種新的恐懼。

「牠們是食品公司的牧羊犬，」她說。「之後會有麻煩的。」

「恐怕是這樣沒錯。他們很有可能告我們非法侵入。」

一陣短暫的停頓。

他說：「古時候，這種事情天天都會發生。」

伊莉莎白心有餘悸：「想想昨晚！我不可能再過那樣的一晚了。」

丹頓看著伊莉莎白。她的臉因睡眠不足而蒼白扭曲，形容憔悴。他突然下了決心。「我們得回去，」他下了結論。

她看著死掉的牧羊犬，全身瑟瑟發抖地說：「我們不能留在這裡。」

「我們得回去。」丹頓重複，轉頭觀察敵人是否仍保持距離。「我們有一段時間是很快樂的……只是整個世界太文明了。我們生在城市的時代。再多來幾次，我們必死無疑。」

「但我們該怎麼做？我們要怎麼生活在那裡？」

丹頓遲疑了一下。他坐在牆上，腳跟踢著牆。「這件事我以前沒提過，」他說，咳嗽了一下：「可是……」

「嗯？」

「妳可以從妳將繼承的遺產裡拿到一些錢。」他說。

「真的可以？」她熱切地說。

「當然可以。妳真是個單純的孩子！」

她站起身，臉龐閃閃發光。「你以前為什麼沒告訴我？」她追問。「就因為這樣，這段時間我們被迫待在這裡！」

他看了她一會兒，微笑起來。接著微笑從他臉上消失。「我覺得這應該由妳自己提出來，」他坦承，「我不喜歡伸手向妳要錢。此外，一開始我覺得一切都會很順利。」

又一陣短暫的停頓。

「之前一切都很順利，」他說，再次轉回頭去看。「直到遇到這場襲擊事件。」

「是啊，」她附和，「前幾天的確很棒。我是說前三天。」

兩人摸索著靠近彼此的臉，然後丹頓滑下牆頭，握住了她的手。

他說：「對每個世代來說，那時的生活如何，我現在都一清二楚了。我們生於城市，長於城市。要用另一種方式過活……比如來到這裡就是一場夢，而今晚的一切讓夢醒了。」

她回答：「一開始，這的確是個美夢。」

有很長一段時間兩人都沒說話。

「如果我們想在牧羊人來到這裡之前抵達城市，現在就必須出發了，」丹頓說。「我們要把食物從房子裡拿出來，然後邊走邊吃。」

丹頓再次環顧了一下四周，與死掉的牧羊犬保持安全距離。兩人一起穿過花園，走進房子，找到裝著食物的旅行袋，再沿著滿是血跡的階梯下樓。伊莉莎白在門廳裡停下來，開口說：「一分鐘就好。這裡有樣東西。」

她領頭走進了那個擺著盛開的小藍花的房間，在花前停下來，用手觸摸它。

「我想要這朵花，」她說，接著頓了一下，「可是我卻不能帶走……」

她衝動地俯下身，親吻小藍花的花瓣。

然後，安靜地肩並肩，他們穿過空曠的庭院，邁向那條古代的高速道路。兩人臉上浮現出毅然的神情，望著遙遠的城市，那在現代充斥複雜機械、已吞噬了人類的城市。

三、城市的道路

一系列交通工具的問世，若不是人類有史以來改變世界最重要的發明，肯定也是十分傑出的成就。這一系列的發明從鐵路開始，隨著汽車與專利道路的出現，終止了一個多世紀。接著這些交通工具，加上有限責任公司構想的浮現以及控制巧妙機械的技師逐漸取代農耕人力，使人類不得不集中居住在城市裡，規模之大前所未有。這樣的重大事件導致人類生活發生的劇烈改變實在太過明顯，以致讓人驚訝，為何沒有早些預料到革命的來臨。但預測這樣一場革命可能帶來的不幸所應該採取的措施，好像從來沒有人提起過。曾讓過去以農業為主的國家繁榮幸福的道德禁令和制裁，優待與特許，以及財產、責任、舒適和美感的概念，在新機會與新刺激漸起的洪流中竟然起不了作用一事，十九世紀的人似乎想都沒想過。一個在普通生活裡親切且誠實的公民，一旦成為關係利害人就會露出殺氣騰騰的貪婪嘴臉；在古代的鄉間合理且合乎榮譽的商業方法，一旦規模擴大就會變得致命且令人難以招架；古代的慈善事業就是現代的貧困化，古代的工作就是現代汗流浹背的苦工……這使得針對人類責任與權利的修改與延伸變得十分迫切且必要，因為原來的制度是奠基於舊有的教育系統，在習慣與想法上不僅溯及既往，也完全依據法律條文。這樣不能適用的情況就變得愈來愈多。此外，群居在都市裡，也使人類罹患瘟疫的風險比以往任何時代都高。公共衛生設施有了長足的發展，但賭博、高利貸、奢華、暴政等疾病卻蔓延開來，並產生超過十九世紀所能預想的最糟後果。因此，就像某種完全未受人類創意阻礙的無機化學過程，一大群不幸福的城市迅速增加標示著二十一世紀此過程的結束。

這個新社會被分為三個主要階級。最頂點蟄伏著地主，因意外非刻意地累積了大量的財富，因此不需有任何意志力與目標，是哈姆雷特王子在現代的最後化身。最下層是數量龐大的工人，由壟斷其控制權的大公司雇用；中間那一層則是不斷萎縮的中產階級，包括不勝枚舉的各種官員、領班、經理和醫療、法律、藝術、學術人員階級，以及次富階級；整個中產階級在那些大權在握者有所行動之時，過著不甚安穩的奢華生活，並從事冒險的投資行為。

這對來自中產階級年輕愛侶的婚戀故事早已口耳相傳，包括兩人如何克服橫亙在彼此之間的障礙，如何試著想在鄉間過著簡樸的舊式生活，接著又迫不及待地返回倫敦。丹頓沒什麼錢，所以伊莉莎白用父親莫里斯為她存放在信託裡的證券為抵押借了錢。她要到滿二十一歲時才可以動用這些資產。

她付的利息當然很高，原因是因為那些證　充滿不確定性，還有熱戀中的情侶通常算數都只算個大概且過於樂觀。不過他們在回來後仍有段美好的時光。兩人決定不會去「極樂城」，也不會把時間花在坐飛機在世界各地穿梭，因為即使一個夢想幻滅，骨子裡他們的品味仍是舊式的。他們在自己的小房間裡擺放著古色古香的維多利亞式傢俱，並在第七大道的第四十二層樓找到一家店，出售以前用墨印刷出來的舊書。讀用墨印刷出來的舊書，而不是聽用留聲機播出來的有聲書，是他們表示親昵的方式。此外，彷彿要讓他們更團結一心似的，兩人在這時又生了一個可愛的小女孩。伊莉莎白不按照當時的習慣把她送到托兒所，而堅持在家親自撫育。房租因此上漲，但他們並不介意。這只代表要多借一點錢而已。

目前伊莉莎白已滿二十一歲，而丹頓剛與她的父親結束一次生意會面，不歡而散。緊接著就是與債主碰面，令人厭惡至極，所以他回家時臉色慘白。丹頓返家時，伊莉莎白迫不及待地要告訴他女兒剛學會發出一個新穎奇妙、聽起來像「咕」的語調，但丹頓漫不經心。就在她描述最精彩的部分時，他出聲打斷。「現在一切都安頓下來了，妳覺得我們還剩多少錢？」

她瞪大雙眼，停下了她剛才在敘述時，對「咕」這個天才語調表示讚賞的搖擺動作。

「你的意思不會是……？」

「沒錯，」他回答。「曾經有很多，但我們太不知節制了。利息太可怕還是什麼的，我不清楚。你擁有的股票慘跌，但妳父親一點都不放在心上，說之前的一切發生後，就什麼都不關他的事了。他很快會再婚……而我們只剩不到一千英鎊了！」

「只有一千英鎊？」

「只有一千英鎊。」

伊莉莎白坐了下來。有一會兒她臉色蒼白地看著他，接著雙眼梭巡過古色古香的房間，裡面擺放著維多利亞中期的傢俱、油畫式石版畫作的真跡，接著再回到她臂彎裡的小娃娃。

丹頓瞥了她一眼，氣餒地站在原地。然後，他踩著腳後跟轉過身，非常快速地走上去又走下來。

「我得找點事做，」他脫口而出。「我是個無所事事的無賴，以前就應該想到的。我一直是個自私的傻瓜，只想整天和妳在一起……」

他停下來，看著她蒼白的臉色。突然間他過來親了她一下，以及那張依偎著她的胸部的小臉。

「親愛的，沒關係，」他站在她上方說著。「妳現在不會寂寞了。蒂斯已經開始跟妳說話，我也能馬上找到工作。會很快、很容易，只是一開始有點嚇人罷了。但一切都會好轉的，我保證。休息完後我就會盡快出門，並找找有什麼工作可以做。目前很難想到有什麼樣的工作……」

伊莉莎白說：「要離開現在住的地方會很難，可是——」

「不需要搬家，相信我。」

「但這裡的租金很貴。」

丹頓揮了揮手，將此置之一旁。他開始說自己能從事的工作。方向並不是很明確，但他很確定一定有份工作可以讓他們舒適地過日子，當個快樂的中產階級。這也是他們唯一所知的生活方式。

「倫敦有三億三千萬人，」他說，「一定有人需要我。」

「一定有的。」

「麻煩的是那個又黑又矮的賓登，之前妳父親想讓妳嫁給他來著。他是個重要人物……我不能回去做飛機起降台的工作，因為他現在是起降台職員的長官。」

「我不知道這件事。」伊莉莎白說。

「他在過去幾週被提拔到那個位置……不過或許事情會迎刃而解，因為他們喜歡我在起降台上的表現。但還有許多其他的工作可以做，幾十種總有吧。所以別擔心，親愛的。我會休息一會兒，然後吃飯，接著我就開始四處奔走看看。我有很多人脈。」

因此他們休息完畢，去公共餐廳吃完飯之後，丹頓就開始找工作。但他們很快就發現在某個領域的方便性上頭，世界還是像以前一樣糟糕。一份正派、安全、體面、高薪，不但有足夠的私人時間進行娛樂活動，也不要求特殊的技能，更沒有劇烈的體力消耗或風險，或須為完成職責而作任何犧牲這樣的工作，還是一職難求。他想出了一些很棒的計畫，花了許多天從倫敦這個大城市的一地趕到另一地，尋找有影響力的朋友。他每個有影響力的朋友都很高興見到他，態度也十分樂觀，但一旦提及明確的提案，他們就開始警戒起來，並且含糊其辭。丹頓會冷漠地與他們道別，並在路上回想起友人的行為時開始惱怒，暫停在某個電話亭裡花冤枉錢去跟對方吵一場激烈但毫無用處的架。隨著時間一天天過去，他變得非常擔心且易怒，以致要在伊莉莎白面前假裝體貼和無憂無慮都得花一些力氣。這是因為深情的伊莉莎白，可以把事情觀察得鉅細靡遺的緣故。

某一天，在一場極為複雜的開場白之後，她提出了一個令人痛苦的建議，設法幫上他的忙。他原本預期她會哭泣並沉溺於絕望之中，畢竟得賣掉一切開心買下來的維多利亞時代的早期寶物、古色古香的藝術品、椅罩、珠墊、稜紋平布窗簾、鑲飾傢俱，金框的鋼版雕刻和素描，百葉窗下的蠟花，填充的鳥類玩具，以及其他經過經心挑選的古老寶貝並不容易。不過，是伊莉莎白自己提出了這個建議。如此的犧牲似乎讓她充滿愉悅，而將住的地方移到另一間旅館，比原本的公寓低十到十二層樓，也是她的主意。她說：「只要蒂斯和我們在一起就好，其他都沒關係。這些都是人生的體驗。」因此他親吻了她，說她比那時與牧羊犬搏鬥時更勇敢，還叫她布迪卡女王，並小心翼翼地說話，避開之後若要繼續跟跟蒂斯住，讓她用稚嫩的童音招呼城市裡從不間斷的喧囂，就得付比目前高得多的租金的話題。

他的想法是在不得不賣掉那些兩人心之所繫的可笑傢俱時，不讓伊莉莎白插手；但真的要賣時，反倒是伊莉莎白與收購商討價還價，而丹頓還頂著因悲傷及對未來的恐懼而蒼白心煩的面容，在城市裡到處奔走。當他們搬進位於便宜旅舍，裝潢簡陋、漆著粉白色調的公寓時，他突然發了一場脾氣，接著又將近一週在家悶悶不樂、無精打采。那段時間裡，伊莉莎白像顆星星般閃耀，而丹頓的痛苦最後也在淚水中得到了宣洩。之後，他再度到外面設法謀生；令他難以置信的是，他居然真的找到了工作。

他對工作的要求一直在下降，直到最後連成為最低階層的獨立勞工也可以接受了。一開始他胸懷大志，希望成為飛機、風車或水力公司等大企業的高階主管，在已取代報紙的公眾情報機關任職，或是成為某種專業合資公司的合夥人；然而，這些不過是起初的夢想。全部以失敗告終之後，他開始從事投機買賣，而伊莉莎白的一千英鎊，僅短短的一個晚上就在股市裡消失了三百個金獅。現在他無比確幸自己的英俊相貌，讓他可以得到銷售員的試用機會，在主要販售女用無邊帽、髮飾和有邊帽的蘇珊娜帽業集團工作。畢竟放眼整個倫敦市，女士仍戴著極為優雅美麗的帽子頻繁出現在劇院與公開崇拜場合。

若有人能跟十九世紀攝政街的店主面對面，說說他的產業（目前丹頓工作的地方）日後會發展成什麼樣子，一定會很有趣。十九大道有時仍被稱作攝政街，但現在已是一條將近八百呎寬，布滿移動平台的廣闊街道。中間的區域固定不動，可以藉由階梯通到地下通道，抵達兩側的房子。左右兩邊各是一系列不斷往上升的平台，每個平台都比內側的平台時速快上五哩，讓行人可以從一個平台跨到另一個，直到抵達最快速的外側道路，由此在市內穿梭。蘇珊娜帽業集團的建築將正面巨大的倒影投射在外側道路上，兩側綿延著重疊的大型玻璃帷幕，上頭播映著美麗名媛戴著新穎帽子、尺寸龐大的動畫。總是有稠密的人群聚集在維持靜止的中央區域，觀賞大型的放映機播放著不斷變化的最新時尚。整棟建築的正面不停地變換著色彩，而沿著四百呎長的正面倒影，橫跨街上所有移動通道的，是閃爍發光，並以多達千種的顏色與字體出現的花邊題字——

Suzanna! 'ets! Suzanna! 'ets!

蘇珊娜！'ETS！蘇珊娜！'ETS！

留聲機龐大猛烈的聲浪將移動通道上的一切對話聲都淹沒了，它向行人大喊著「帽子」，而在街道的這頭與那頭，一整列的留聲機則向民眾勸說：「去蘇珊娜帽子店看看吧！」並詢問「為什麼不買給那個女孩一頂帽子？」

對於那些碰巧聾了的人來說（耳聾在此時的倫敦並不罕見），所看到的景象是各種尺寸的題字從屋頂上朝著移動平台撲面而來。出現在行人的手上，男士的光頭上，女士的肩膀上，或突然在行人腳前如火焰般燃燒的，是移動的手指寫出的一行出人意料的著火字串「'ets r chip t'de,」，或簡寫成「'ets.」。即使商家如此賣力推銷，倫敦的市民卻早已習以為常，可以對所有的廣告做到視而不見，聽而不聞的地步。事實上，許多市民已經過此處不下上千次，卻仍不知道蘇珊娜帽業集團的存在。

要進入這棟建築，必須走下中央道路的階梯，並穿過漂亮女孩漫步的公共通道，這群女孩為了微薄的薪資，願意戴著貼上標籤的帽子四處走動展示。入口處是個廣敞的大廳，擺放著在臺座上優雅轉動、裝飾時髦的蠟像頭，從這裡再經過一個收銀處，會來到一連串數不清的小房間，每個房間都有各自的銷售員、三或四頂帽子和別針、鏡子、放映機，以及可以和中央倉庫通信的電話，與上面有帽子圖案的幻燈片。此外，還有舒適的長沙發和誘人的茶點。

丹頓目前就是長駐在這樣一個房間的銷售員。他的職責是接待川流不息、願意到他那裡參觀的女士，盡可能表現得殷勤迷人，提供茶點，針對潛在顧客選擇的話題聊上一會，再將對話的方向巧妙但不強求地引到帽子上。他負責勸說顧客試戴不同類型的帽子，並藉由他的態度舉止，而非粗俗的奉承，強化想販售的帽子在顧客腦中的印象。他有好幾面曲率與色調經過微妙調整的鏡子，以配合各種臉型與膚色，而要想賣得好，很大程度上必須仰賴將這些鏡子使用得當。

丹頓將整個人投入這些奇特但不是那麼意氣相投的職責裡，滿懷的善意與精力是一年前他絕對想不到的。但一切都是徒勞無功。那位選了他來試用並釋出不少善意的高層主管突然改變了態度，在沒有任何可歸咎原因的情況下宣稱他蠢笨不堪，並在六週的銷售員生涯後叫他走人。因此丹頓不得不開始重新開始找工作，即使收效甚微。

第二次找工作並沒花太長時間。夫婦倆的錢愈來愈捉襟見肘。為了撐得久一些，他們決定與親愛的蒂斯分離，把小女兒帶到倫敦數量繁多的一間公共托兒所。那是當時的習慣。因為工業革命解放的婦女與隱蔽的「家」等相關概念的解體，使托兒所成為一些非常富有和想法與眾不同的人之外，大家都需要的東西。孩子在裡頭會具備若沒有這種組織，就不可能擁有的個人衛生與教育優勢。托兒所為各個階級所設，配備一切奢侈品。那些勞動公司的孩子也可以進托兒所，但因帳之故，孩子長大後必須以勞力還債。

但正如之前所述，丹頓和伊莉莎白這對年輕夫婦十分奇特。他們的品味偏舊式，腦子裡充滿十九世紀的想法不說，還特別討厭這些便利的托兒所，因此最後要把小女兒送到其中一間托兒所時，他們心裡的不甘願就別提了。接待他們的是一位穿著制服、散發母性光輝的女士，直到伊莉莎白提到要跟孩子分開而落淚為止，態度都非常輕快俐落。這位充滿母愛的女士，在對這種不尋常的情緒表現出短暫的驚愕後，馬上變成希望與安慰的化身，因而贏得了伊莉莎白終身的感激。他們被引至一間大房間，散落著玩具的地板上是上百個分成好幾群的兩歲小女孩，由幾位褓姆管轄。這是給兩歲孩子的房間。兩位褓姆上前，而伊莉莎白以嫉妒的眼神看著蒂斯與她們互動。很明顯可以感覺出她們和藹可親，但是……

是時候該走了。那時蒂斯正開心地在角落玩耍，雙手抱滿東西坐在地上，身體被各式各樣的新奇玩具淹沒。在父母離開時，她看起來對所有的人都毫不關心。

所方不准他們向她道別，以免讓她不安。

到門口時，伊莉莎白最後一次往回望，看哪！蒂斯正把她新的玩具丟在地上，猶豫不決地站著。伊莉莎白倒抽了一口氣，而慈愛的褓姆將她往前推，接著關上了門。

「親愛的，妳很快就可以再過來，」她說道，眼裡散發出意想不到的溫柔。有好一會兒伊莉莎白表情空白地凝視著她。褓姆重複了一次：「妳很快就可以再過來。」然後伊莉莎白迅速轉換了情緒，在她的懷抱裡哭起來。由此她也贏得了丹頓的心。

三週之後，這對年輕夫婦身無分文，只剩一條路可走。他們得去勞動公司上班。因此很快地，在遲交房租一星期後，兩人所剩不多的財物也被扣押，沒什麼禮貌地被請出了旅舍。伊莉莎白沿著通道，走向可上升到靜止的中央道路的階梯，因窮困變得呆滯的腦袋完全無法思考。丹頓停在後面，跟旅舍的門房針鋒相對地吵了一架，卻沒得到滿意的結果，於是帶著漲紅憤怒的臉色追上她。他在超過她時放慢了腳步，兩人沉默地一起升上中央道路。

伊莉莎白問道：「我們還不需要去那裡吧？」

丹頓回答：「還不用，除非我們開始餓肚子。」

接著兩人再也沒說話。

伊莉莎白雙眼尋找著可供休息之處，卻一無所獲。右邊是喧囂的往東道路，左邊則是人潮洶湧的往西道路。前後方向，沿著頭上的纜線，急匆匆地走過一列穿得像小丑，正在比手劃腳的男子，每個在背後與胸口標著一個巨大的字母，全部拼起來成為：

浦氏消化藥丸。

一名穿著恐怖的藍色粗帆布，看起來虛弱嬌小的婦人，指著這列匆忙走過的廣告人員的其中一人，向一個小女孩說話。

「看！」虛弱的婦人說：「那就是妳爸爸。」

小女孩問：「哪一個？」

虛弱的婦人說：「就是把鼻子染得紅紅的那個。」

小女孩開始哭泣，而伊莉莎白可能也哭了。

「他剛才還踢腿了呢！」穿著藍色衣服的虛弱婦人說，試著讓事情看起來好一些。「看！就是那裡！」

建築物正面的右邊，一個龐大且閃亮逼人、顏色詭異的圓盤向遠處無止盡地延伸，而火焰形成的字母飄著過去，拼出：

這讓你頭暈眼花嗎？

然後暫停了一下，接著出現：

吃顆浦氏消化藥丸吧。

一陣令人覺得淒涼的廣告詞開始刺耳地播放。「如果你喜歡史威格的作品，把電話留言設成布魯格勒的字句，那麼就絕不能錯過人類史上最偉大的作家，也是最偉大的思考家。他會讓你把道德品行深深刻在腦袋裡！除了後腦勺像莎士比亞一樣，他簡直就是現代的蘇格拉底！他有六跟腳趾，穿著紅色的衣服，從來不刷牙。讓我們聽聽他怎麼說！」

丹頓的聲音在一片喧囂中仍然聽得清。「我根本不該讓妳嫁給我，」他坦承，「我揮霍了妳的錢，毀了妳，把妳置於這種悲慘的境遇。我是個壞蛋……噢，這個可惡的社會！」

她試著說話，但有一段時間都無法開口。她抓住他的手，最後才說：「不是這樣的。」一股半形成的欲望突然轉換成決心。她站了起來。「你要一起去嗎？」

他也站了起來。「我們還沒到要去那裡的地步。」

「我不是說那個。但我想要去飛機升降平台，最初我們遇見彼此的地方。還記得那個小座位嗎？」

他猶豫了一下，遲疑地說：「你可以嗎？」

她回答：「我們一定得去。」

他仍猶豫了一會兒，接著才順從她的意願出發。

兩人將最後自由的半天花在飛機升降平台下方的露天小座位，他們五年前習慣碰面的地方。她在那裡將自己無法在吵鬧的公共道路上說的話，一股腦地對他傾訴，說自己即使現在也沒後悔過嫁給他，還有不管人生中會遭遇什麼困苦或不幸，她對過去發生的事情都心甘情願。當天天氣很好，灑滿陽光的座位溫暖舒適，空中閃閃發亮的飛機也照舊熙來攘往。

將近日落時，兩人的獨處時光用罄，他們向彼此發誓、緊握著手，接著起身返回市內；他們衣衫襤褸、心情沉重，不僅疲憊不堪，也飢腸轆轆。很快地，他們就抵達一個上面寫著「勞動公司詢問處」的淡藍色標誌所在。有一段時間，兩人站在中央道路上注視著標誌，最後終於走下來，進入了等待室。

勞動公司起初是一個慈善組織，旨在提供食物、庇護所與工作給所有的求助者。該公司有義務遵照成立的條件提供上述服務，但也有義務提供食物、庇護所與醫療服務給那些無法工作，選擇申請援助的人。這些無法工作的人會支付勞動借據，在康復後必須即時償還。申請援助的顧客用手印簽下這些勞動借據，經拍照存證後編入索引，讓在各國皆有據點的勞動公司能在短短一小時的檢索內，就找到兩三萬名顧客當中的一名顧客資料。一天分勞動的定義為上兩個時段的班，勞工在期間踩跑步機發電或執行與其等值的任務，由法律確保其職責有妥當完成。在實行的過程中，勞動公司發現最好在法定義務——提供食物與庇護所之外，一天再加上幾便士的工資，作為讓勞工努力工作的誘因。因此緣故，該公司不僅一勞永逸地根除了貧窮，還在世界各地提供了品質最佳且最有責任感的勞動資源。可以說世界上將近有三分之一的人口從出生到離世，都是該公司的服役者與債務人。

這種實際而不濫情的方式圓滿地解決與克服了失業問題。沒有人在公共道路上挨餓，也沒有任何布料或服裝，比勞動公司衛生但毫不優雅的藍色帆布制服更為清潔且有足夠的供應量，儘管藍色帆布制服的粗陋外觀虐待了人們的眼睛。整個世界自十九世紀以來有多大的進步，一直是透過留聲機播放的有聲報紙不變的主題，而那些死於車禍或飢餓的屍體，則被報社宣稱為所有繁忙的街道上的共同特色。

丹頓和伊莉莎白分別坐在等候室裡，直到輪到他們。大多數聚集在那裡的人看起來虛弱且沉默寡言，但有三四個穿著俗氣的年輕人彌補了同伴的寧靜感。他們是勞動公司的終身顧客，降生於公司附設的托兒所，也註定要在其附設的醫院裡死去，現在因為手頭上有幾先令的額外工資，因此出來外面狂歡一下。他們以後期發展出的倫敦腔方言大聲交談，顯然非常以自己為榮。

伊莉莎白的視線從這些人，移到沒那麼自信的其他人。在她看來，有一個特別可憐。那是一位年紀約四十五歲的婦人，頭髮染成金色，抹了脂粉的臉上正流下成串的淚水。扭曲的鼻子、飢渴的眼神、瘦弱的雙手和肩膀，以及她積滿灰塵的破舊服飾道盡了她的人生。另一個是留著灰鬍子的老頭，穿著英國國教教派之一的主教服裝；他出現在這裡，是因為宗教現在也成了一門生意，有其景氣好壞之故。他身旁是一個病弱、看來沉溺於酒色的二十二歲男孩，正對命運女神怒目而視。

伊莉莎白和丹頓先後由女經理面試，因為勞動公司在這方面較偏好女性。他們發現這位女經理有著充滿活力的臉龐、輕蔑的態度，與聽起特別刺耳的聲音。兩人通過了一系列的檢查，其中包括一個證明他們不須剪髮的項目；當他們按下手印，知道了相對應的號碼，並將身上中產階級的破舊衣服換成有正式編號的藍色帆布制服時，他們去了廣闊簡樸的食堂，在新的環境中吃完第一餐飯。之後他們要回到女經理那邊，等待她給予工作上的指示。

當他們換完衣服時，伊莉莎白似乎無法鼓起勇氣先看丹頓一眼，但丹頓看向了她，並驚訝地發現即使穿著藍色帆布，她依然美麗動人。接著在他們的湯和麵包從小軌道滑到長桌上，快靠近他們卻猛然搖晃著停下時，他又把這件事忘得一乾二淨。

用完餐後他們休息了一會兒。兩人都沒出聲，因為沒什麼可以說的；不久後他們起身回到女經理處，好得知他們該做的事。

女經理參考了一下筆記簿。「你們的房間不在這，而是在海布里行政區九十七大道二〇一七室。最好記在你們的卡上。妳的話，〇〇〇，七六四類，ＢＣＤ碼，伽瑪四一，女性，妳要去金屬鍾打公司試用一天，若妳做得不錯，會有四便士的獎金；還有你，〇七一，四七〇九類，男性，你要去八十一大道的攝影公司學做一份新工作，一天有三便士的獎金。就這樣。下一個！什麼？沒聽清楚！老天！所以我想我還要再說一遍囉。為什麼不聽？真粗心又短視！有人就是覺得這些事不重要。」

他們去上工的路有一段重疊，而現在他們發現彼此又可以交談了。他們最沮喪的時刻似乎已經過去，也穿上了藍色制服。丹頓甚至可以帶著一絲興趣討論將要開始嘗試的工作。他說：「不管是什麼，都不可能像帽子店一樣討厭。而幫蒂斯付完托兒所的費用之後，我們一整天應該還有一便士可以花。接下來我們的狀況也可能改善——我是說拿到更多工資。」

伊莉莎白不太願意說話。她回答：「我不知道為什麼工作顯得那麼討厭。」

丹頓說：「很奇怪呢。若不是想到要一直被命令得團團轉，我覺得工作還是可以接受的……真希望我們都有個好主管。」伊莉莎白沒有回答。她心思不在那上面，而是在設法理清自己的思緒。

「沒錯，」她馬上說，「我們一生都在使用別人的勞動成果。這樣做也很公平……」

她停下來。她想說的有些複雜。

「可是我們有付錢。」丹頓回答，因為在那一刻，他並不讓自己傷腦筋思考這些複雜的問題。

「我們什麼都沒做，卻付了錢。這就是我想不通的地方。」

伊莉莎白立刻接著說：「或許我們正在付也不一定。」因為她的理論既舊式又簡明易瞭。

他們必須要分開，獨自去被指定工作的地點上工。丹頓的工作是看顧一台構造複雜的液壓機，看起來幾乎是一台智能機械。這台液壓機以海水運作，之後用過的海水會拿來沖洗城市的排水溝，因為這個世界很久以前，就已不再愚蠢地將飲用水倒進下水道了。這些海水會經由龐大的運河被運送到城市的東郊，接著再由一整列巨大的幫浦抽進高於海平面四百呎的水庫裡，分別流進遍布全市的十億條幹道。從幹道中海水流洩而出，清洗並轉動各種機械，通過數不勝數、像毛細管一樣的通道進入總排水溝，再帶著污水流向環繞倫敦四周的農地。

此液壓機用於製造攝影用產品，但丹頓完全沒興趣了解箇中奧秘。在他的腦海裡，這台機器最顯著的地方就是它必須以紅寶石光傳導，因此他工作的房間會由一個彩色的球點亮，傾瀉出火紅且惱人的光線。在房間最黑暗的角落裡，站著現在已變成這台液壓機僕人的丹頓。這台龐大暗淡、閃閃發光的機器有著突出的引擎蓋，有點類似一顆往前彎的頭，又彷彿是在詭異光線的氛圍裡蹲著的金屬佛像，以致在丹頓心情不好時，看起來就像是個人類在某種精神失常的狀態下，會獻上生命的無名偶像。丹頓看顧這台液壓機的方式大概是像下面這樣。這台機器若持續發出忙碌的卡嗒聲，表示一切運作正常；但如果從另一個房間送料機送過來，不斷被壓縮成金屬板的糊狀物品質有所變化，那麼卡嗒聲的節奏就會改變，而丹頓就得趕過去做一些調整。只要遲了一下，就會導致糊狀物的浪費，使他一天的工資遭到扣抵。若糊狀物的供應量減少（在準備工序上有一個特殊的手動程序，而有時工人的騷動會擾亂其產出），丹頓就得將液壓機停下來。需要時刻處於警戒並不斷查看令人不快，而丹頓現在感到痛苦，正是因為一天中三分之一的時間都要一直仔細關注著他毫無興趣的東西。除了一位和藹但滿嘴髒話的經理會偶爾造訪之外，丹頓其餘的時間都在孤獨中度過。

伊莉莎白的工作則比較具有社交性。有錢人的私人公寓用浮雕著重複圖案的精美金屬板加以裝飾，在當時蔚為風潮。然而，當時的品味要求重複的圖案不能完全一致，換言之，不是機器做的，而是看起來「自然的」。後來發現要以最怡人的排列方式呈現出圖案中的些許不規則，必須雇用品味優雅高尚的婦女，可以自然地用手工以小鋼模押出圖案。因此伊莉莎白最少必須製作出一定數量的金屬板，若有多做則能額外拿到一筆小額獎金。她工作的房間像大多數女工一樣，由一位女經理管轄：勞動公司發現男性不但較不精確，還極有可能讓自己喜歡的女性少做一點工作。她上頭的女經理是個並不刻薄且沉默寡言的人，已被磨得冷硬的輪廓下仍依稀帶有棕髮美女的神韻；另一位想當然爾仇視她的女工，出於誹謗之心，將這位女經理的名字跟一位金屬工廠的男主管連在一起，解釋她的地位由此而來。

伊莉莎白只有兩三位同事生下來就是做苦工的；她們面貌平庸，性情乖僻，但其中大部分在十九世紀還是能被稱為「淪落」的淑女。但「淑女」的定義早已改變：以往嬌弱、消極，有著和緩聲音與內斂姿態的舊式淑女已從世上消失。她的大多數同伴都有著褪色的頭髮、糟糕的皮膚，並在懷舊的對話中，散發出以往張揚的青春年代裡已消逝的光芒。所有的藝術工匠都比伊莉莎白年紀大了一截，還有兩個公開表示驚訝，說想不通為什麼這麼年輕可愛的小姐會來這裡一起做苦工。但伊莉莎白沒試著用自己舊世界的道德觀來說服她們。

上級允許甚至鼓勵她們交談，因為主管判斷任何有益情緒波動的事情，都有助於讓她們在製作圖案上產生賞心悅目的變化。伊莉莎白幾乎是被迫要聆聽別人的故事，其中也交織著她的人生。儘管當中有些故事因為虛榮而有些許的混淆與扭曲，但內容卻不難理解。很快地，她開始能夠意識到團體中的惡意刁難與黨派之分，以及周圍誤解和認同她的人。有一個女工喋喋不休地描述著自己的兒子有多棒；另一個言語粗俗愚蠢，卻自以為說了全天下最機智且有創意的話；第三個總是在思考衣著，並悄悄地告訴伊莉莎白她如何日復一日存下微薄的工資，現在才不好不容易能有一天假期，接著花了好幾個小時形容那一天假期的穿著；另外兩個總是坐在一起，稱呼彼此的小名，直到有一天發生了一件小事，她們就此分開坐，跟對方裝聾作啞。從她們那裡總是能聽到不停的輕敲聲。女經理會一直仔細聆聽這樣的節奏，以標註哪一個人工作的輕敲聲突然消失了。嗒、嗒、嗒……日子就這樣流逝，人生也這樣流逝。伊莉莎白親切且安靜地坐在當中，心灰意懶的同時，也對命運感到驚嘆：嗒、嗒、嗒……嗒、嗒、嗒，這樣的節奏彷彿從不間斷。

丹頓和伊莉莎白接著過了很長一段時間的艱苦日子，使他們的手變得又粗又硬，並將一些嶄新而嚴峻的奇特絲線，交織進兩人原本柔軟美麗的人生裡，在他們臉上畫下暗淡的線條與陰影。過去明亮又方便的生活已變得渺茫，彷彿再也無法觸及，他們也以一種憂鬱、艱苦、廣闊且含蓄的方式，逐漸學會了下層社會的功課。有許多瑣碎的小事發生；這些小事可能敘述起來冗長而悲哀，或是苦澀而令人難以忍受，因為屈辱與苛刻，總是城市裡窮人麵包上不變的調味料。而一件值得提起，但似乎使他們的世界完全黑暗下來的，是兩人賦予生命的那個孩子病死的不幸事件。但那個不斷重複發生，常被人淒美訴說的古老故事，這裡卻不需要再贅述了。過程中兩人明顯的恐懼，長時間的焦慮狀態，雖經延遲但終究無法避免的悲劇，以及接下來一片漆黑的沉默，都與之前並無二致。事情一直是如此，未來也將會是如此。這是人生無可奈何的一個地方。

在心痛且晦暗的幾天過去之後，伊莉莎白先開了口，不是談那個不再存在於世上的名字，而是談籠罩著她靈魂的黑暗。兩人一起走過刺耳喧囂的市內道路；買賣交易、互相競爭的宗教的喊叫、不同的政治訴求等喧囂，他們聽而不聞；聚光燈、跳躍的字母，還有火焰般燃燒的廣告詞，炫目地灑落在他們呆滯悲哀的臉上，也絲毫未受注意。伊莉莎白笨拙地說：「我想去飛機升降平台的座位那裡。在這裡什麼都不能說……」

丹頓看著她說：「那要到晚上了。」

「我問過了……今夜天氣很好。」她停下來。

他察覺到她因無法解釋而詞窮。一瞬間，他了解到她只想再去看一次星星，他們五年前在愉快的蜜月時一起去野地裡看的星星。他的喉嚨哽咽起來，不再看她。

他以實際的語調說：「還有很多時間可以去。」

最後他們來到飛機升降平台的小座位，坐著很長一段時間卻不發一語。小座位籠罩在陰影裡，但頭上是淡藍色的天頂與散發著光芒的平台，整個城市在眼前展開，正方形、圓形與小片的光亮交織成星星點點的網狀。天上的星星看起來非常暗淡渺小；雖然它們在古代離觀星者很近，現在卻是遙不可及。不過，還是可以在被城市炫目的光輝包圍、模糊的黑影中隱約看到它們，尤其是北方的天空——在那裡，古代的星座仍堅定且耐心地沿著北極滑行。

兩人繼續長久沉默地坐著，最後伊莉莎白嘆了一口氣。

她說：「如果我能了解就好了。當置身在城市裡時，似乎每件事——噪音啊，匆忙啊，還有各種聲音，都在提醒你要活下去，要去爭奪。而在這裡城市的一切都算不上什麼，就只是這樣靜靜地流逝而已。我可以安靜地思考。」

「對，」丹頓說。「這一切都是多麼淺薄啊！從這裡看過去，一半的城市都被夜晚吞噬掉了……所有的事都會過去的。」

「我們也會先死去。」伊莉莎白說。

丹頓說：「我知道。若生命只有一刻，那麼整個人類歷史也會像只有一天這麼長……是啊，我們會先死去。城市也會消失，未來的一切也不例外。人類、仲裁者和難以形容的奇景等等。可是……」

他停頓了一下，接著重新開始。「我知道妳的感覺。至少我能想像……在城市裡人只能想著自己的工作．微小的煩惱與快樂，想著吃吃喝喝，還有悠閒與辛苦的時光。人活著，也必須死去。在那裡每天都是如此。此外，儘管我們的悲傷，目前看起來像是生命的盡頭……」

「但在上面看是不同的。舉例來說，若一個人面貌毀損、嚴重傷殘或蒙受羞人的恥辱，那他在下頭似乎是不可能繼續活下去的。可是在上面，仰望著星光閃耀，那些事就都不值一提了。它們一點也不重要……只是某樣東西的一部分。人似乎可以在星空下觸摸到那樣東西……」

他停了下來，腦海中朦朧難解、模糊不清的情緒在快要形成想法時，就在無法找出合適字句前消失了。「這很難表達……」他沒有把整句話說完。

他們坐著，挨過了一陣漫長的寂靜。

最後他終於開口：「上來這裡很棒。我們停下來，因為我們的想法是非常有限的。畢竟我們只是從野獸演化而來的卑微動物，只是多了頭腦可以思考初步的想法而已。不可否認，我們還是很愚昧，還是會經歷這麼多傷害，不過……」

「我想有一天我們一定會了解的。」

「所有可怕的壓力還有不協調，最後都會歸於和諧。雖然一開始不是這樣，但結果一定會如此。一切的失敗，也就是每件小事最後都有助於達成和諧，缺一不可。即使是最令人恐懼的事都不能排除在外。你在銅器上的每次敲打，工作的每一刻，甚至是我的無所事事也是……親愛的！我們可憐的女兒的每個動作……這些都會一直持續下去，包括那些微弱而無形的東西，像我們在這裡一同坐著……所有的事情都是……」

「曾經，熱情讓我們攜手同行，但看看從那時到現在都發生了什麼。現在已經不是熱情，而是壓過一切的悲哀讓我們在一起了。親愛的……」

他再也說不出話，也無法進一步跟隨原本的思緒。

伊莉莎白沒有回答。她非常平靜，但把手伸過去握住了他的手。

四、下層社會

在星空下，不管是什麼樣的骯髒事，人都可能會生出要就此放手不幹的豪情。但在白天工作的燥熱與壓力下，我們難免會再次跌落，沉浸在厭惡、憤怒與難耐的心情當中。我們高尚的行為是多麼短暫——但那不過是一個意外或階段而已！古代的聖人首先逃離了人世，可是丹頓和伊莉莎白卻無法如此，因為不再有開放的道路通往無人認領的土地，可以在那裡艱苦但自由地生活，並保有靈魂的寧靜。城市早已大口地吞噬了人類。

有一段時間，這兩名勞工被留在原本的崗位上，伊莉莎白繼續壓印銅器，丹頓則繼續看顧液壓機。接著他的職位有了調動，帶給他這個大城市下層階級新鮮但苦澀的人生經歷。他被轉調去看顧另一台更精密的液壓機，位於倫敦瓷磚信託的中央工廠。

在新的職位上，他必須與其他人在一個長拱形的房間工作，其中大部分都是生來就要做苦工的人。他對這種人際交往不情不願。他的教養良好，而在惡運讓他穿上那件制服以前，除了用命令的口吻或出於某種立即的需要，他從未開口跟穿著藍色帆布制服、臉色蒼白的工人們說過話。現在終於要面對面接觸了——他必須在他們身旁工作，分享他們的工具，跟他們一起吃飯。對伊莉莎白和他而言，這似乎是進一步的墮落。

他的品味對於十九世紀的人來說，可能過於極端。但隨著時光流逝，一道鴻溝緩慢且無法避免地出現在穿著藍色制服的工人與中上階級之間。除了生活的條件與習性，以及慣常的想法之外，甚至連所用的語言都大不相同。下層階級發展出自己的方言，而中上階級也形成自己的方言、思想的規範與一種「有文化」的語言，並在鮮明地區分出兩者間的不同後再詳細地探究，以不斷擴大它與「粗俗」之間的差異。共同信仰的羈絆也不再具有凝聚人群的力量。十九世紀末年的一個特徵，就是曲解基督教的各種秘教發展迅速，層出不窮。所謂的基督教，不過是將拿撒勒木匠耶穌的廣泛教導加以粉飾並重新解讀，將其簡化為生活中極為窄小的一部分罷了。此外，即使偏好舊式生活，伊莉莎白和丹頓還是無法逃離周圍環境的影響。在一般行為上他們遵循自己所在階級的做事方式，因此當他們最後淪落為勞工階級時，看起來就好像是置身於一群討厭無禮且較為低等的同類當中。他們覺得自己彷彿是十九世紀的公爵與公爵夫人，被迫要在印尼的賈戈勉強住下一般。

他們自然而然的衝動是維持「距離」。不過丹頓起初的構想，也就是能在新環境中保持著有尊嚴的疏離態度，很快就被粗魯地驅散了。他想過當自己落到勞工的境地，已是最後一堂功課，當小女兒死亡時，也已掉進了人生的深淵——但這些都只是起點而已。人生向我們要求的不僅是默許。而現在，處在整個房間裡都是看顧機器的工人時，他要學的是一堂更廣泛的功課——熟悉人生的另一個要素。這個要素像失去我們珍愛的事物一樣基本，甚至比辛勞更基本。

他安靜且不願談話的神情是冒犯別人的一個直接原因。這種態度被解讀為輕蔑，而這恐怕與事實相去不遠。他對周圍粗俗方言的無知，過去他自豪的優點，突然轉了一個新的面向。他無法立即察覺旁人對他笨拙但親切的招呼，而對先過來表示友好的人來說，這無異狠狠打他們的臉。

「我不懂你在說些什麼。」他十分冷漠地說，並大膽回答：「不用，謝謝。」

那個跟他說話的人瞪著他，一臉怒容，接著就轉身走掉。

第二個走過來的人也同樣說著丹頓聽不懂的話。他不嫌麻煩地重複了一遍，而丹頓發現他遞給自己一個油桶。丹頓禮貌地表達了謝意後，第二個人開始了一段刺耳的對話。他說丹頓過去應該是個風頭人物，而他想知道為何丹頓淪落到要穿藍色帆布制服的地步。很明顯，他期待會聽到充滿惡行與奢侈的有趣故事。丹頓到底有沒有去過極樂城？丹頓迅速發現，這些極樂之地的存在，深深滲透並褻瀆了下層社會這些不甘願的絕望工人的想法與榮譽感。

他貴族作派的性情討厭這些問題，於是簡短地回答了「不是。」這個人緊追不捨地丟出了另一個更私人的問題。這次丹頓轉身離開。

「豈有此理！」跟他對話的人說，臉上表情驚訝不已。

現在丹頓不得已地發現，這次不尋常的對話以憤怒的語調被複述給更具有同情心的觀眾聽，引發了一陣驚愕之情與諷刺的笑聲。他們看著丹頓，表現出更明顯的興趣。他突然奇異地察覺到自己被孤立了。他試著把注意力轉向液壓機，以及這台機器他不甚熟悉的特點。

房間裡的機器讓每個人在第一班時都十分忙碌，只有短暫的休息時間可以喘息，短到連去勞動公司的餐廳都來不及。丹頓隨著同僚一起走進一條短短的走廊，那裡擺放著呈裝液壓機廢料的幾個桶子。

每個人都拿出一小包食物，但丹頓沒帶任何東西。因有後台才得到經理職位的散漫年輕人，忘了通知丹頓必須申請食物包。他站得遠遠地，覺得肚子很餓。其他人聚集成一個團體小聲交談，不斷地瞄向他。丹頓變得非常不安。他必須更努力才能裝出漠視別人的樣子。他試著把注意力轉向新液壓機的槓桿。

一個體格較矮，但比丹頓魁梧得多的工人走過來。丹頓盡可能漫不經心地轉向他，判斷他是團體的代表。這個人說：「給你！」並用一隻不是太乾淨的手，拿著一小塊麵包伸過去給他。他膚色黝黑、鼻子寬厚，嘴角往一邊下垂。

丹頓有一瞬間懷疑這是出於禮貌還是侮辱，於是衝動之下拒絕了。「不，謝謝，」在那個人臉色變了的時候又接著說：「我不餓。」

後面的那群人傳來一陣笑聲。「早就告訴你了，」那個先前想借給丹頓油桶的人說。「他很傲慢的。對他來說，你還不夠格。」

那張黝黑的臉又變得更黑了。

「給你，」他說，手仍拿著麵包伸過去，用略為低沉的語調告訴他：「你一定要吃。了不了解？」

丹頓看著眼前充滿威脅性的面孔。他的四肢與身體似乎有奇怪的微小氣流在湧動。

「我不想吃。」他說，試著露出一個親切的笑容，卻因為臉上抽搐而失敗了。

這個矮胖的男子朝他的臉逼進，使手裡的麵包成為實質的威嚇。丹頓的全部注意力集中到眼前的麻煩，也就是對方的眼神上。

「吃掉。」膚色黝黑的男子說。

一陣停頓之後，兩個人快速地動了起來。那一小塊麵包在空中劃出了一條複雜的路徑，可能會拐著彎砸到丹頓的臉上，但接著他的拳頭就打中對方的手腕，使對方手中的麵包往上飛，再也無法擊中他。

他迅速往後退，握緊拳頭、手臂肌肉緊繃。那張憤怒而黝黑的臉也往後移，散發出敵意並留心尋找合適的機會。丹頓在一剎那間充滿自信，並奇異地感到愉快和平靜。他的心臟跳得很快。他覺得自己的身體活力旺盛，從頭到腳都在發熱。

「住手！」有人喊道，然後膚色黝黑的男子向前一躍，往側後邊躲避，接著又上前。丹頓一拳打出去，也被對方擊中。他的一隻眼睛似乎變形了，而再度被擊中之前，覺得自己的拳頭下方似乎有柔軟的嘴唇掠過。第二次被打中的是下巴，帶來一大片火辣的刺痛感。他有一瞬間確信，自己的頭被敲碎了，接著有東西從後面打中他的頭，讓這場鬥毆變成毫不有趣，且不只事關個人的行為。

那時他意識到，幾秒或幾分鐘就這樣過去了，感覺抽象且平靜無事。他躺在一堆煤渣當中，某種潮濕溫暖的東西迅速流進他的領口。第一擊留下斷斷續續的知覺。他整顆頭都在隱隱作痛，特別是眼睛和下巴，嘴裡還有血腥的味道。

「他沒事，」有個聲音說。「他睜開眼睛了。」

「把他扶起來——小心點，」第二個聲音說。

他的同僚站在他周圍。他費力想坐起來時，把手放到頭後面，發現頭髮是濕的，且滿是煤渣。這個手勢引發一陣笑聲。他的一隻眼是半閉的，察覺到究竟發生了什麼事。他瞬間期待的最終勝利並未發生。

「看起來很驚訝嘛。」有人說道。

「還有嗎？」一個機智的同僚開口，接著模仿起丹頓優雅的腔調。

「不，謝謝。」

丹頓察覺，那個膚色黝黑的男子臉上蓋著一條沾滿血跡的手帕，有點隱身在人群裡。

「他要吃的那塊麵包在哪裡？」一個臉長得像雪貂的矮小男子說，並用腳在鄰近垃圾桶裡的煤渣中翻找著。

丹頓的內心激烈地辯論了一會兒。他知道榮譽的規則要求挑起戰端的一方務必要打個你死我活，但這是他第一次嘗到戰敗的滋味。他決心要再度站起來，但他失去了原本激烈的衝動。他想到自己大概是個懦夫，而這種想法實在無法給人強烈的鼓舞。他有好一陣子全身像鉛一樣沉重。

「嗯，在這裡。」那個臉長得像雪貂的矮小男子說，並彎腰撿起一塊燃為灰燼的東西。他看著丹頓，然後看向其他人。

丹頓緩慢且不甘願地站起來。

一個臉上沾滿污垢的白子，將手伸給那個臉長得像雪貂的男子說：「把它給我。」他手拿著麵包，脅迫性地走到丹頓面前開口：「所以你還沒吃飽，對吧？」

現在麻煩來了。「還沒。」丹頓說，吸了一口氣，決心在被打昏之前，試著攻擊這個野蠻傢伙的耳朵後方。他知道自己會再度被打昏，也非常驚訝他先前為何會把自己想得這麼脆弱。幾個可笑的撲擊罷了，而他雖然被打倒在地，卻可以再站起來繼續。他凝視著那個白子的眼睛。白子正自信地微笑著，彷彿正在計畫一場令人愉快的惡作劇。察覺到即將到來的侮辱，使丹頓感到一陣刺痛。

「吉姆，別動他，」臉上蓋著沾滿血的手帕的黝黑男子突然開口。「他可沒惹到你。」白子臉上的微笑消失，停了下來，目光從一個同伴移到另一個同伴身上。對丹頓而言，看起來像是那個黝黑男子要求單獨處置他的特權。讓白子動手還比較好。

「別動他，」黝黑男子說。「了解嗎？不然你就自己舔。」

一陣噹啷噹啷的鈴聲響起來，解決了眼前的局面。白子遲疑了一下。「你真是走狗運，」他說，加上一個污穢的比喻，並與其他人轉身走向放液壓機的房間。「等這個班過去啊，老弟，等著啊——」白子轉頭對丹頓又加了一句。黝黑男子等著白子走過來越過他。丹頓明白他暫時得到了緩刑。

一行人陸續通過開著的門。丹頓意識到自己的職責，並急忙加入隊伍的末端。在放著液壓機的拱形走廊的門口，一個身著黃色制服的勞工警察正在一張卡上打勾。對黝黑男子臉上的血跡，他完全不在意。

「快點過去！」他對丹頓說。

一看到他臉上亂七八糟的傷痕，他出聲問道：「嘿！誰打了你？」

「那是我的事。」丹頓說。

「如果它影響到你的工作就不是了，」身著黃色制服的警察說。「記住這點。」

丹頓沒有回答。他是一個粗人，一個穿著藍色帆布制服的勞工。他知道制止襲擊與毆打的法律，不適用他這種人。他走到自己的液壓機前面。

他可以感受到眉毛、下巴與頭的皮膚腫起、形成醒目的傷痕，也可以感受到每道高聳的挫傷帶來的抽痛。他的神經系統下滑到昏昏欲睡的程度；調整液壓機的每個動作，都讓他覺得自己在舉重。至於他的榮譽，也在抽痛跟腫脹。他要怎麼立足？之前的十分鐘究竟發生了什麼事？接下來又會怎麼發展？他知道這是必須好好思考的重要事項，但除了在混亂失序的片刻，他完全無法動腦。

他處在一種呆滯的驚異當中，有生以來的所有觀念都被推翻。他將保護自己免於肢體暴力的能力視為與生俱來的天賦，是人生的一個狀態。換言之，當他仍是中產階級時，他有中產階級的財產來保護他。但誰會干涉勞動階級的工人彼此鬥毆？實際上根本沒人會這樣做。在下層社會沒有所謂的法律；法律與國家機構對他們而言，只是讓他們乖乖待在底層，阻止他們得到想要的財產與快樂的工具而已，沒有別的。暴力是野蠻傢伙會永遠生活下去的海洋，而我們搖搖欲墜的文明生活賴以存在的無數堤壩跟發明，最終還是無法抵擋海水再度流入下沉的下層社會，並將其淹沒。拳頭就是老大。丹頓最後終於學到了最基本的功課，那就是拳頭、詭計、冥頑不靈與同伴間的友誼——即使一切才剛起步而已。

他看顧的機器的節奏有了變化，於是他的思緒遭到打斷。

現在他又可以思考了。這些事發生得如此之快還真怪！他並不十分懷恨對那些痛打他的人。雖然滿身傷痕，他卻得到啟發。他目前可以用絕對公平的角度，了解到自己的不受歡迎有多麼合理。他表現得就像個笨蛋。輕蔑與獨善其身等態度是強者的特權。已沒落的貴族若仍像他一樣緊抓著毫無意義的階級界限，就肯定是這個喧鬧的宇宙中最令人同情的虛偽生物。老天啊！他有什麼資格鄙視這些人呢？

他為何沒有在五小時之前就將這一切理解得更深入呢？真可惜！

在這個班輪完後會發生什麼事？他無法預知或想像，也無法揣摩這些人的思路。他只有感覺到他們的敵意與極度缺乏同情心的態度。被狠狠羞辱和或暴力對待的模糊可能性在他的腦海裡彼此追逐。他可以發明出某種武器嗎？他回想起之前對那名催眠師的攻擊，但這裡沒有可拆下來的燈具。放眼所見，他找不到可以用來自衛的東西。

有一刻他想在輪班結束前，直接一頭衝到公共通道的警衛那邊。不過，除了稍微考慮到自尊之外，他認為此舉只是種愚蠢的拖延，並會使他的麻煩更不可收拾。他察覺到臉長得像雪貂的男子與白子走在一起，眼睛不斷瞄向他。目前他們正走向那個黝黑男子，後者故意用寬闊的後背背對著丹頓。

最後第二班也結束了。借他油桶的那個人猛然停下面前的機器，轉過身來，用手背擦著嘴巴。他的眼睛裡，有那種坐在劇院裡安靜期待的神色。

現在危機正式來臨，而丹頓的微小神經似乎在跳躍與舞蹈。他已決定若有新的侮辱言行，他就要擺出搏鬥的架勢。他停下液壓機轉過身來，刻意裝得十分悠閒地沿著地窖走著，進入擺滿煤渣桶的通道。就在這時，他發現自己把剛才因為房間很熱而脫掉的外套，忘在機器旁邊了。他走回去時碰到了白子，兩人彼此對望。

他聽到臉長得像雪貂的男子出言勸誡。「你應該讓他吃下去，真的。」

「不，你別惹他。」黝黑男子說道。

很明顯地，那天沒有進一步的事發生。他走出去，沿著會通往市內移動平台的通道和階梯上去。

他出現在公共街道上，身旁川流不息，閃著蒼白的光輝。他突然敏銳地意識到自己變形的臉，並用虛弱的手摸著腫起的挫傷有多嚴重。他站上速度最快的平台，並坐在一張勞動公司的長椅上。

他陷入沉思，感覺麻木，並以一種靜態的清晰眼光，審視著自己的處境所帶來的立即危險與壓力。他們明天會做什麼？他無法預料。伊莉莎白對他被揍成這樣會有什麼想法？他無法預料。他已筋疲力盡。但一隻扶在他手臂上的手，使他從冥想中驚醒過來。

他抬起頭，看見黝黑男子坐在他旁邊，吃了一驚。這個人還不致於在公共通道上對他暴力相向吧！

黝黑男子的臉上找不到之前打架的意圖。他的表情沒有敵意，看起來幾乎畢恭畢敬。「對不起，」他不帶一絲野蠻地道歉。丹頓意識到他並不想動手傷人。他凝視著對方，等著接下來的發展。

顯然，下一句話是有預謀的。「我……要說的是……呃……」黝黑男子開口，在一陣沉默中尋找著合適的字眼。

「我……要說的是……呃……」他又重複了一次。

最後他放棄了這個開場白。「你是對的，」他叫著，把一隻髒兮兮的手放在丹頓骯髒的袖子上。「你是對的，你是一位紳士。真的很對不起。我只想告訴你這個。」

丹頓意識到男子可惡的行為，絕不只是出於衝動，背後一定有其動機。他暗自思忖，嚥下毫無意義的自尊。

「之前我拒絕拿那塊麵包時，並不是有意要冒犯你。」他解釋。

「我是好心，」黝黑男子回想著那個場景說；「可是——在那個白人雜種和他的黑鬼跟班面前……呃……我不得不揍你。」

「對，我是個傻瓜。」丹頓突然充滿熱誠地說。

「噢！」黝黑男子極為滿意地說。「沒錯。握手言和吧！」

而丹頓也握了他的手。

移動平台迅速通過一台臉部變型器，而其正面較低處是一面巨大的鏡子，設計之旨在刺激大眾渴求更為對稱的五官。丹頓在鏡子裡看到自己與剛交的新朋友的倒影，被極度地扭曲和放大。他的臉腫脹、不對稱且沾滿血跡；一個白痴且顯然不由衷的和藹笑容讓臉顯得歪曲，還有一縷頭髮遮住了一隻眼睛。鏡子的機關則讓黝黑男子的嘴唇與鼻孔變得很大。兩人本已藉由握手建立了某種友誼。接著這幅景象突兀地消失，讓他們在破曉時的沉思裡，回憶起過去一天剛發生的事情。

在握手的同時，黝黑男子說了幾句含糊不清的話，以便在他碰到紳士時能夠跟對方繼續交流。他延長握手的時間，直到丹頓在鏡子映照的影響下收回了手。黝黑男子臉上出現深思的神情，赫然在平台上吐了一口口水，然後重新回到主題。

「我要說的是……」他開口，一臉為難，對著腳的方向搖了搖頭。

丹頓變得好奇起來。「繼續。」他說，留意著對方的反應。

黝黑男子先試著進入主題。他抓住丹頓的手臂，態度變得親暱。「對不起，」他說著，「可是你的確不知道如何打架，我沒騙你。真的不知道訣竅。如果你不小心點的話，一定會被幹掉的。注意你的手——就是那裡！」

他藉由叱責來加強他的陳述，以小心翼翼的態度注意著每個詛咒的效果。

「舉例來說，你很高，手臂很長，比任何人都更能搆到拱頂。嘿，對我來講就很難。與其這樣揮，不如……對不起。如果我事先知道，就不會打你了。道理就像打沙包一樣。你打的就是不對。你的手臂打鉤拳時伸得太長了。一般是這樣的。看著！」

丹頓瞪大了眼睛，接著大吃一驚，因為突然笑出聲使得傷痕纍纍的下巴疼痛不已。他的眼中溢滿苦澀的淚水。

「繼續。」他說。

黝黑男子重講了一次規則。他很巧妙地表達出他喜歡丹頓的外表，而且覺得丹頓挺身而出實在很勇敢。「但若你不把手握緊，只有勇氣是不夠的——絕對不夠。」

「我要說的是，」他說，「讓我示範給你看要怎麼打，看就是了。你很無知，也不屬於這個階級，但你可能會成為一個很像樣的打手。表現出你的天分，這就是我的意思。」

丹頓遲疑了一下說：「可是我不能給你任何回報——」

「你真是位從頭到腳的紳士，」黝黑男子說。「誰說要你給的？」

「但你要花時間啊？」

「如果你學不會怎麼打架，就會被幹掉。可別小看這件事。」

丹頓陷入思考。「我不知道該怎麼做。」他說。

他看著身旁的臉，上面與生俱來的粗野彷彿在向他叫囂，使他對剛建立的短暫友誼冷不防地生出劇烈的反感。在他看來，必須要感激這種人令他覺得不可思議。

「這些傢伙總是不停在打架，」黝黑男子說。「沒完沒了。當然，如果有人生氣，打中你的要害的話……」

「天啊！」丹頓叫著，「真希望有人會出手。」

「當然，如果你想打──」

「你不懂我的意思。」

「或許我真的不懂。」黝黑男子說，陷入一陣怒氣沖沖的沉默。

當他再度開口，聲音聽起來就沒那麼友善了，而且他用說話的方式刺激著丹頓。「嘿！」他說，「你要讓我秀給你看怎麼打嗎？」

丹頓回答：「你真好心，但是──」

中間有片刻的停頓。黝黑男子站起來，彎腰看著丹頓。

他說：「你也太紳士了吧？我都想生氣了……天哪！你真是個他媽的蠢蛋！」

他轉身走開，而丹頓馬上了解到這句評語說得有多麼正確。

黝黑男子有尊嚴地走下一條交叉道路，而丹頓在一時要去追趕的衝動過後，留在了平台上。一時間，所發生的事情充滿了他的腦海。一天之內，他優雅的屈從方式就被打得粉碎，毫無挽回的希望。蠻力赤裸裸地打在他的臉上，戳穿他所有的解釋、掩蓋、安慰，還露出謎般的微笑。雖然他肚子很餓也很累，他卻沒有直接回到勞工旅舍去見伊莉莎白。他發現自己開始思考，而他非常渴望這樣做；因此，被巨大的冥想雲霧包圍住，他在移動平台上沿著全市繞行了兩次。想想看，以五十哩的時速穿過炫目、彷彿有隆隆雷聲的城市，而這個城市還位於地球上的感覺。後者可是以數千哩的時速，沿著沒有圖表可循的路徑在太空中旋轉著。不難想像他畏縮地十分厲害，試著了解為何他的心與意志要遭受如此的苦難並且活著。

當他終於見到伊莉莎白時，她臉色蒼白、焦慮不已。若不是他心有旁騖，他可能會注意到她有了麻煩。他最害怕的不外乎她會想知道他被侮辱的每個細節，並顯得同情或憤怒。他觀察到，她的眉毛在看到他時揚了起來。

「我剛粗暴地打了一架，」他喘著氣解釋。「才剛發生，我氣得不得了。我不想談這件事。」他坐了下來，無可避免地散發出陰鬱的氣息。

她驚訝地瞪著他，而隨著她解讀他被打腫的臉上意味深長的象形文字，她的嘴唇開始發白。她的手比他們有錢的時候瘦了一些，第一根大拇指因為壓印金屬盤而有些許變形，此時痙攣地握緊。「這個世界太可惡了！」她說著，然後就閉緊了嘴。

在最近的日子裡，兩人變成非常沉默的一對；那天晚上他們對對方幾乎一個字也沒說，但彼此都有著各自的思緒。在伊莉莎白醒著的幾小時裡，躺在她身旁的丹頓突然爆發了——之前，他就像死人一樣躺著動也不動。

「我沒法再忍耐了！」丹頓叫著。「我不會再忍耐了！」

她朦朧地看向他，坐起身來，看著他的手臂憤怒地揮動，彷彿要瞄準周圍隱蔽的夜幕。接著有一會兒，他完全沒有任何動作。

「這太過份了。沒人可以忍耐到這種程度！」

她什麼也說不出來。對她而言，這似乎已經是極限了。她在漫長的寂靜中等待。她可以看到丹頓用手臂環著膝蓋，下巴幾乎要碰到膝頭。

然後他笑出聲。

最後他說：「不，我會熬過去。這就是怪事。我們一點自殺的想法都沒有。我想有那種想法的人都死了吧。我們一定能熬到最後的。」

伊莉莎白鬱悶地想著，了解到他說的這點也是真的。

「我們會熬過去的。想想看所有熬過去的人……過去世代的人，那可是數也數不清。像野獸一般爭奪咆哮，一代接著一代，從不間斷。」

他突兀地停下自己單調的陳述，然後又在一陣漫長的間隔後重新開始。

「石器時代有九千年，在那些年裡一定有某個丹頓，像是使徒傳承那類的，擁有熬過艱難時刻的恩典。讓我想想！九百……三乘九等於二十七，也就是有大約三千代的人！每一代都打過架、受過淤傷、被侮辱過，並堅持著自己的信念——熬過去，然後將這種精神傳承下去……畢竟未來可能還有好幾千代的人！」

「將這種精神傳承下去的話，未來的人是否會感謝我們呢？」

他的聲音呈現出一種爭辯的語氣。「若有人能找到某種明確的證據……若有人可以說：『這就是原因——這就是為何一切繼續下去的原因……』」

他沉默下來，而伊莉莎白的視線緩慢地從黑暗中辨別出他的身影，直到最後她可以看到他坐著，頭放在雙手的掌心上。她察覺到兩人的想法是如何的天差地遠，而提出模糊建議的另一個人，在她看來就彷彿是一個代表他們共識的人影。他現在可能在想什麼？他接下來可能不會說什麼？好像過了很長一段時間，他才嘆口氣並低聲說道：「我真的不了解！」一陣漫長的間隔後，他又重複了一次，但第二次轉變成幾乎是種解釋的語氣。

她意識到他準備躺下來了。她注意著他的動作，帶著一絲驚訝看著他小心調整自己的枕頭到使其舒適的角度。躺下來時，他幾乎發出了一聲滿足的嘆息。他的熱情消失了。他安靜地躺著，呼吸變得規律且深沉。

但伊莉莎白在黑暗中仍睜著眼睛，直到鐘聲的喧囂與電燈的突然亮起，通知兩人勞動公司需要他們上工了。

那天丹頓與白子和臉長得像雪貂的矮小男子發生了一場扭打。膚色黝黑的布朗特確實是打架的藝術家；一開始讓丹頓領會了要學的功課的份量後，他出面干預，有一點施予恩惠的意思在裡面。「停手吧，白子，別再糾纏他了，」他說道，粗魯的聲音穿過一陣辱罵聲浪。「你難道看不出來，他不知道怎麼打架嗎？」而丹頓，此時正丟臉地躺在灰塵裡，了解到他還是必須上這堂課。他乾淨俐落地道了歉，爬起來走向布朗特。「我是個蠢蛋，你說對了，」他說。「而如果還沒太晚的話……」

在第二個班輪完後的那個晚上，丹頓跟著布朗特造訪了倫敦港下頭幾個廢棄、浸泡在軟泥中的地窖，學習已在下層社會臻於完美的一門高尚藝術──打架的入門知識：其中包括如何打或踢人，讓對手痛得難以忍受或使他劇烈地噁心，如何打或踢中「重要部位」，如何將衣服裡的玻璃當作棍棒，用各種馴服的動作讓對手血濺當場，以及如何從其他方向預期並破壞對手的意圖。事實上，這一切令人愉快的手段都是在二十與二十一世紀的大城市中，喪失社會和文化傳統的地方發展出來的。如今，丹頓從一個才華橫溢的倡導者口中，學到了這些技能。布朗特的靦腆隨著課程進行逐漸消失，身上也散發出一種專家的尊嚴，一種如慈父般思慮周詳的特質。他以極為體貼的方式對待丹頓，只有不時才「提點一下他」，讓他持續充滿興趣，並在丹頓揮出一記巧妙的倒鉤拳，使他的嘴巴見血時發出一陣大笑聲。

「我對嘴巴周圍一直不太小心，」布朗特說，承認了自己的弱點。「一直是這樣。只被打中嘴巴好像不太要緊，如果你的下巴沒事的話。嘗到血腥的味道對我有好處，沒有一次例外。但我最好不要再揍你了。」

丹頓回到家，筋疲力竭地沉入夢鄉，並在短短幾小時後就醒來，手腳痠痛，臉上的瘀傷也刺痛不已。他是否值得繼續活下去？他聽著伊莉莎白的呼吸聲，記起來前一晚一定吵醒了她，於是非常安靜地躺著。他對自己人生的嶄新境況充滿無限的厭惡之情，甚至連那個慷慨保護他，對他和藹的野蠻傢伙都討厭。文明的巨大騙局在他眼前明晃晃地閃耀著；他看見它瘋狂地成長到驚人的幅度，在底下產生愈來愈深的野蠻洪流，上頭則是比以往更加淺薄的上流社會以及愚蠢的揮霍。他在以前所過的生活與現在落到這般光景的生活裡，都看不到任何救贖的理由，或一絲一毫的榮譽。文明看起來不啻是一個災難性的產物，彷彿一陣龍捲風或一次行星間的碰撞，除了受害者之外，幾乎與人類扯不上關係。因此他與其他人，似乎完全活在虛無當中。他在腦海裡尋找一些特殊的方法以逃脫此困境，若不是為了他自己，至少也是為了伊莉莎白。但他想到的，都得由他親自去執行。若他找到莫里斯，告訴他兩人所經歷的災難會怎麼樣？莫里斯與賓登已完全脫離他的生活範圍這點，讓他頗為吃驚。他們現在在哪裡？正在做什麼？一想到這，他的思緒轉到別處，覺得自己丟盡了臉。最後，他遲遲無法從這場心理上的混亂抽離，但就像黎明取代了夜晚，比前一夜更加清晰明確的結論終於浮現：他確信他不得不熬過這一切。除了更遙遠的未來，以及足夠支撐他的想法與精力之外，他必須挺身而出跟同僚戰鬥，並像個男人一樣認輸。

第二晚的課程，比起第一晚或許不那麼可怕了，而第三晚甚至更能令人忍耐，因為布朗特讚美了他。第四天丹頓偶然發現，臉長得像雪貂的男子事實上是個膽小鬼。接下來的兩週在白天的隱約戰火與夜晚的狂熱教導間度過。布朗特一邊爆著粗口，一邊表明他從來沒見過反應如此敏捷的學生；整個晚上丹頓都都夢到各種踢人、還擊、欺騙與狡滑的計倆。這段時間出於對布朗特的畏懼，沒人敢嘗試進一步的暴行，但第二次危機緊接著來了。布朗特有一天沒來（之後他承認自己是故意的），而整個冗長乏味的早上，白子都在輪班的空檔間等在外面，臉上滿是炫耀的不耐煩。他對「打架課程」絲毫不知，也特地花時間告訴丹頓與幾乎是地窖裡的所有人，他想到的一些令人厭惡的行為。

白子並不受歡迎，而地窖裡的工人看到他戲弄新來的丹頓只覺得噁心，懶洋洋地提不起興致。可是當大家看到白子試著用腳踢丹頓的臉以開始這場鬥毆，卻被完美地閃開、接住並扔回，使白子的腳完成了移動的軌跡，將他的頭帶進先前丹頓的頭曾掉進的煤渣裡時，事態有了改變。白子站起來，臉色蒼白了些許，朝著受傷的重要部位彎著腰，口中罵罵咧咧。猶豫不決的幾次交手與遭逢挫敗的冒險精神，加深了白子顯然愈見高漲的困惑感；接著情況發展成丹頓在上，手抓著白子的喉嚨，膝蓋頂著白子的胸膛，後者臉色發黑、淚流滿面，伸出舌頭與骨折的手指，試圖用嘶啞的聲音解釋其中的誤會。此外，在旁觀的群眾中，很明顯地沒有比丹頓更受歡迎的人了。

丹頓在採取適當的預防措施後，放開了對手並站起來。他的血液似乎轉變成某種流動的火焰，同時手腳輕盈，感覺超乎自然地強壯。覺得自己是因文明機器喪生的烈士的想法消失了。他在男性的世界裡，是個貨真價實的男人。

臉長得像雪貂的矮小男子是第一個在這場打鬥中跑過來拍他後背的。之前想借他油桶的這個人，現在彷彿像一輪光芒四射的太陽，散發出真誠的恭賀之意……對丹頓而言，他曾經覺得絕望，真是令人不可思議。

丹頓確信不只他必須經歷這一切，也有能力熬過去。他坐在帆布的床墊上，向伊莉莎白詳細敘述這新的一面。他臉龐有一側瘀傷了。她最近沒打過架，沒被人在後背上輕拍，臉上也沒有瘀傷，只有蒼白的顏色和嘴唇周圍形成的一條新的細紋。她正在談女工這邊的事。她臉色不變地看著丹頓沉浸在預言的心情當中。他正在說：「我覺得有什麼事正在進行，我們生活並存在的人生中，某種可能五千萬或一億年前就開始的事正在發生，並成長蔓延，最後成為超越我們身邊一切、可以證明我們所有人的事……這就解釋了我為何打架，為何會有這些瘀傷，以及接下來的疼痛。這是造物者的巧奪天工，絕對沒錯。若我能讓你感同身受就好了！親愛的，我知道妳一定可以了解。」

她以低沉的聲音說：「不，我不會了解。」

「所以我之前可能以為──」

她搖了搖頭說：「不，我自己也會思考。你的話說服不了我。」

她堅決地看著他的臉，說：「我討厭這一切。」然後屏住了呼吸。「你不懂，也不思考。過去有段時間，你說什麼我就信什麼。但現在我變得比較聰明了。你是個男人，你會打架，清空阻礙你的東西。你根本不在意什麼瘀傷。你可以變得又粗魯又醜陋，但仍是個男人。沒錯，它成就了你，你是對的。只有女人不像這樣，我們是不同的。我們讓自己太快變得文明了，而這個下層社會不適合我們。」

她停頓了一下又開始說。

「我討厭這一切！我討厭這身可怕的帆布制服！它比最糟的情況還令人痛恨。連摸它都會讓我的手指覺得痛，更不用說會刮傷皮膚了。還有那些每天跟我一起工作的女人！晚上躺在床上，一想到有一天我可能會變得像她們一樣就……」

她停了下來。「我正變得愈來愈像她們！」她激動地叫著。

丹頓呆呆看著沮喪的伊莉莎白。「但是──」他開了頭就又停頓下來。

「你不懂。我有什麼？我有什麼可以救我？你可以打架，打架是男人的活。但女人是不同的……我全都想清楚了，因為日以繼夜我什麼都沒做，就只是想而已。看看我的臉色！我不能繼續下去了。我不能忍受這種生活……絕對不能。」

她住了口，顯得躊躇不定。

「你不知道發生了什麼，」她突兀地開口，一瞬間唇邊露出苦澀的笑容。「有人要求我離開你。」

「離開我！」

她沒有回答，只肯定地點點頭。

丹頓猛然站起來。他們在漫長的寂靜裡凝視著彼此。

突然間她轉過身，將臉埋在帆布床上。她沒有啜泣，沒有發出聲音，只是靜靜地臉朝下躺著。在一陣巨大且令人苦惱的空虛後她的肩膀起伏，開始沉默地流淚。

「伊莉莎白！」他低聲喊道：「伊莉莎白！」

他非常溫柔地坐在她身旁，彎下腰，用他的手臂環住她、形成一個類似擁抱的姿勢，徒勞地尋求著解決這種難耐情況的某些線索。

「伊莉莎白。」他在她的耳邊低語。

她用手推開他。「我沒法忍受我的孩子是個奴隸！」然後開始大聲且痛苦地哭泣。

丹頓的臉色變為一片空白的沮喪。他馬上從床上滑下並站起來。他臉上所有的滿足神情都消失了，被無能為力的怒氣所取代。他開始辱罵並詛咒那些強壓在他身上的難耐力量，以及所有彷彿在嘲笑人生就是場鬧劇的不幸意外、熱切欲望與輕率態度。他微弱的聲音在那個小房間裡響起，並揮舞著拳頭，向著周遭的環境、身邊的數百萬人，還有這個吞噬人的城市過去、將來與一切無情的浩瀚抗議。

五、賓登的干預

賓登在比較年輕的時候曾對投機行為稍有涉獵，並僥倖地成功了三次。他在餘生當中頗有智慧地金盆洗手，並自負地相信自己聰明絕頂。他在這個大城市裡累積了可觀的財富，並因渴望影響力與名聲，對商場謀略生出興趣。最後，他成為一間大公司最有影響力的股東之一，這間公司擁有倫敦往來世界各地班機的起降平台。這大致交代了他在公開場合的活動。在私人生活方面，他是個尋求享樂的人。下面即為他的內心故事。

但在往下探索到如此深度以前，我們必須花一點時間來了解這個人的外在。他的外表細瘦、矮小且有著黝黑的膚色；五官十分精緻，佐以不踏實的自滿到聰明的不安等各式顏料。他的臉和頭依據當時乾淨衛生的風潮脫了毛，所以頭髮的顏色和輪廓會隨著外在的衣著而改變。他時常換不同的衣服。

有時候，他會穿洛可可風格的可充氣式服裝，讓自己膨脹起來。帶著這種風格衍生出的波浪狀外形，半透明的發光頭巾下，他的眼睛謹慎地尋找著外面不那麼時髦的世界對他的衣著所表現出的敬意。其他時候，他以黑緞的合身衣物強調自己優雅的纖細身形。為了顯示出莊嚴，他會穿可充氣式的寬肩，下頭墜著由中國絲綢精密織成的多摺長袍，而粉色緊身衣在人生接連不斷的炫耀場合中更是賓登的經典穿搭。在他之前想娶伊莉莎白時，他試著打動並迷住她，同時透過穿著當代男性最近的流行裝束，來卸下他年紀四十好幾的負擔。這是一件由彈性材質織成、附有可膨脹的瘤跟角的衣服，會經由各種色素的巧妙排列，在他走動時改變顏色。無疑地，若不是伊莉莎白早已情歸一文不值的丹頓，且若她的品味不是那麼怪異地偏向於舊時代的喜好，這種極為新潮的穿搭一定會讓她陶醉不已。賓登在穿著這身衣服出現在伊莉莎白眼前時，已先請教過她的父親。他是那些著裝總是歡迎別人給予建議的人，而莫里斯也宣稱他的衣著絕對是女人全心全意所渴望的。不過後續的催眠師事件，證明莫里斯對女人心的了解其實還不夠全面。

賓登在莫里斯提出伊莉莎白已值含苞待放的待嫁年紀之前，就已稍微考慮過結婚這個想法。賓登有個祕密……他非常能接受極為感情用事的那種純粹而簡單的生活祕密。這種想法傳達出對於唐突、不合理且毫無意義的不加節制等態度某種可悲的嚴重性，但他很愉快地將此視為時髦的邪惡，而且還有一些好人不甚理智地覺得這是種頗為令人渴望的生活方式。不加節制的後果，加上先天遺傳的早衰傾向，導致他的肝臟產生了重大損傷，讓他搭飛機旅行也愈來愈麻煩。在一次慢性肝病的恢復期中，他想到儘管邪惡有諸多可怕的魅力，但若他能找到一個美麗、溫和、年輕，卻不是聰明得過頭的好女人共度餘生，他或許還能得到上天的垂憐，甚至生養一個長得像他、充滿活力的家庭，以在他晚年健康惡化時給予他安慰。但就像世界上眾多老練的男性一樣，他懷疑這樣的好女人是否存在。關於這方面他聽過不少故事。即使外在表現出懷疑的態度，私底下他卻是害怕不已。

當充滿抱負的莫里斯將他介紹給伊莉莎白時，對他而言似乎一切的好運都圓滿了。他對她一見鍾情。當然，自十六歲起他就不停在墜入愛河，與那些多個世紀累積起來的文學裡南轅北轍的腳本並無二致。但這次是不同的。是真愛。似乎將他本性裡潛藏的善良都喚醒了。他覺得因為她的緣故，他可以放棄一種已對他的肝臟與神經系統產生嚴重危害的生活方式。他的腦海裡出現了經過改良的田園生活的畫面。他絕不會對她感情用事或表現愚蠢，總是有點憤世嫉俗或苦惱的態度似乎比較適合也已成過往雲煙。不過，她的直覺一定能感受到他真正的偉大與善良。等適當的時機到來，他會坦承某些事，將他認為自己的邪惡之處透露給她知曉，同時描繪出他是一個多麼複雜的人，是歌德、切利尼、雪萊與其他人的綜合體。她優美無比的耳朵聽到定然會十分驚訝，但可想而知會充滿同情。在坦承實情之前，他一開始會先以極為機敏而尊重的態度追求她。而伊莉莎白對他所持的保留，在他看來不過是迷人的謙遜，因缺乏想法（這也同樣迷人）而更為外顯罷了。

賓登絲毫不知她已情歸別處，也不清楚莫里斯曾試著用催眠術來矯正她脫軌的心。當伊莉莎白與丹頓私奔，把他的世界弄得天翻地覆以前，他曾設想自己與伊莉莎白的進展前所未有地順利，並成功地送上各式各式樣的珠寶等厚禮，以及更棒的化妝品。他對這件事的第一反應是因受傷的虛榮心所引發的憤怒，而既然此時莫里斯是最合宜的人選，他免不了將第一波的怒氣發洩在對方身上。

他馬上跑到這位處境淒涼的父親面前，狠狠地羞辱了他一頓，接著花了一整天，積極且充滿決心地在倫敦市裡來回，持續詢問相關人士，以求毀掉那個婚姻的投機者。這個行為成功了一半。這些活動帶有法律效力的特質讓他暫時地愉快起來，使他以吊兒啷噹的態度前去以往不那麼善良的年歲裡經常造訪的餐廳，並與兩位四十初頭的黃金單身男性興致高昂地大快朵頤。他自男女交往的遊戲中退出；沒有哪個女人值得他善良以待，而他也為自己展現出詼諧的嘲諷傾向感到驚訝。另一位英俊瀟灑但也對愛情絕望的同伴，在酒酣耳熱之際，對他的失望之情做了一個滑稽的暗示，但在那時似乎並不會令人不快但在那時似乎並不會令人不快。

隔天早上，他發現自己的肝與脾發炎了。他將自己的留聲新聞播報機踢成碎片，斥退他的僕人，並決心要對伊莉莎白、丹頓或其他人進行可怕的報復。無論如何，這都會是一場恐怖的報復，讓那些取笑他的朋友不再覺得他的確受了一個愚蠢女孩的騙。他知道除非莫里斯大發慈悲，不然那些在不久的未來將屬於伊莉莎白的少許財產，將會是這對年輕愛侶僅有的資助。而若莫里斯翻臉無情，或不好的事發生在這段伊莉莎白寄以厚望的感情當中，他們就會淪落到不幸的境地，且容易屈從於某種陰險的誘惑。在賓登的想像裡，完全放棄了所有美麗的理想主義，只想把陰險誘惑的這個想法發揚光大。他將自己想成執拗且有權有勢的富人，正在追求曾藐視過他的少女。一瞬間，她的形象在他的腦海裡栩栩如生地浮現，佔據了大部分的空間。有生以來第一次，賓登意識到激情的真正力量。

他的幻想立在一旁，彷彿一個畢恭畢敬的僕人，將情感引進門。

「我的天啊！」賓登喊著：「我一定要擁有她，即使失去生命也在所不惜！我也要殺了那個男人——！」

在與醫師會面並為自己前一晚服了過量的苦藥懺悔之後，鎮靜下來的賓登帶著堅定的決心去找莫里斯。莫里斯醉得厲害、大受打擊且卑微不已，處在一種瘋狂的自保情緒當中，準備出售自己的身體和靈魂，以恢復自己在世上的地位，至於不服從命令的女兒，則不在他的關注範圍之內。在接下來的理性討論裡，雙方同意應該讓這對誤入歧途的年輕人自生自滅，陷入困境，甚至透過賓登的財務影響力，協助加重對兩人的懲罰。

「然後呢？」莫里斯問。

「他們會去勞動公司報到，」賓登說，「穿著藍色帆布制服。」

「然後呢？」

「她會跟他離婚。」他說，坐了一會兒專心思考那樣的情況。因為在當時維多利亞時代關於離婚的嚴格限制已被大幅度地放鬆，一對夫婦可以用一百個不同的理由仳離。

接著賓登突然跳起來，使他自己跟莫里斯都吃了一驚。「她會跟他離婚！」他叫著。「我會讓這件事發生的——我會解決的。天啊！事情就該這樣發展。他會蒙受恥辱，導致她一定要跟他分開。那個男人會被打倒並澈底毀滅。」

打倒並澈底毀滅丹頓的想法讓他更為激動。他開始像木星一樣，在那個小小的房間裡徘徊。「我一定會擁有她，」他喊著。「一定會！無論在天堂或地獄，她都無法從我身邊逃走！」話一出口，他的熱情隨之消逝，使他到最後只像是在演戲而已。他裝出一副若無其事的姿態，以英雄式的決心，忽略了橫隔膜的一陣刺痛。莫里斯坐在旁邊，頭上充氣式的帽子漏了氣，臉上很明顯地表現出印象深刻的神情。

因此，賓登憑著一股執著開始阻礙伊莉莎白的愛情之路，並依著以與生俱來的靈敏，嫻熟運用當時富人擁有的一切優勢。去尋求宗教的慰藉，完全沒有妨礙事情的進行。他會去屬於愛色絲教派的胡斯曼奈特宗派，找一位幽默、經驗豐富且具有同情心的神父告解，告訴他那些失去理性的小手段（他很愉快地將其視為會使上帝沮喪的惡行），而身為上帝代言人的那位幽默、經驗豐富且具有同情心的神父則會十分沮喪，並以帶著慈愛的驚恐態度，建議比較簡單且容易進行的懺悔方式，並推薦通風、涼爽、衛生且保有高尚風格的修道院，讓患有內臟疾病卻痛悔自己罪行的人前往靜修。不用說，這些場所是為具備良好教養的富人所預備的。在這些短程的旅行之後，賓登會回到倫敦，重新恢復積極且熱情的態度。他會用相當可觀的精力來策劃，並時常去移動通道所在街道上方的某個畫廊，由上往下俯瞰勞動公司簡陋宿舍的入口，以及丹頓和伊莉莎白所住的房間。有一天，他終於看到了伊莉莎白進入宿舍的身影，他的熱情也就此重燃。

時機成熟，賓登所有複雜的計畫已上軌道，因此他可以去找莫里斯，告訴他那對年輕人已瀕臨絕望邊緣。

「時機到了，」他說，「發揮一下你的慈父之情吧。她已穿著藍色帆布制服好幾個月，兩人在勞動公司骯髒簡陋的小房間窩著，小女兒也死了。她現在知道他的男子氣概有其價值，不過只能保護她罷了，可憐的女孩。她現在可以把事情看得更清楚了。你去找她，並指出她跟那個丹頓離婚有多麼要緊。我目前還不想出現。」

「她很頑固的。」莫里斯懷疑地說。

「拿點精神出來！」賓登說。「她是個很不錯的女孩！」

「她會拒絕的。」

「當然她會拒絕，但把這個選項留給她，知道嗎？住在那個擁擠的小房間，日復一日過著勞累又令人厭煩的生活，總有一天會讓他們吵架的。接著——」

莫里斯沉思了這個可能性，並照他所說的去做了。

接下來賓登依照原先與屬靈導師的約定前去靜修。胡斯曼奈特教派的靜修場所景致優美，圍繞著倫敦最芳香的空氣，由自然光所照明，並有著予人寧靜之感的露天方形院子，上面覆滿真正的青草，讓前來懺悔的人可以同時享受閒逛的樂趣，與高雅的苦修所帶來的滿足。在這裡，除了要吃簡單、有益健康的飲食並吟詠一些莊嚴的讚美詩之外，賓登把所有的時間都花在想伊莉莎白上，包括自他第一次遇見她所得到的靈魂滌淨之感，以及他是否能從經驗豐富且具有同情心的神父之處得到特許，在必須處理伊莉莎白即將「離婚」這個罪行的同時，允許他跟她共結連理。然後還有其他種種……賓登會靠在四角形的柱子旁，陷入沉思，覺得善良的愛比任何其他形式的寵溺都來得高貴。他的背和胸膛有一種燥熱或想顫抖的奇怪感覺吸引著他的注意力（大概是健康狀況不良和皮膚不適感的症狀），他竭盡全力想要忽略。無可諱言，上述的一切都屬於他極力想擺脫的過去。

靜修一結束，他馬上去找莫里斯打探伊莉莎白的最新消息。莫里斯顯然覺得自己是個模範父親，被孩子的不快樂深深打動。「她很蒼白，」他說著，臉上十分動容。「真的很蒼白。當我請她離開丹頓，跟我回家過著快樂的生活時，她低著頭伏在桌子上，然後哭了。」莫里斯吸了吸鼻子。

他非常激動，以致再也無法敘述下去。

「唉！」賓登附和，尊重這種男性的悲傷。接著又突兀地喊了一聲，把手放在身體的一側。

莫里斯猛然從悲哀的深淵裡抬起頭來，被嚇了一跳。「什麼事？」他問道，表現出明顯的關懷。

「剛才我突然痛得不得了。真抱歉！你剛才還在跟我說伊莉莎白的事。」

莫里斯在讓賓登休息一段時間後，繼續他的敘述。這件事成功的希望出人意料地高。伊莉莎白在發現父親並未完全遺棄她的第一波情緒裡，對父親坦承了她對目前生活的悲傷和厭惡。

賓登莊嚴地說：「我還是會擁有她的。」接著那種新奇的疼痛再次讓他痙攣。

對於這種等級較低的疼痛，神父的勸慰相對無言是無效的，因為神父傾向於將身體與疼痛視為心理層面的幻想，可藉由默想來減緩。於是賓登將此問題帶到他厭惡的一個階級，一位聲譽卓著但言行粗魯的醫生面前。「我們必須檢查你全身上下，」那位醫生說道，直言不諱到令人噁心的程度。「你有沒有孩子？」這只是這個粗俗的唯物主義者無禮的問題之一。

「就我所知是沒有。」賓登說，驚訝到無法捍衛自己的尊嚴。

「噢！」醫生回答，並繼續他的觸診與聽診。當時的醫學離精確還有一大段距離。醫生說：「你最好趕快準備去安樂死。越快越好。」

賓登倒吸了一口冷氣。他一直嘗試，不想要了解這位醫生診斷中不斷提及的技術性解釋與預期的病況。

「聽我說！」他開口問：「你的意思是……你所學的領域……」

「沒什麼，」醫生說。「就只是一些鴉片而已。在某種程度上而言，現在的情況是你咎由自取。」

「我在年輕的時候受到很強烈的誘惑。」

「沒那麼嚴重。只是你的先天基因不良。即使你有採取預防措施，最終情況還是會很糟。你父母的輕率，導致這個與生俱來的缺陷。然後你又減少了運動量，於是情況就這樣一直惡化下去。」

「沒人可以給我建議。」

「醫生總是願意給病人建議。」

「我以前是個活力旺盛的年輕小夥子。」

「不要再吵了，傷害已經造成。你活下來了，我們不能再把你的人生重新來過。你應該一開始就不要活下來的。坦白說，安樂死是最好的解決辦法！」

賓登有好一會兒不發一語，憎恨著他。這個殘忍的專家吐出的每字每句都在刺激著他的教養。他非常粗魯，刀槍不入到無敵的程度。但跟醫生爭吵可不是個好主意。最後他說：「我的宗教信仰不允許自殺。」

「你一輩子都在做這件事。」

「無論如何，我現在對人生有比較嚴肅的看法了。」

「你理應如此，因為若你繼續活下去，就會感到疼痛。但就實際效用來說，現在已經太遲了。不過，若你一定要這麼做，或許配一點藥給你比較好。你會痛得不得了。這些小刺痛……」

「這只算是小刺痛?!」

「只是初步的警告而已。」

「我還有多少時間？我是說，在我真的痛到受不了之前。」

「你很快就會感覺到了。可能三天之後吧。」

賓登試著為自己爭取多一點時間，而在他懇求時又倒抽一口冷氣，把手放在身側。突然間，他的人生中離奇的悲愴清晰且生動地浮現。「我很難接受，」他說，「真的很難接受。完全無法想像！我從未與任何人為敵，除了我自己之外。我對每個人都一視同仁，公平對待。」

醫生毫無同情心地凝視了他幾秒。他正在思考沒有賓登與他的後裔把這種令人憐憫的血緣傳下去，會是多棒的一件事。他覺得頗為樂觀。接著他拿起電話，從中央藥局訂了一些處方藥。他被身後的聲音打斷。「天啊！」賓登叫著說：「我一定要得到她。」

醫生往後看著賓登的表情，接著更改了處方藥。

就在這次痛苦的約診結束之後，賓登馬上大發雷霆。他決定那位醫生不僅是個毫無同情心的野蠻人，欠缺作為紳士的基本素質，還非常不專業。後來他陸續拜訪了四位醫生，企圖要證明之前的直覺是正確的。但為了防止有意料之外的情況發生，他把那劑處方藥放在口袋裡隨身攜帶。每次看診前，他都會先表達對第一位醫生的智力、誠信與專業知識的嚴重質疑，只隱瞞一些事實不說。這些實情之後都會被該位醫生問出來。儘管他們樂於見到同行被貶損，這些著名的專家中卻沒有一人給了賓登希望，說他可以躲過即將逼近的痛苦與無助。到了最後一位，賓登終於發洩出他對醫學日漸累積的嫌惡。「過了這幾百年，」他憤怒地宣稱，「你們還是束手無策，只能承認自己無能為力。我請你們救我，而你們做了什麼?!」

「毫無疑問，這讓你很難接受，」這位醫生說。「但你應該採取預防措施的。」

「我怎麼知道？」

「我們沒有立場追著你跑，」醫生說，從他的紫色袖子上挑起一縷棉絮。「為什麼我們要特別救你？從某個觀點來看，像你一樣有想像力和熱情的人是應該離開的。」

「離開？」

「死掉。這是個漩渦。」

這位醫生是個有著寧靜臉龐的年輕人。他對賓登笑了一下。「我們一直繼續研究，給那些想尋求幫助並來詢問的人建議。然後我們就耐心等待。」

「耐心等待？」

「我們還沒有足夠的知識可以接管管理系統。」

「管理系統？」

「你不需要焦慮。科學歷時並不久，還要繼續發展好幾代才行。我們現在知道自己了解得不夠……但不管怎樣，時間都要到了。你不會活到那一天。但是，老實講，你們有錢人和黨魁，因為善於操縱什麼熱情啊，愛國主義啊，宗教啊的意識型態把事情搞得一團糟，對吧？這些下層階級的人！還有那些難以處理的事之類的。我們有些人在想時候到了，可能就會擁有足夠的知識，可以接管除了通風和排水系統以外的東西。知識一直在累積，而且還在繼續增加。只有一代的時間是完全不夠的，也不需要著急。有一天，人類會以截然不同的方式活著。」他看著賓登，沉思起來。「在那天來臨之前，會有很多人死去。」

賓登試著對這個年輕人指出，這樣的談話對像他這樣的病人有多麼愚蠢和不恰當，多麼莽撞和無禮，尤其他還較為年長，在社會上位高權重。他堅持醫生收費就是要治療病人的（他特別強調「收費」這個字眼），沒有責任要關心「那些其他問題」，連簡略提及都不用。「但我們真的關心，」這位年輕醫生回答並堅持他所說的實情，使賓登忍不住發了脾氣。

他怒氣沖沖地回家。這些無法治癒像他如此有影響力的醫生都是無能的騙子，還敢幻想著某天要從那些合法的財產擁有人手中奪回控制社會的權力，並施行還不知道是什麼樣暴政的統治。可惡的科學！他憤怒地想了一會未來的景況會多麼難以忍受，接著又開始疼痛，於是他想起第一位醫生開給他的處方藥仍放在口袋裡。他馬上服了一劑。

這劑藥使他鎮定下來，讓他可以坐在擺滿留聲唱片的圖書室旁那張最舒服的椅子上，思考事態的轉變。他的憤慨逐漸消失，怒氣與熱情在那劑處方藥的微妙作用下也不堪一擊。現在悲傷主宰了他整個人。他凝視著四周，氣勢恢宏且裝潢華麗的公寓放著他的雕像與小心遮蓋起來的畫，以及代表有教養且高雅的罪孽的一切證據。他輕碰了一下按鈕，特里斯坦牧羊人悲哀的笛聲瀰漫在室內。他的視線從一個物件移到另一個。所有物件都價值不菲、巨大華麗，是屬於他的財產，以具體的形式呈現出他的理想、對美和欲望的概念，以及對生命中珍貴之物的想法。而此刻，他卻必須像個普通人一樣留下這一切。他覺得自己像是個細長精緻的畫框，正燃燒殆盡。所有的生命也必須燃燒而後死亡，他想著，眼眶裡充滿了淚水。

接著他突然想到自己是孤身一人。沒人關心他，也沒人需要他！任何一刻他都可能開始痛得椎心刺骨，甚至會嚎叫出聲。但沒人會在意。之前看過的醫生曾斷言，他可能在一兩天內就會有絕佳的理由痛得叫出來了。這讓他憶起他的精神導師曾描述的關於信仰與忠誠的消逝，以及整個世代的墮落。他把自己視為此事已然發生的悲哀證明。他這個集敏銳、能力、影響力、好享樂與憤世嫉俗的複雜綜合體，可能會痛得嚎叫出聲，而世上卻沒有任何一隻忠誠善良的生物會因同情他而嗥叫。沒有任何一個忠誠善良的靈魂在那裡——沒有牧羊人在吹笛給他聽！是否所有忠誠善良的生物都消失在這個嚴苛且危機即將來臨的地球上了？他納悶那些可怕粗俗、總是不停在城市裡穿梭的民眾是否有可能得知他對他們的想法。若他們得知，他肯定某些人一定會試著贏得較好的評價。毫無疑問，世界正在墮落，讓賓登之流無法繼續生存下去。或許有一天……他很確定自己在人生中需要一樣東西，那就是同情心。有一會兒他遺憾沒有在身後留下任何十四行詩，謎樣的圖畫或類似的事物來延續他的人生，直到最後有同情心的人出現並發現為止……

對他而言，就要這樣從地球上消滅令人難以置信。然而他富有同情心的精神導師在這件事上卻多用比喻且語焉不詳，實在十分惱人。可惡的科學！它毀滅了所有的信仰與希望。離開吧，從劇院和街道上消失，從辦公室和餐廳消失，從女人的眼中消失。而且完全不值得懷念！整體來說，離開世界還比較快樂！

他反省自己是否從未真情流露過。他是否太沒同情心了？很少人會察覺他在那個玩世不恭的歡樂面具下，事實上是多麼有深度，只是巧妙地被隱藏起來罷了。他們不會了解自己失去了什麼。舉例來說，伊莉莎白就從未察覺到……

他保留了那個想法，有一段時間思緒盤桓在伊莉莎白身上。小伊莉莎白對他的了解是多麼膚淺啊！

那個想法逐漸變得難以忍受。在進行其他計畫之前，他一定要讓它回歸正軌。他意識到人生中依然有事可做，而他跟伊莉莎白的糾葛尚未完全理清。他永遠不能像之前希望並暗自祈禱地攻克她的芳心了。但他還可以打動她！

他繼續深思這個想法。他可以讓她深深動容，使她永遠遺憾之前那樣對他。她一定要了解他的寬宏大量，這比什麼都重要。沒錯，就是他的寬宏大量！他對她抱持著驚人的愛意。他之前從未有過這麼清楚的領悟，但想當然爾，他會把所有的財產留給她！這是他的頓悟，且下定決心必然要如此。她會覺得他是個多麼善良，多麼慷慨為懷的人；身邊圍繞著他留給她、使生活過得下去的財物，她會以無限的悔意回想她對他的藐視與冷漠。而當她試著表達這份悔意時，卻會發現機會已永遠擦身而過；她會佇立在上鎖的門外，只有一陣輕蔑的寂靜與蒼白的屍體等待著她。他閉上眼睛，想像他臉色蒼白、死寂地躺在那裡，就這樣待了一會兒。

他從那幅景象轉而思考這件事的其他層面，但他已下定決心。他在採取行動之前精心地設想了一切，因為他所服的藥讓他陷入嗜睡與莊嚴的憂鬱情緒。他在某些方面修改了細節。若他將所有財產都留給伊莉莎白，裡面會包括他所住的這個裝潢華麗的房間，而因為諸多原因，他並不想把房間留給她。另一方面，房間還是得留給某個人。在他腦袋塞滿東西的情況下，這讓他擔心不已。

最後他決定把房間留給那個屬於新潮宗教教派、富有同情心的神父，因為他與神父在過去的對話，一直都十分令人愉快。「他會了解的，」賓登感傷地嘆了口氣。「他知道『邪惡』意味著什麼，他知道罪惡的獅身人面像的驚人魅力[1]。對，他會了解的。」那句話表示賓登很高興任由

[1]【譯注】埃及和希臘的藝術作品與神話中的獅身人面怪物。據說，牠用繆斯所傳授的謎語難人，誰猜不中就要被吃掉。

被誤導的虛榮與控制不住的好奇心滋長，引領他不採取理智的行為，轉而使用某些不健康且不莊重的手段。他坐了一會兒，想著他經歷的一切有多像希臘、義大利和尼祿時代[1]發生的故事。即使是現在，或許可以試著寫一首十四行詩看看？讓這首詩形成具有穿透往後世代能力的聲音，聽起來優美、不幸且悲哀。他有一會兒暫時忘了伊莉莎白。但過了半小時後，他弄壞了三張留聲唱盤，頭痛了起來，服下第二劑藥讓自己鎮定下來，並開始重新思考所謂的寬宏大量與先前的計畫。

然而他還是必須面對丹頓這個使人不悅的問題。他需要耗盡所有新近產生的寬容，才可以嚇下對丹頓的苦澀想法。但最後這個被嚴重誤解的男人，在鎮靜劑的輔助且瀕臨死亡的情況下，依舊達成了願望。若他將丹頓完全排除在繼承權之外，展現出最細微的不信任，或企圖在某些特定情況下不讓丹頓繼承財產，她可能會誤解他的善意。對，她還是應該跟丹頓在一起。他的寬容要到那種程度才可以。他試著在此事上只想著伊莉莎白。

他嘆了口氣起身，一跛一跛地走到電話那邊，跟他的律師通話。十分鐘內，遺囑就已正式見證完畢，上頭有著該有的拇指印簽名，放在三哩外的律師事務所內。接著賓登動也不動地坐了一會兒。

突然間，他開始了模糊的幻想，並用一隻手壓著身體的一側檢查。

接下來他急切地跳起來，衝過去打電話。安樂死公司很少有客戶這麼匆忙地打電話來。

所以丹頓和伊莉莎白，在事與願違的情況下一同歸來，再也不須從事勞動的苦工。伊莉莎白

1【譯注】古羅馬帝國的暴君。

彷彿自夢魘中醒來一般，脫離了一切與藍色帆布制服有關的悲慘生活，再也不用在狹窄的地下室中錘打金屬。背對著陽光，兩人的財富帶著他們離開此處，因為一得知有這筆遺贈的當下，想到還要再花一天敲打東西就變得完全無法令人忍受。他們沿著冗長的電梯與階梯來到自災難開始時就再也沒看過的地面。一開始，她對得以逃脫這個牢籠充滿了激動之情，讓她即使一想到下層社會就覺得難以忍耐。過了好幾個月後，她才能再度帶著同情心回想起那群仍在下頭辛苦做工、光澤暗淡的女人，在一旁喁喁私語著醜聞、回憶與曾做過的荒唐事，庸庸碌碌地過著每一天。

她選擇現在的這層公寓，表達了她終於掙脫桎梏的憤怒。公寓裡有幾個房間，座落在城市的邊緣，還有露天的頂樓空間與高於城牆的陽台，可以感受陽光灑落、微風吹拂，也可以欣賞鄉間的田園和蔚藍的天空。

❖ ❖ ❖ ❖ ❖ ❖

故事的最後一幕，就在那個陽台上展開。那是個夏天的傍晚，正逢日落，薩里的山丘十分青翠明亮。丹頓靠在陽台上看著遠方，伊莉莎白坐在他身旁。眼前的景觀非常遼闊寬敞，因為陽台距古代的地面足足有五百呎高。食品公司建築的長方形，被古代郊區奇形怪狀的破洞和小屋的廢墟東遮一塊西遮一塊。那裡曾經是烏雅的孩子們坐著的地方。再往遠處的山坡瞭望，有不知從哪裡來的機器緩慢地運作完最後一輪，山頂設置的風向標則停著不動。沿著勞動公司的寬廣南向道路，田間的工人開著巨大的機械車輛，正在最後的輪班結束後匆匆趕回去用餐。穿越天際，十幾架私人小飛機正在飛行，緩緩往城市降落。雖然這在丹頓與伊莉莎白的眼裡是十分熟悉的畫面，但若他們的祖先看到，一定會覺得不可置信。丹頓的思緒飄向未來，徒勞地想著再過兩百年會是什麼樣子，接著跳回過去的時代。

他分享了自己對歷史與日俱增的知識。他現在可以想像出維多利亞時代奇特而煙霧瀰漫的市容，道路狹小、布滿馬車轍痕，廣大的公共用地規劃不周以外，郊區也建設不當，圈地毫無規則；都鐸時代的昔日鄉間有著小小的村落，倫敦市則規模不大；再往回追溯中至中古世紀修道院時代的情景，在那之前由羅馬統治的古英格蘭的面貌，還有更久遠以前那個荒涼的國度，其間部落築茅舍而居，彼此爭戰不休。

這些茅舍一定是隨著時光流逝而來來去去，讓古羅馬的兵營與莊園住宅宛如昨日的景象；而在那個年代之前，在有茅舍出現之前，人類生活在山谷中。即使是那時候（若以地理年代的標準來判定離現在還很近），那個山谷就已矗立，遠處山丘林立、頂上覆蓋著白雪，泰晤士也已流經科茨沃爾德再入海。但人類一直保持著人類的外貌，內心黑暗、愚蠢無知，被野獸、洪水、暴風雨、瘟疫與不停的饑荒所逼迫。他們在熊、獅子和過去一切大規模的暴虐面前勉強站住了腳跟。至少有些敵人早已征服了……

有一段時間丹頓想著這個無邊無際的景象，試著順從自己的直覺，找到時代洪流中他的位置與比例。

「這都是機運，」他說，「我們能熬過來純粹是幸運而已，只是剛好罷了。並不是藉由我們自己的力量……」

「到目前為止……還不是。我也不是很清楚。」

他沉默了很長一段時間，才再開口說話。

「畢竟，未來還有很長一段時間。人類的歷史才不過兩千年，而地球上有生命存在已有兩億年了。世代交替是什麼意思？這表示時光有多麼漫長，而我們有多麼渺小。但我們了解，也能感受。我們不是沒有聲音的原子，而是世代交替的一部分，直到力氣與意志力用完為止。即使要死去，也是世代交替的一部分。不管我們死了還是活著，都是在世代發展的過程裡……」

「隨著時光流逝，或許人類會變得比較明智……」

「未來的人有一天會了解嗎？」

他又沉默下來。伊莉莎白沒有回應他說的這些話，但以無限的愛意凝視著他作夢的臉龐。她的腦子在那晚不是特別活躍。一種巨大的滿足感籠罩著她。一段時間之後，她把一隻手溫柔地放在身旁的丹頓手上。他輕輕地撫摸著她的手，依舊瞭望著外頭交織著金色光芒的廣闊景觀，兩人坐在一起等待日落。這時，伊莉莎白開始瑟瑟發抖。

丹頓將自己從這些漫無邊際的問題中抽離出來，走進屋內為她拿一條披肩禦寒。

製造奇蹟的人＊

我不知道他這個天賦是否與生俱來，就我來看，他這是突然出現的能力。他當了三十年的懷疑論者，從來都不相信超自然的力量。不過趁現在方便，有些事情我要先提一下。他個子嬌小，有著深褐色的眼睛以及一頭直挺的紅髮。臉上留著八字鬍，末端還捲起來，臉上還有雀斑。他的名字是喬治・麥霍特・弗瑟林蓋，很難令人聯想到這是能行神蹟的人。弗瑟林蓋在葛姆夏特當辦事員，講話非常武斷。就在他斬釘截鐵地告訴別人世上沒有所謂奇蹟的時候，他首次體驗到自己驚人的超能力。那天他人在長龍酒吧，跟塔迪・畢墨許鬥嘴。從頭到尾畢墨許不斷地說著：「那是你說的。」這句話單調卻非常有效，也讓弗瑟林蓋快失去耐性了。

除了那兩人，酒吧裡還有整天騎單車到處跑、滿身都是灰塵的房東考克斯先生，以及身材胖胖的酒吧女侍梅布姬小姐。當時梅布姬小姐背對弗瑟林蓋，站著在洗玻璃杯。其他人也看著弗瑟林蓋，聽到他講話如此武斷，或多或少都覺得有趣。畢墨許一成不變的回答，讓弗瑟林蓋決定採用不同的策略，要讓畢墨許先生說不出話來。他說：「畢墨許先生，我們先把神蹟的定義搞清楚。神蹟就是靠著意志力，做出違反自然定律的事情，而且是得透過意志力才能辦到。」

畢墨許反擊：「這是你說的。」

整天騎單車的考克斯先生，一直都保持著沉默。弗瑟林蓋轉過去尋求他的支持，考克斯先生

＊編註：本篇原文是用散文體的潘屯詩（A Pantoum in Prose）寫成，潘屯詩Pantoum是一種發源於馬來西亞的詩歌形式，內容多用四行詩句組成，且通常每一節的第二與第四行會在下一段的第一與第三行中重新出現，並以此類推下去。部分英文版選擇將A Pantoum in Prose當作這篇故事的副標題。由於直接翻成中文標題的話恐不易理解，故在此選擇將其作為註釋呈現。

猶豫地咳了一下，看著畢墨許。他一句話都沒說，弗瑟林蓋又回頭去看畢墨許，結果意外聽到畢墨許也同意他對神蹟的定義。

「舉例來說，」大受鼓舞的弗瑟林蓋說著，「那邊那盞燈，按照大自然的定律來說，是不可能上下顛倒地燒著。除非出現奇蹟，對吧，畢墨許？」

畢墨許回答：「是你個人說不可能的。」

弗瑟林蓋說：「那你說呢？你該不會是要說可能吧？」

「不可能，」畢墨許心不甘情不願地說著。「蠟燭不可能這樣燃燒。」

「很好，」弗瑟林蓋說。「現在如果有人走過來。假設是我好了，走到這邊，然後對著那盞燈，用盡我全部的意志力，叫那盞燈上下顛倒，繼續燃燒，而且不能摔壞，然後—哇！」

眼前的景象的確可以讓任何人驚訝地說出「哇！」因為他們眼前看到的，是極不可能卻又神奇的景象。那盞燈上下顛倒飄在空中，連蠟燭的火也是直直地指著地上。這毋庸置疑就是長龍酒吧的燈，也就是一般常見的燈而已。

弗瑟林蓋站在那邊，食指還伸得長長的，眉頭皺在一起，一副等著看燈摔得稀爛的樣子。坐在燈旁邊的考克斯先生，迅速避開那盞燈，然後起身跳過吧檯。每個人看到這個景象，多少都嚇到跳了起來。梅布姬看到之後，則是轉身尖叫。那盞燈在空中靜止不動將近三秒的時間。然後心裡煩亂的弗瑟林蓋輕聲地說「我無法繼續下去了。」然後倒退了幾步。上下顛倒的燈突然開始熊熊地燃燒，然後掉下來撞到吧台的一角，往旁邊彈，在地上摔個稀爛，火也熄了。

還好那盞燈外殼是金屬，否則整個酒吧就燒起來了。考克斯率先發難，他直截了當地說弗瑟林蓋是個笨蛋。弗瑟林蓋連反駁這麼簡單的論點都辦不到，因為剛剛發生這樣的事情，他嚇到還沒回神過來。接下來的談話無助於弗瑟林蓋理解目前為止所發生的一切。其他人不僅是同意考克斯的意見，還是一致贊同！每個人都說這是弗瑟林蓋愚蠢的惡作劇，還怪他破壞了舒適又安心的酒吧氣氛。弗瑟林蓋現在心裡一團亂，連他自己都想要同意他們說的話。接下來大家要求他離開，他沒怎麼反對就走了。

他滿臉通紅、憤怒地回家，外套的領子也塌了下來，眼睛難受，耳朵也紅通通的。回家路上有十盞路燈，每經過一盞他都緊張地看著燈。一直到他回到位於教堂街的家中，一人在小小間的臥室時，才能夠認真地回想剛剛在酒吧的一切，他問自己：「究竟發生什麼事情？」

脫掉外套跟靴子後，他雙手插在口袋，坐在床上，不斷用同一句話為自己辯護：「我不是故意要把那盞爛燈弄倒的。」但他突然想到，一切事情都是在他話說出口時，無意間用意志力讓燈動了起來。當他看到燈飄在半空中，他可以感受到那盞燈是靠著他才繼續飄在空中，只是他依舊不懂背後的原理。他不是心思縝密的人，否則他就會堅持那套「無意間使用意志力」的說法，因為這種說法還會帶來關於自願行動最難回答的問題。但是整個構想還是相當模糊。在經過這一切之後，他無法釐清究竟發生什麼事情，因此他決定要用實驗來驗證。

他堅決地用手指著蠟燭，雖然心裡覺得很蠢，不過他全神貫注地說：「飛起來。」他很快就不覺得自己蠢了，因為蠟燭的確飛了起來，在空中漂浮了一陣子。弗瑟林蓋張大了嘴巴喘了口氣，蠟燭就掉到他的梳妝台上，除了蠟燭芯一丁點的光芒以外，整個房間一片黑暗。

弗瑟林蓋坐在一陣黑暗中，動也不動。他說：「看來真的發生了，不過我也不知道怎麼跟別人解釋。」他大聲嘆了口氣，然後開始伸手到口袋裡找火柴，但是找不到。然後他在黑暗中站了起來，伸手在梳妝台上找。他說：「真希望我有火柴。」然後去外套口袋裡面找，不過外套裡面也沒有。他突然想到，他也有可能用自己的超能力變出火柴。所以他伸出一隻手，然後在黑暗中集中注意力然後說：「手中出現火柴。」他可以感覺到有根輕輕的東西掉到他手中，他一把就抓住手中的火柴。

他試著點燃火柴，但是試著幾次之後發現這是安全火柴，所以點不著。他把火柴丟到地上，但他突然想到他可以用意志力把火柴點燃。他就真的這樣點燃了火柴，然後看著火柴在梳妝台下的地毯上燃燒著。他馬上把火柴撿起來，火就熄滅了。他了解到他能做到很多事情，他摸黑找到蠟燭，放到燭台上，說道：「點燃吧。」蠟燭就開始熊熊地燃燒，他也因此看到梳妝台布上一個小小的黑洞，中間還飄出一點點煙。他看著那個洞，然後轉過去看著蠟燭的火焰，就這樣來回幾次，之後他抬頭看到鏡子中的自己。這樣子讓他在一片安靜中，可以跟自己溝通。

「這神蹟還真是了不起！」最後他對著鏡子中的自己說。

接下來他沈思的內容，非常嚴肅但說起來也令人困惑。目前他認為這能力完全是依照自己意志力發動。但是從過去的經驗看來，在先思考過實驗內容之前，他不想再做任何實驗。但他讓一張紙飛起來、把一杯水變成粉紅色，然後又變成綠色。之後他又變出蝸牛，然後又神奇地讓牠消失。然後又給自己變出一隻全新的牙刷。在這短短的幾個小時內，他意識到這個能力是罕見的強大能力。他先前其實多少就認為自己有驚人的意志力，只是無法完全肯定。剛發現這能力時，他感到害怕跟困惑，但是現在發現這能力可說是獨一無二、甚至可以用來幫助自己時，他反而驕傲了起來。他聽到教會敲響了半夜一點的鐘，他沒有意識到他也可以用這能力，把他在葛姆夏特的工作變不見。他繼續脫衣服，要趕緊上床睡覺。就在他襯衫脫不下來的時候，他突然想到一個好主意。「讓我馬上躺在床上。」然後他就在床上了。「脫衣服。」不過他突然覺得床單好冷，所以他接著又說「讓我穿上睡衣……不，讓我穿上柔軟的高級睡衣。啊！」他發出享受的聲音，然後說「現在讓我一夜好眠……」

隔天早上他跟平常一樣時間起床，吃早餐時一直在沈思，心想昨晚發生的一切是否只是一場生動的夢，最後他又開始小心地實驗。比如說他早餐吃了三顆蛋，兩顆是房東給的，雖然好吃但卻是從商店買的。但他用他的意志力變出來的，則是新鮮、煮到恰到好處的美味鵝蛋。他非常興奮，但是又不能太張揚，就抱持這樣的心情到了葛姆夏特公司上班。他想起第三顆蛋的蛋殼，是因為房東那天晚上打掃時有提到。整天下來他都無心工作，因為現在他發現自己這驚奇的能力。不過這對他毫無影響，因為他在下班前十分鐘奇蹟般地將所有工作完成。

整天下來，他的心情從驚訝變成得意，雖然前一天晚上在長龍酒吧發生的事情，回想起來不是非常愉快，而且有人把這件事情加油添醋，傳到他同事耳裡，所以他們都來揶揄他。顯然他用超能力讓脆弱的物品飛起來時，必須特別小心。除此之外，他越想，越是覺得這能力實在非常厲害。他決定在神不知鬼不覺的情況下，變出更多東西給自己。他先變出一對非常耀眼的鑽石袖扣，不過小葛姆夏特從會計室對面走到他桌子旁時，他馬上把袖扣澈底變不見，因為他擔心小葛姆夏特會懷疑他哪來的鑽石袖扣。他了解到使用這個能力時，必須小心謹慎，但是目前為止，他認為要把這個能力學到得心應手，應該不會比學騎腳踏車還要難。可能就是這個比喻，還有想到長龍酒吧應該不會歡迎他，所以晚餐後他到了煤氣廠後面的巷子，一個人練習。

他練習變出的奇蹟，可能不是最有創意的，因為除了他神奇的意志力以外，弗瑟林蓋只是一個普通人。他想到摩西把手杖變成蛇的故事，但是天色已晚，可能不適合變出難以控制的蛇出來。然後他想到以前在交響樂團節目表上看過「唐懷瑟」的故事，特別吸引他，而且完全無害。他將他那根手杖，很棒的檳榔木手杖，插到走道旁的草皮中，並且命令這根木頭開花。空氣中馬上充滿了玫瑰的香味，他點燃了一根火柴，自己親眼看到手杖上的確長出花來。不過他滿足的心情，卻被走近的腳步聲打斷了。他擔心有人太早發現他的能力，所以他脫口就說「回去」。其實他是要說「變回去」，但當然他沒有搞清楚。他的手杖以相當快的速度後退，走近的人突然生氣地哀嚎，然後咒罵：「你是在向誰丟玫瑰枝，你這笨蛋。」這個聲音這樣說，「都打到我小腿了。」

「抱歉，先生。」弗瑟林蓋說，然後他意識到如果要解釋，場面會變得很奇怪，他緊張地一直抓他的鬍子。然後他看到伊莫林的三名警察之一，溫奇，走過來。

「你這是什麼意思？」溫奇問他。「哇，是你對不對？你就是在長龍酒吧打破一盞燈的那個人！」

「我不是故意的。」弗瑟林蓋說，「完全是意外。」

「那你幹嘛丟那根手杖？」

「噢，拜託。」弗瑟林蓋說。

「我才該說拜託咧！你知不知道被手仗打到會痛？你為什麼把那根手杖亂丟？」

弗瑟林蓋想不出他為什麼要那樣做，而他的沉默也讓溫奇非常不高興。「年輕人，你這可是襲警啊。」

「溫奇先生，請聽我說。」厭煩又困惑的弗瑟林蓋說。「我真的很抱歉，事實是——」

「是什麼？」

他想不出其他說法，只好說出真相：「我是在變出奇蹟。」他試著輕描淡寫地帶過，不過並沒有成功。

「變什麼？！別胡扯，變奇蹟？最好是如此！這還真好笑，你不是不相信奇蹟嗎？事實上，這只是你另外一個惡作劇吧？剛剛那只是你的惡作劇，現在我跟你說——」

但是弗瑟林蓋沒有聽到溫奇最後那幾個字。他明白自己說溜了嘴，把自己最寶貴的祕密昭告天下。激怒之下，他採取了行動。他馬上轉身，大聲對那警察說：「夠了，我受夠了。你想看惡作劇？我就表演給你看！下地獄去吧！現在就去！」

當場變得只剩他一個人。

那晚弗瑟林蓋沒有再變任何奇蹟，也懶得去找那根開花的手杖。害怕的他回到鎮上，安靜地回到他的臥室。「主啊……」他說。「這真是強大的天賦，非常強大的天賦。我根本不是故意要叫他下地獄去。我根本不是故意的……我不知道地獄是什麼樣子！」

他坐在床上脫掉靴子，突然想到了個好主意，就開心地把那位警察變到舊金山去，想到自己沒有打斷任何的因果，總算能安心地上床睡覺。那晚他夢到生氣的溫奇。

隔天弗瑟林蓋聽到兩則有趣的消息。有人在老葛姆夏特在羅拉鎮街的私宅牆邊，種了最美麗的藤蔓玫瑰。第二則消息，則是因為溫奇警察失蹤了，所以有人到他家附近的河去打撈，看看能不能找到他的屍體，一直打撈到羅寧路附近。

弗瑟林蓋整天都心不在焉，若有所思。除了變出東西給溫奇，讓他好過點以外，還有在整天東想西想之後，用超能力奇蹟般地準時完成工作，除此之外他沒有變其他的奇蹟。他整天心不在焉，而且出奇地安靜，所以被一些人嘲笑。整天下來，他大多數是在想著溫奇的事情。

星期天晚上，他上教堂去。奇怪的是，對玄秘特別有興趣的梅迪牧師，當晚講道主題是「不符合律法的事情。」弗瑟林蓋不會固定上教會，正如我先前提到的，他最相信的就是武斷的懷疑論，只是現在他信心也動搖了。當晚講道的內容，讓弗瑟林蓋對這些奇妙的天賦有了新的觀點。突然間，他決定聚會結束後立即去跟梅迪先生談談。想到自己這麼快就決定找梅迪先生談談，他不禁懷疑先前怎麼沒想到。

個性容易興奮的梅迪先生，身材瘦弱，脖子跟手腕也特別長。由於弗瑟林蓋對宗教毫無興趣，這點經常是當地民眾茶餘飯後閒聊的主題。聽到年輕的弗瑟林蓋要求私下跟他談談時，梅迪非常高興。在處理完其他事情後，他帶弗瑟林蓋到牧師宿舍的書房。牧師宿舍就緊鄰在教會旁邊。他請弗瑟林蓋坐下後，站在旺盛的柴火前，兩腿照在對面牆上的影子，形狀是拱形。他請弗瑟林蓋說明來意。

剛開始弗瑟林蓋有點不好意思，想說的事情說不出口。他心想著：「我怕我說了，你也不會相信我，梅迪先生。」就這樣過了一陣子，他決定先問個問題。他問梅迪先生對奇蹟的看法。

就在梅迪先生用法官般的聲音說「好吧」時，弗瑟林蓋又打斷了他。「我想，你應該不會相信，像我這樣坐在這邊的普通人，可能會有什麼特殊的能力，靠著意志力就能讓事情發生。」

「這是有可能的。」梅迪先生回答。「這種事情，或許，是有可能的。」

「如果你讓我使用這邊的東西，我想用實驗讓你明白。」弗瑟林蓋說著。「拿桌上的煙草盒來示範，我想知道接下來我做的事情，到底算不算奇蹟。請給我半分鐘的時間，梅迪先生。」

他眉頭一皺，手指著煙草罐說：「變成一盆紫羅蘭。」

煙草罐就照他命令變成一盆紫羅蘭。

這一變可把梅迪先生嚇壞了，他看著弗瑟林蓋，然後看看那盆紫羅蘭，一句話都沒說。他走過去桌子旁，彎下腰去聞那些花，這些可是現採的高級紫羅蘭。然後他轉過頭看著弗瑟林蓋。

梅迪問他：「你怎麼辦到的？」

弗瑟林蓋拉了拉八字鬍，接著說：「我一開口，事情就發生了。這是奇蹟還是巫術？到底是什麼？你覺得我身上發生了什麼事情？這是我想問的問題。」

「這真是神奇。」

「七天之前，我跟你一樣對這能力一無所知。這能力是突然出現的。我想我的意志力出現了奇怪的變化，這是我目前唯一的結論。」

「就只有那樣嗎？你還可以做些什麼？」

「天啊，當然可以。」弗瑟林蓋說。他心想：「我什麼都辦的到。」他突然想到以前看過的魔術表演。他說：「看這邊。」然後指著那盆紫羅蘭說：「變成一碗魚──不是，不是那種魚。我是說變成裝滿水跟金魚的玻璃缸。好多了！你看到了嗎？梅迪先生？」

「真是太神奇，太了不起了！！你要嘛就是最神奇的……但……這怎麼可能！」

「我可以把這個變成任何物品。」弗瑟林蓋說，「什麼都可以！看著，變成鴿子！」

講完隨即出現一隻藍色鴿子，在房間裡面飛來飛去，每次飛近梅迪先生時，他都要低下身子來。「停下來，好嗎？」弗瑟林蓋說。然後飛在半空中的鴿子就突然靜止不動。弗瑟林蓋說：「我可以把鴿子變回去一盆花。」然後他把鴿子放到桌上後，又變了一次，把鴿子變回去一盆花。「我想你之後應該會想抽菸斗。」然後他又把花變回煙草罐。

梅迪就一直坐在那邊，驚嚇到只能安靜地看著弗瑟林蓋變這些東西。他看著弗瑟林蓋，然後謹慎地將煙草罐拿了起來，仔細檢視一番，然後放回去桌上。「好吧！」除此以外梅迪沒做其他表示。

「現在我比較能夠解釋為何來找你了。」弗瑟林蓋說。接下來他花了一段時間，生動地敘述他奇怪的經歷，先講長龍酒吧的燈，最後間接提到溫奇的事情時，也讓情況變得複雜。他繼續講下去，但先前把梅迪嚇壞那瞬間的驕傲，現在已然消失。現在他又變回那個生活一成不變的弗瑟林蓋。梅迪專心聽弗瑟林蓋說話，手中拿著煙草罐，他的態度也隨著故事而有所改變。目前弗瑟林蓋談到變出第三顆蛋的故事，此時梅迪牧師揮著手打斷了他。

「這是有可能的。」他說。「你講的話當然可信，當然這一切相當神奇，不過也解釋了最近許多神祕的現象。你的特異功能是個恩賜，就像天才或預知能力一樣，只會出現在少數特別的人身上。但是就你的例子，我一直在想穆罕默德還有瑜伽大師的奇蹟，還有布拉瓦茨基夫人的奇蹟。但當然，這的確是個恩賜！這也證明了偉大的思想家——」，梅迪先生聲音也沉下來。「阿蓋爾公爵的說法。接下來我們探索一些比大自然定律更深奧的法則。好，請繼續說。」

接下來弗瑟林蓋談到跟溫奇之間不幸的遭遇，現在的梅迪已經不再那麼驚訝跟害怕了，聽到驚訝時還會插嘴。「這是最令我困擾的部分。」弗瑟林蓋繼續說，「我最需要的就是你對這件事情的意見。當然他在舊金山，天曉得舊金山在哪，但現在我們之間的處境很尷尬，你能了解的，梅迪先生。我不認為他能理解發生在他身上的一切，我想他一定非常害怕跟生氣，而且會想要報復。我想他應該每幾個小時就出發來找我，但我只要想到，就用我的能力一直把他送回去。當然他應該也無法理解這件事情，所以一定會惹惱他。而且如果每次他過來都要買張車票，應該會花了不少錢。我已經儘量去幫他了，不過他應該很難設身處地為我設想。我之後想到，如果在我把他變到舊金山之前，他真到了地獄，那麼他的衣服應該都燒壞了。如果是這樣，他在舊金山應該會被關起來。當然——我一想到這些，我就用我的能力在他身上變出一套新衣服。但是你也看得出來，我現在處境真的很艱難。」

梅迪先生一臉嚴肅。「我看得出來你現在處境艱難……沒錯，這對你真的是不容易。你打算怎麼結束……」他講話突然變得不清不楚。

「但現在我們先不要想溫奇先生的事情，先來討論更重要的問題。我不認為這是巫術之類的，也不是墮落的犯罪，弗瑟林蓋先生，完全不是如此，除非你有所隱瞞。不，這是奇蹟，純粹的奇蹟。如果由我來說，這是最厲害的奇蹟。」

他開始來回走在壁爐前的地毯上，邊說話一邊用動作加強他的語氣。此時弗瑟林蓋坐在桌子旁邊，一手托著他的頭，一臉擔心的樣子。「我不知道我該如何處理溫奇先生的事情。」他說。

「變出奇蹟的能力，顯然是相當厲害的恩賜。」梅迪先生說，「你一定能想到該怎麼處理溫奇先生的事情，所以不要害怕。你是最重要的人，你的能力具有無限的可能。如果要證明，舉例來說，你可以做的其他事情……」

「沒錯，我自己也想到幾件事情。」弗瑟林蓋說。「但是不是每次都那麼順利，你看到我一開始變出的那碗魚了，對吧。我要的是玻璃缸，不是碗。而且魚也不是我想要的金魚。所以我想說我可以問問看別人的意見。」

「正確的做法。」梅迪先生說，「你要的是正確，完全適當的做法。」他停下來看著弗瑟林蓋先生。「這是一個具有無限力量的天賦。我想我們可以來測試看看你的能力，看看跟我們想的一不一樣。」

所以，聽起來似乎非常神奇，但就在一八九六年十一月十日，一個週日晚上，在公理會禮拜堂後面的小書房裡，弗瑟林蓋受到梅迪先生的慫恿跟鼓勵，開始行他的奇蹟。請各位讀者特別注意當時的日期。讀者可能會認為，或者已經認為這個故事當中有些部分不合常理，而且如果真的發生這種事情，一年前就已該上報了。但是讀者可能無法接受接下來的細節，因為任何質疑這一切的讀者，不論性別，都會以前所未見的方式，死於可怕的意外中。所以奇蹟，就得要是不可能的事情才對。而且事實上，提出質疑的讀者，真的就在一年前死於前所未見的可怕意外。接下來的故事絕對清楚可信，任何公正、講道理的讀者都會這麼認為。

但是故事還未結束，目前剛過了一半而已。弗瑟林蓋一開始先嘗試簡單的奇蹟，像是移動杯子或是客廳的擺飾，這種簡單的事情神智學者[1]也做的到，不過梅迪先生在旁邊還是看得目瞪口呆。弗瑟林蓋想要立即解決溫奇先生的事情，但是梅迪先生不讓他處理。在屋內變平淡無奇的奇蹟後，他們更能感受到此力量無限的潛力，因此想像更天馬行空，野心也更大。

他們嘗試第一個規模稍大的奇蹟，是因為他們肚子餓——還有管家敏琴太太的疏忽。她為弗瑟林蓋所準備的餐點，實在是太難吃了，對忙著變奇蹟的兩位而言，這點心完全勾不起他們的食慾。但是他們都坐下來了，梅迪先生現在念著管家的缺點，心裡是難過而非生氣。突然間弗瑟林蓋想到，眼前這不正是一個機會嗎？「梅迪先生，你覺得如何？」他說：「如果不會失禮的話。」

「我的好朋友，當然不會失禮。至少我不認為失禮。」

弗瑟林蓋揮著手，「想吃什麼呢？」他請梅迪先生儘量點菜，因為他什麼都變得出來。然後就在梅迪先生吩咐下，弗瑟林蓋變出他想要的餐點。「至於我，」弗瑟林蓋看著梅迪先生一邊說。「我一直很喜歡大塊的威爾斯乾酪，所以我要變出這個。不過我不是很喜歡喝勃艮地葡萄酒。」就這樣，在他一聲令下，桌上出現了一塊威爾斯乾酪。

弗瑟林蓋此時意會到，他們兩人在桌上，像兩個同輩一樣慢慢地享用晚餐，在所有的奇蹟中，這個奇蹟讓他驚喜跟滿意。「對了，順道一提，梅迪先生。」弗瑟林蓋說，「我或許能夠幫你，改善你家裡的環境。」

---

[1] 神智學（Theosophy）是一種神祕主義學說，相信世界上的宗教都是由某種失傳已久的神祕信條所衍生出來的。十九世紀晚期時因美國人海倫娜・布拉瓦茨基創辦了「神智學協會」（Theosophical Society）而廣為人知。

「我不是很懂你的意思。」梅迪先生說，一邊倒一杯年份神奇般地老的勃艮地葡萄酒。弗瑟林蓋又憑空變出第二塊威爾斯乾酪，大口咬了一口。「我在想，」他說。「或許我可以（咬兩口），對敏琴太太（咬兩口）身上變個奇蹟（咬兩口），把她變成更好的女人。」

梅迪先生放下杯子，一臉懷疑的樣子。「她……她很討厭別人干預她，你知道的，弗瑟林蓋。事實上，現在已經晚上十一點多了，她大概已經在睡覺了。你認為考慮到一切後，還應該在她不知情時改變她嗎？」

弗瑟林蓋考慮一下這些反對的理由。「我想不出來為什麼不應該趁她在睡覺的時候做。」梅迪先生起初還是很反對這個主意，後來他同意了。弗瑟林蓋說出他的命令後，兩個人雖然稍微有點不安，但仍繼續用餐。梅迪先生仔細描述隔天他的管家將會出現哪些變化，不過他樂觀到就連弗瑟林蓋也覺得有點太刻意、太興奮了，此時樓上突然出現了一些有人因為困惑而發出的聲音。兩個人互看了一眼，梅迪先生就趕緊上樓去。弗瑟林蓋聽到梅迪先生叫出敏琴太太的名字，躡手躡腳地走到她旁邊去。

過不了多久，梅迪先生下來了，踏著輕盈的腳步，帶著燦爛的笑容。「太美妙了！」他說，「真是令人感動！實在令人感動！」

他開始在壁爐前的地毯上來回走。「懺悔，最令人動容的懺悔，我從門縫中聽到的。可憐的女人！這真是奇妙的改變。她起床了，她改變了之後應該是立即起床了。她睡到一半起來，將私藏在箱子中的那瓶白蘭地摔爛。而且還承認了！但是這給了我們開啟了無限的可能。如果我們連她都可以這樣地奇蹟般地改變……」

「這能力似乎有無限潛力。」弗瑟林蓋說，「至於溫奇先生的事情——」

「絕對有無限的可能。」走在壁爐前的梅迪先生說，把溫奇先生的事情又擱在一旁，並且提出許多奇妙的計畫，這都是他整晚下來想出來的。

梅迪先生想到的計畫，內容跟本故事無關。想當然爾，這些計畫都是無比的善行，過去大家都說那是飯後的善行。當然，溫奇先生的問題還是沒有解決。也沒必要去描述那件事情，到最後是如何解決的。當然發生了許多驚人的改變。梅迪跟弗瑟林蓋兩個人半夜，在一輪明月下快步跑過冷颼颼的市場廣場，兩人像魔術師一樣的高興。梅迪先生一邊跑一邊指揮，弗瑟林蓋則是跑的上氣不接下氣，不過整個人蓄勢待發，不再因他偉大的能力而感到羞愧。兩個人把國會附近的酒鬼全部改變了，將所有啤酒跟酒變成水（這一點梅迪先生不容弗瑟林蓋有其他意見）。兩人接下來改善了當地的鐵路系統、把福林德斯沼澤的水排乾、改善獨木嶺的土壤土質，並且治好了教區牧師的疣。接下來他們要去看看，可以如何幫助南橋受損的碼頭。「這地方，」梅迪先生喘著氣說。「明天將改頭換面。每個人都會驚訝也會心懷感恩！」此時教會敲響了凌晨三點的鐘聲。

「我說啊。」弗瑟林蓋說。「這是三點的鐘聲！我應該要回家了，明天八點得到公司上班。除此以外，威姆斯太太……」

「我們才剛開始呢。」梅迪先生說，完全沈溺在這甜美的無限力量。「我們才剛開始呢，想看看我們所做的這些好事。當大家起床時……」

「但是……」弗瑟林蓋說。

梅迪先生突然抓住他的手臂，眼神明亮狂野。「我親愛的好朋友。」他說，「沒必要趕回去，你看。」指著此時上昇到頂點的月亮，「約書亞！」

「約書亞？」弗瑟林蓋說。

「約書亞」梅迪先生說。「為什麼不呢？把月亮停下來。」

弗瑟林蓋看著月亮。

「那有點太扯了。」他停頓了一下後說。

「為什麼？」梅迪先生說。「當然──月球不會停止轉動。你要停止的是地球的轉動，你知道，時間就會暫停，這樣我們不會帶來任何影響。」

「哼恩！」弗瑟林蓋說。「好吧。」他嘆了口氣，「讓我試試。看著！」

他把大衣所有紐扣扣上，然後對著這可以居住的行星（地球），對自己能力相當有信心地說，「停止轉動吧。」

飛到天上的他無法控制自己，頭下腳上地以每分鐘幾十英里的速度向月球飛過去。他想他每秒鐘應該翻了無數次筋斗，此時能夠思考是件好事，只是有時思考就跟流動的焦油一樣緩慢，但有時又跟光芒一樣瞬間發生。他想了一下，然後發念說：「讓我安全地降落，不論發生什麼事情，讓我安全地降落。」

還好他即時發念，因為他在空中急速飛行，在空氣急速摩擦之下，衣服已經開始燒起來了。他勉強降落到地上，雖然沒有受傷，但也撞上了剛翻出來的土堆。有一大塊看起來非常像市場廣場鐘樓的金屬跟土石，就掉在他旁邊的地上，然後彈起來飛過他頭上，然後像炸彈一樣，碎成石塊、磚塊跟土石。一隻狂奔的牛，撞上了較大的土石，像雞蛋一樣碎裂。他聽到天空中發出撞擊聲，聲音之大，大到讓他認為以前看過的撞擊，就好像灰塵掉到身上一樣微不足道。之後又有許多東西掉下來，只是力道就沒那麼猛烈。天空跟地上的刮著強風，讓他幾乎沒辦法抬頭起來看。好一陣子他喘不過氣，也驚嚇過度，所以看不出他身在何處，以及周遭究竟發生了什麼事情。他做的第一件事情，就是伸手去摸他的頭，確認飄逸在空中的頭髮是他自己的。

「主啊！」弗瑟林蓋先生喘著氣說，強風讓他幾乎無法說話，「我真是僥倖逃過一劫！到底哪裡出錯了？到處刮著暴風跟打著雷，剛剛還只是平靜的夜晚而已。都是梅迪讓我做這些事情的。風也太強了！如果繼續這樣下去，我想等一下我也會發生可怕的意外！……」

「梅迪先生跑哪去了？」

「一切都大亂了！」

狂風吹過敞開的夾克上下擺動，儘管如此他依舊繼續努力找著梅迪先生。現在每樣東西看起來都相當奇怪。「天空似乎還是正常的，」弗瑟林蓋先生說。「不過也只剩下天空還是正常的，不過現在看起來天空也即將刮一陣強風。但是月亮還在頭上，就跟剛剛一樣，把天空照亮像白天一樣。但是其他的東西……村子跑到哪裡去了？其他的東西又跑到哪裡去了？到底是什麼讓風刮成這樣？我自己可是沒用念力來刮風啊。」

弗瑟林蓋先生試著站起來，不過沒有成功，只能繼續趴著。他從下風處到處看著這月光照亮的世界，夾克的末端都被風吹到在他頭上了。「麻煩真是大了。」弗瑟林蓋先生說。「究竟原因是什麼，只有老天知道了。」

一陣狂風吹起了塵土，就好像薄霧一樣。在一陣白光中，什麼都看不清楚，只能看到塵土跟廢墟在地上滾動。沒有樹、房子，也沒有任何熟悉的形狀，只有一大片的混亂消失在旋轉的風底下的黑暗中，急速上昇的暴風打著陣陣的閃電跟雷。弗瑟林蓋先生附近的地上，有一團砸爛的碎片，原來是整根樹的底部跟樹枝都裂開了，看起來是應該榆木樹。再來還有一堆扭曲的樑鐵，很明顯是高架橋的一部分，就插在那團東西中。

你知道的，當弗瑟林蓋先生停止了地球的轉動，他沒有想到要去控制地面上可以移動的物體。地球轉動速度相當快，赤道表面的移動速度每小時超過一千英里，而在弗瑟林蓋先生所在的緯度，轉動速度快了一半以上。所以那個村子、梅迪先生、弗瑟林蓋先生、每個人以及每樣東西，都被大力地甩了出去，以每秒鐘九英里的速度飛行，這比被大砲射出的速度還要快。每個人類、生物、房子、樹木，還有世上我們所知道的一切，都被猛力地甩了出去、撞爛並且毀壞。事情就是這樣。

弗瑟林蓋先生當然無法完全理解，事情怎麼會發展至此。現在他知道他的超能力出錯了，所以突然間他對這超能力感到非常厭惡。他現在身處一片黑暗中，因為雲都聚集在一起，讓他連看著月亮一秒都辦不到。冰雹一陣一陣地飄在空中。天上跟地上刮著強風，也流著水。他從手指的間隙中，看到風吹著塵埃與雨雪。從閃電移動的方向，他看出洪水像一座牆一樣，往他這邊沖過來。

「梅迪！」弗瑟林蓋先生在大自然的反撲中，用他微弱的聲音喊著。「我在這裡！梅迪！」

「停下來。」弗瑟林蓋先生對著逼近的洪水說著。「老天爺行行好，停下來！」

「等一下，」弗瑟林蓋先生對著閃電跟雷說著。「先暫停一下，讓我釐清一下思緒……現在我該怎麼辦？」他說。「我該怎麼辦？天啊！真希望梅迪就在這裡。」

「我知道了。」弗瑟林蓋先生說。「這次，我一定要做對。」

他繼續趴著，面對著強風，他決心這次要恢復一切。

「啊！」他說。「接下來我所說的一切，要等我說了『開始』才能成真……天啊，真希望我之前就先想到！」

在強風中，他用他細微的聲音說話，越說越大聲，不過還是聽不到自己的聲音。「好了，開始吧！注意我現在所說的每句話。首先，我說出口的都會成真，讓我失去這個超能力，讓我的意志力跟別人一樣，然後讓這所有危險的奇蹟都停下來。我不喜歡眼前的一切，真希望這一切不是因我而起。不論如何，這是第一件事情。第二件事情，讓我回到這一切開始之前，讓一切都回到那盞燈飛起來之前的樣子。我知道這要求很多，不過這是最後一次了。你聽到了嗎？不要再有奇蹟了，讓一切回歸原樣，讓我回到還沒喝下那杯啤酒時的長龍酒吧。就這些了！」

他將手指插在土堆中，閉上眼睛，然後說：「開始！」

萬物突然靜止不動，他發覺自己現在站得直直的。

「這是你說的。」一個聲音這樣說。

他張開眼睛，自己又回到長龍酒吧，跟塔迪•畢墨許就奇蹟吵個不停。他依稀意識到好像有什麼了不起的事情發生了，不過這感覺稍縱即逝。因為現在除了失去他的超能力以外，一切都回到原樣，所以他的心跟記憶，也回到本故事剛開始的狀態。所以現在的他，對於我們前面講到的故事一無所知，就連到今天也是如此。除此之外，當然他還是不相信世界上有奇蹟。

「我跟你說，奇蹟啊，整個來說是不可能發生的。」他說。「不論你想要怎麼反駁，我都準備好徹徹底底地證明你是錯的。」

「那是你個人的想法。」塔迪・畢墨許說，然後他又說：「不然你證明給我看。」

「請你看這邊，畢墨許先生。」弗瑟林蓋先生說。「我們先把神蹟的定義搞清楚。神蹟就是靠著意志力，做出違反自然定律的事情……」

釀小說89　PG1744

時空傳說

作　　者	赫柏特・喬治・威爾斯
譯　　者	江健新、蔡明穎
責任編輯	洪仕翰
圖文排版	周政緯
封面設計	葉力安

出版策劃	釀出版
製作發行	秀威資訊科技股份有限公司 114 台北市內湖區瑞光路76巷65號1樓 電話：+886-2-2796-3638　傳真：+886-2-2796-1377 服務信箱：service@showwe.com.tw http://www.showwe.com.tw
郵政劃撥	19563868　戶名：秀威資訊科技股份有限公司
展售門市	國家書店【松江門市】 104 台北市中山區松江路209號1樓 電話：+886-2-2518-0207　傳真：+886-2-2518-0778
網路訂購	秀威網路書店：http://www.bodbooks.com.tw 國家網路書店：http://www.govbooks.com.tw
法律顧問	毛國樑　律師
總 經 銷	聯合發行股份有限公司 231新北市新店區寶橋路235巷6弄6號4F 電話：+886-2-2917-8022　傳真：+886-2-2915-6275

出版日期	2017年4月　BOD一版
定　　價	300元

國家圖書館出版品預行編目

時空傳說 / 赫柏特・喬治・威爾斯著 ; 江健新, 蔡明穎譯. -- 一版. -- 臺北市 : 釀出版, 2017.04
面 ;　公分. -- (釀小說 ; 89)
BOD版
譯自 : Tales of space and time
ISBN 978-986-445-195-1(平裝)

873.57　　106004424

讀者回函卡

感謝您購買本書，為提升服務品質，請填妥以下資料，將讀者回函卡直接寄回或傳真本公司，收到您的寶貴意見後，我們會收藏記錄及檢討，謝謝！

如您需要了解本公司最新出版書目、購書優惠或企劃活動，歡迎您上網查詢或下載相關資料：http:// www.showwe.com.tw

您購買的書名：＿＿＿＿＿＿＿＿＿＿＿＿＿＿＿＿＿＿＿＿＿＿＿＿

出生日期：＿＿＿＿＿年＿＿＿＿＿月＿＿＿＿＿日

學歷：□高中（含）以下　□大專　□研究所（含）以上

職業：□製造業　□金融業　□資訊業　□軍警　□傳播業　□自由業

□服務業　□公務員　□教職　□學生　□家管　□其它＿＿＿

購書地點：□網路書店　□實體書店　□書展　□郵購　□贈閱　□其他

您從何得知本書的消息？

□網路書店　□實體書店　□網路搜尋　□電子報　□書訊　□雜誌

□傳播媒體　□親友推薦　□網站推薦　□部落格　□其他＿＿＿＿＿

您對本書的評價：（請填代號　1.非常滿意　2.滿意　3.尚可　4.再改進）

封面設計＿＿　版面編排＿＿　內容＿＿　文／譯筆＿＿　價格＿＿

讀完書後您覺得：

□很有收穫　□有收穫　□收穫不多　□沒收穫

對我們的建議：＿＿＿＿＿＿＿＿＿＿＿＿＿＿＿＿＿＿＿＿＿＿＿＿

＿＿＿＿＿＿＿＿＿＿＿＿＿＿＿＿＿＿＿＿＿＿＿＿＿＿＿＿＿＿＿

＿＿＿＿＿＿＿＿＿＿＿＿＿＿＿＿＿＿＿＿＿＿＿＿＿＿＿＿＿＿＿

＿＿＿＿＿＿＿＿＿＿＿＿＿＿＿＿＿＿＿＿＿＿＿＿＿＿＿＿＿＿＿

請貼
郵票

11466
台北市内湖區瑞光路 76 巷 65 號 1 樓
秀威資訊科技股份有限公司 收
BOD 數位出版事業部

（請沿線對折寄回，謝謝！）

姓　　名：＿＿＿＿＿＿＿＿　年齡：＿＿＿＿　性別：□女　□男

郵遞區號：□□□□□

地　　址：＿＿＿＿＿＿＿＿＿＿＿＿＿＿＿＿＿＿＿＿

聯絡電話：（日）＿＿＿＿＿＿＿＿（夜）＿＿＿＿＿＿＿＿

E-mail：＿＿＿＿＿＿＿＿＿＿＿＿＿＿＿＿＿＿＿＿